Blessed Islands

Blessed Islands

Dystopie

Klaus Heimann

Über den Autor:

www.klausheimann.de

Schon als Jugendlicher liebte es Klaus Heimann, anderen Kindern Märchen oder aus dem Stegreif erfundene Geschichten zu erzählen. Die Lust am Erzählen begleitete ihn ins Erwachsenenalter und er begann mit dem Schreiben. Bisher verfasste er Kurzprosa, Lieder, ein Kindermusical und mehrere Romane. Neben seiner Heimatstadt Essen und dem Ruhrgebiet liefern Klaus Heimann Reiseerlebnisse Inspiration für sein schriftstellerisches Schaffen.

Bibliografische Information der Deutschen Nationalbibliothek: Die Deutsche Nationalbibliothek verzeichnet diese Publikation in der Deutschen Nationalbibliografie; detaillierte bibliografische Daten sind im Internet über dnb.dnb.de abrufbar.

© 2022 by Klaus Heimann
Herstellung und Verlag: BoD – Books on Demand, Norderstedt

ISBN 978-3756200986

Sie nahmen ihre Plätze in dem Helikopter ein und starteten.
Zehn Minuten später überflogen sie die Grenze, die Zivilisation
und Barbarentum trennte. Bergauf, bergab, durch Salzwüsten und
Sandsteppen, durch Wälder und in die violette Tiefe der Cañons
hinab, über Gebirgskämme und Berggipfel und tafelförmige Mesas
erstreckte sich der Gitterzaun, eine unaufhaltsame Gerade,
das geometrische Symbol menschlicher Zweckbewusstheit.

Aldous Huxley: Schöne neue Welt

Absturz

Karl wurde unsanft von einem Abwärtsruck des Mach-3-Jets geweckt. Als seine Sinne die anfängliche Benommenheit abgeschüttelt hatten, reagierte er sofort panisch. Die Schnauze des Fluggerätes zeigte unzweifelhaft Richtung Erde.

„Was ist los?"

Karl schlug seine Finger mit aller Kraft in die Armlehnen seines Sessels, der ihn in Abwärtsrichtung ausspucken wollte. Mit den Füßen erreichte er knapp die Lehne des vor ihm befindlichen Sitzes. Er stützte sich daran ab.

Die Tür zum Cockpit stand offen. Der Pilot war angeschnallt. Er hing wie ein Sack Lumpen in den Gurten. „Ich weiß nicht. Irgendetwas stimmt nicht mit der Steuerung", rief er in angsterfülltem, wenig zuversichtlichem Tonfall zurück.

Karl benötigte einen Moment, um die Mitteilung zu verarbeiten. So schlicht diese auch war, das Fazit fuhr ihm in alle Glieder: Sie liefen Gefahr, abzustürzen!

„Woran kann das liegen?"

Er hatte die Frage stammelnd hervorgestoßen. Der Pilot hätte sie auch dann nicht verstanden, wenn er ein Ohr für ihn frei gehabt hätte. Der Mann bellte unablässig Befehle ins Mikrofon des Bordcomputers. Dieses Flugchinesisch verstand Karl nicht und damit war ihm jede Chance genommen, die Situation objektiv einzuschätzen. Doch eines verstand er auch so: Sein Leben war ernsthaft in Gefahr!

Das Entsetzen darüber fraß sich in Karl hinein. Nie hatte er an den Errungenschaften der Technik gezweifelt und nie hatte er gelegentliche Abstürze von Mach-3-Jets, die bekannt wurden, auf seine eigenen Reisen und seine eigene Sicherheit bezogen. Schließlich war er an Bord eines der bestausgerüsteten Flugzeuge des Blessed Island Ruhr, an Bord einer topgewarteten Maschine, die regelmäßig allen möglichen Inspektionen unterzogen wurde. Ein solcher Mach-3-Jet konnte seiner Meinung nach gar nicht abstürzen. Allein, was gerade passierte, sprach vom Gegenteil.

Sollten tatsächlich seine letzten Lebensminuten angebrochen sein? Was wurde dann aus Hannah und Harald, seiner Familie?

„Hier Flug KF3745, Ziel Blessed Island Molonglo. Ich habe Probleme mit meinem Jet. Die Automatik versagt. Das Flugzeug verlässt die vorgegebene Bahn. Wir stürzen ab!“, schrie der Pilot mit seiner hohen Stimme ins Mikrofon.

Karl verstand nicht, was die Flugsicherung antwortete.

Wieder der Pilot: „Gebt die Steuerung für mich frei. Ich versuche es manuell!“

Keine Reaktion seitens der Flugsicherung. Anscheinend war die Funkverbindung abgebrochen.

Der Pilot fluchte. Die Angst schraubte seine ohnehin auffällig hohe Stimme in den Sopran. Der Mann war schon nicht mehr in der Lage, sich maschinenverständlich auszudrücken. Tiefe Seufzer schlichen sich in seine Befehlstiraden hinein, so dass der Bordcomputer ihn ständig aufforderte, er möge seine Befehle wiederholen. Das kostete Zeit, spielte aber schlussendlich keine Rolle. Was immer der Pilot auch ausprobierte, der Mach-3-Jet setzte seinen Kamikazeflug unbeirrt fort.

Karls Körper reagierte. Er verlor die Kontrolle über seine Blase. Verzweifelt in seinen Sessel gekrallt, die Füße gegen die Lehne des Sitzes vor ihm gestemmt, bemerkte er, wie er einnässte. Er war am Rande seiner Beherrschung und drohte, ohnmächtig zu werden. Nur die Kraftanstrengung des Festhaltens am Gestühl erhielt ihm das letzte bisschen Gewalt über seinen Körper, um bei Bewusstsein zu bleiben.

Plötzlich, nach einer dimensionslosen Zeitspanne des Fallens, verlangsamte sich der Sturzflug des Mach-3-Jets. Irgendeine Automatik schien die Steuerung der Maschine zurückerobert zu haben. Als wäre nichts geschehen, schwebte das Flugzeug im Landeanflug auf den Boden zu. Die Maschine setzte auf, die Strahltriebwerke gaben Gegenschub. Karls Körper wurde von der starken Bremsung nach vorne gedrückt. Dann kam der Mach-3-Jet zum Stehen.

Er ließ die Armlehnen los und sank zurück in das weiche Polster. Der Erleichterung über die Rettung folgte unmittelbar die Scham über den feuchten Fleck, der seinen schwachen Moment direkt vor seinem Sessel dokumentierte.

Karls Kopf schaltete so schnell von Panik auf Rückerlangung seiner Autorität um, dass er sich selbst darüber wunderte. „Alles wieder okay?", fragte er den Piloten.

Die Antwort bestand aus einem ratlosen Stöhnen.

Die ganze Zeit über hatte Karl bloß die Rücklehne des Sitzes vor sich angestarrt. Erst jetzt schaute er hinaus. Spontan erschrak er erneut!

Schemenhaft war im Dunkel eine Staffel Drohnen zu erkennen, die mit voller Geschwindigkeit auf ihr Fluggerät zustieß. Die erste setzte gerade unmittelbar neben dem Mach-3-Jet zur Landung an. Ein paar Leute sprangen heraus. Einer der Schatten zielte mit einem langen Rohr auf den Rumpf ihres Jets.

Karl hörte ein Zischen, sah kurz einen Feuerschweif einen Strich in die Dunkelheit zeichnen. Als es in den Rumpf eindrang, verursachte das Projektil einen lauten Knall. Augenblicklich füllte sich der Innenraum des Mach-3-Jets mit einem scharf riechenden Gas.

Augenblicklich verlor Karl das Bewusstsein.

Samira

Samira spazierte mit ihrer Freundin Barbara zu ihrem Lieblingsplatz, der Glatze. Sie nannten die Hügelkuppe so, weil dort nur spärliches Gras wuchs, kein Baum oder Strauch. Ein Steinhaufen aus mächtigen Felsbrocken markierte den höchsten Punkt. Wenn man dort hinaufkletterte, hatte man eine grandiose Rundumsicht. Ihre Mutter nannte die Glatze eine Abraumhalde. Darunter konnte sich Samira nichts vorstellen.

Heute kamen sie nur langsam voran. Samira schmerzte der Rücken von der anstrengenden Arbeit auf der Mülldeponie. Ihre dunkelbraunen Haare waren völlig verschwitzt. Sie trug sie zu einem Pferdeschwanz gebunden, der ihre Taille erreichte. Barbaras Kurzhaarfrisur war da schon praktischer für die Arbeit. Aber Samira hing nun mal an ihren langen braunen Locken. Für kein Geschenk, das sie sich vorstellen konnte, hätte sie sich ihre Haare abschneiden lassen. Außer vielleicht für die Erlaubnis, auf die helle Seite der Welt umsiedeln zu dürfen.

Die helle Seite. Das Blessed Island.

Dort träumte sich Samira oft hin. Nur, um einen Blick darauf zu erhaschen, quälte sie sich mit müden Gliedern die Glatze hoch. Wo sie täglich schuftete, entsorgten seine Bewohner – die Blessed People –, ihren Unrat, indem sie ihn mit Drohnen über den undurchdringlichen Grenzwall, die „Blessed Border", hinwegflogen, und einfach über der Deponie abwarfen. Wenn man unten nach Verwertbarem suchte, musste man höllisch aufpassen, dass man keines dieser Pakete auf den Kopf bekam. Das war Samiras Mutter passiert und seitdem schlug sie sich mit ihrer Behinderung herum. Es hatte sich eingebürgert, dass alle, die gerade auf der Deponie unterwegs waren, mit den Armen winkten, um die Piloten auf sich aufmerksam zu machen. Trotzdem kam es immer wieder vor, dass jemand vom abgeworfenen Müll verletzt wurde. Tote hatte es schon gegeben.

Samira arbeitete für einen Metallsammler. Mit ihren zehn Jahren war sie nicht einmal die Jüngste. Sie klaubte zusammen mit ihren Mitstreitern alle metallenen Gegenstände aus dem Müll, die sie finden konnten. Ihr Chef zahlte pro Kilo, für die Metallsorten unterschiedlich. Am begehrtesten waren Kupferrohre. Gleich danach alle Arten von Blechtafeln, vorzugsweise verzinktes Wellblech. Es wurde für die Unterkünfte in ihrem Teil der Welt verwendet, dem Dark Country. Etwa zum Ausbessern von Dächern oder als Ersatz für eingestürzte Mauern. In den Slums bestanden ganze Hütten nur aus Metall und Holz. Schlimmstenfalls wurden Unterschlüpfe mit Kunststofffolien bespannt.

Heute war ihre Kolonne zufällig auf einen Haufen Schrott gestoßen, der zum größten Teil aus Stahlblechen bestanden hatte. Mit bloßen Händen hatten sie Tafel um Tafel geborgen und am Rand der Deponie aufgeschichtet. Das hatte Samira einige Schnitte in den Handflächen eingetragen, denn manche Kante war extrem scharf gewesen. Rechts trug sie heute deshalb einen Verband, einen Fetzen Baumwolle, der ebenfalls aus dem Müll stammte.

Dafür war sie mit doppelt so viel Geld nach Hause gekommen, als sonst. Stolz hatte sie es der Mutter ausgehändigt, die sie dafür überschwänglich gelobt hatte. Ihre Mutter wusste, was die Arbeit auf der Müllhalde bedeutete. Sie war dort selbst als Mädchen und junge Frau beschäftigt gewesen. Wie die meisten auf der dunklen Seite, hatte auch sie sich mit Gelegenheitsjobs durchschlagen müssen. So war sie ebenfalls an einen Metallhändler geraten und hatte im Prinzip die gleiche Arbeit verrichtet wie ihre Tochter heute.

Dann war ihr schwarzer Tag gekommen. Beim Abwurf eines Haufens Wrackteile von einer Drohne hatte sie ein Eisenträger erwischt und sie hatte innere Verletzungen davongetragen. Seitdem hinkte sie schwer und ging am Stock. Der Schrotthändler, alarmiert von ihren Hilferufen, hatte sie unter den Achseln gepackt und brutal von der Müllhalde weggeschleift. Völlig unbeeindruckt von ihren Schmerzensschreien. Ihm saß die Furcht vor Schwierigkeiten bei der Beschaffung neuer Arbeitskräfte im Nacken, falls sich der Unfall herumspräche. Er hatte ihre Mutter unsanft in einer Senke am Rand der Deponie abgelegt und war verschwunden.

Doch das war noch nicht alles gewesen. Wenig später waren drei junge Männer aufgetaucht, die nach billigem Fusel stanken, dass ihrer Mutter übel davon wurde. Die Betrunkenen hatten sich über sie hergemacht, sie ungeachtet ihres verzweifelten Wehklagens reihum vergewaltigt. Irgendwann hatte ihr Körper ein Einsehen gehabt und sie war in eine gnädige Ohnmacht gefallen. Samira war das Kind eines dieser Unholde. Stunden später hatte ein älteres Ehepaar ihre Mutter gefunden. Ohne seine sachkundige Pflege wäre sie wahrscheinlich an Ort und Stelle verreckt.

Ihre Mutter gab sich heute noch nicht mit Männern ab. Unabhängigkeit war ihr wichtig. Dass sie und Samira deshalb niemanden besaßen, der ihnen wenigstens etwas Schutz vor den unberechenbaren Banden Halbwüchsiger bot, die überall herumzogen, nahm ihre Mutter in Kauf. Das ersparte ihr wenigstens das Schicksal, an einen Säufer oder Schläger zu geraten. Von denen wimmelte es in den Slums.

Nun ging also Samira auf die Mülldeponie und setzte die Arbeit der Mutter fort. Die hatte nur widerwillig zugestimmt. Sie mochte sich ihr geliebtes, schlaksiges Mädchen nicht bei der schweren Arbeit vorstellen. Aber sie selbst war nicht in der Lage, auf dem Müll herumzukraxeln. Und einen geeigneteren Job gab es für Kinder nun mal nicht. Besser, als sich zu prostituieren. Beispiele gab es in der Nachbarschaft des Slums genug.

Die beiden Mädchen gelangten auf der Kuppe der Glatze an. Ein strahlender Frühlingstag. Seite an Seite kletterten Samira und Barbara auf den Steinhaufen. Dort setzten sie sich auf den obersten Brocken.

Sie waren allein. Solche Ausflüge leisteten sich die wenigsten Dark People. Die Blicke der Mädchen schweiften hinunter, überwanden den Grenzwall, erreichten die erste Siedlung. Geräumige Häuser standen dort in üppig grünen Gärten. Am Horizont spiegelten Wasserflächen – der mehrfach gestaute Fluss, Kanäle und Seen. Das Terrain war wie ein riesiger Park gegliedert. Setzte die Dämmerung ein, waren Wohnungen und Straßen hell erleuchtet, was besonders schön anzusehen war. Allerdings durfte Samira um diese Tageszeit nicht mehr hinaus. Das war einfach zu gefährlich.

Nur einmal, an ihrem letzten Geburtstag, hatte Onkel Robin sie und ihre Mutter im Dunkeln hier hochbegleitet. Mama hatte den Weg kaum bewältigen können mit ihrer zertrümmerten Hüfte. Onkel Robin hatte sie gestützt. Aber sie wollte der Tochter diese Aussicht zum Geschenk machen, wusste sie doch, wie sehr sie von der hellen Seite träumte. Staunend hatte Samira das Lichtermeer unterhalb der Glatze bewundert. Der Anblick hatte ihre Sehnsucht noch größer werden lassen.

Übertrumpft in seiner Prächtigkeit wurde das Leuchten über dem Blessed Island nur von der strahlenden Mondsichel und dem Sternenmeer über dem Kohlesee in ihrem Rücken. Die Mutter hatte Samira erzählt, dass dort einmal große Städte gelegen hätten. Irgendwelche Pupen − genau hatte Samira das nicht verstanden − waren abgeschaltet und alles war überflutet worden. Das sah man bei Tag heute noch. Auf einigen Inseln im See verfielen Häuser, aus seinem Wasser ragten Kirchtürme und Industrieanlagen auf, auch ein paar Hochhäuser, die bislang nicht eingestürzt waren. Man munkelte, dass in den oberen Etagen sogar noch Menschen lebten. Vielleicht nicht das Schlechteste. Insgesamt bot diese versunkene Welt aber einen so trostlosen Anblick, dass Samira heute vermied, hinzusehen. Sie war wegen der hellen Seite hier und mit diesen Bildern im Kopf wollte sie heimkehren.

Das Lichtermeer in der Nacht war der sichtbare Beweis dafür, dass es den Blessed People nicht an Energie mangelte. An der Art und Weise, wie die Flächen drüben spiegelten, waren die Gewässer leicht von den Solarfarmen zu unterscheiden. Auch alle Häuser besaßen Sonnenkollektoren. Ergänzt wurde die Energieversorgung durch Windkraftanlagen, deren riesenhafte Propellerarme überall im Blessed Island über den Himmel fuchtelten. Wer wusste schon, was sich die Blessed People noch alles hatten einfallen lassen.

Samira zog den abgenutzten, einseitig blinden Feldstecher aus ihrer Umhängetasche hervor, ein Fundstück aus dem Müll. Sie hatte ihn fortschmuggeln können. Der Metallhändler betrachtete alles, was sie fanden und einen gewissen Wert besaß, als sein Eigentum. Hätte er sie erwischt, wäre sie ihren Job losgewesen.

Der Feldstecher wanderte zwischen Samira und Barbara hin und her.

Wo die Siedlungen endeten, betrieben die Blessed People Landwirtschaft. Die Äcker zeigten während der Wachstumsperiode bestes Gedeihen. Was sich eben dazu eignete, zogen sie in Gewächshäusern, die sich endlos aneinanderreihten. Rinder weideten auf sattgrünen Weiden, sogar Pferde konnten Barbara und Samira erkennen. Bei dunstfreier Witterung, an wenigen Tagen im Jahr, war ganz hinten am Horizont ein Wald auszumachen. Im Dark Country waren die Bäume längst abgeholzt und verfeuert worden. Das Brennmaterial ihrer Welt stammte ebenfalls von der Mülldeponie.

Weiter rechts ragten die Mauern einer Fabrik auf. Direkt vor dem Grenzwall, auf der dunklen Seite. Handverlesene Dark People erhielten die Chance, dort für die Blessed People zu arbeiten. Samira wusste vom Vater einer Freundin, dass er einer dieser Glücklichen war. Trotzdem hatte er es noch nie hinter die Grenze geschafft. Von der Freundin wusste Samira, dass Blessed People etwas unter der Haut trugen, wodurch sie überall erkannt wurden. Wer keine solche Kennzeichnung besaß, fiel sofort auf. Deshalb hatte es auch keinen Zweck, auf dem Luftweg zu versuchen, die helle Seite zu erreichen. Wer es schaffte, die Luftabwehr des Blessed Island auszutricksen, hatte nichts gewonnen. Nach wenigen Tagen fiel er auf, denn überall gab es Checkpoints, die einen Eindringling entlarvten. Nicht einmal ins Gefängnis wurden diese Leute gesteckt. Man transportierte sie einfach zurück ins Dark Country in die Verbannung.

Es wurde Zeit, aufzubrechen.

Versunken in ihre Eindrücke, kletterten Samira und Barbara von ihrem Aussichtspunkt herunter und wanderten Hand in Hand die Flanke der Glatze hinab. Sie vermieden weiterhin strikt, auf ihre Seite der Welt zu schauen. Die Reste der ehemaligen Städte, die nach dem Abschalten der Pumpen nicht überflutet worden waren, zerfielen jetzt in ein ungeordnetes Durcheinander aus alten

Siedlungen, kleineren Gewerbegebieten, in denen eher handwerklich als industriell gefertigt wurde, und in Slums, die in atemberaubendem Wildwuchs aus dem Boden sprossen. Armut und Notstand kannten die beiden Freundinnen zur Genüge von ihrem Alltag. Das Überblicken ihrer trostlosen Ausdehnung ersparten sie sich auf ihrem Rückweg lieber, um noch eine Weile ihren Träumen nachzuhängen.

Am Fuß der Glatze verabschiedete sich Samira von Barbara. Die Mädchen umarmten sich und tauschten flüchtige Küsse auf die Wangen aus. Ihre Freundin wohnte in einer abgewirtschafteten Mietskaserne, hundert Jahre alt und ungepflegt. Das waren die besseren Behausungen auf der dunklen Seite. Regelmäßig stürzten solche Überbleibsel einer anderen Zeit zusammen und begruben Menschen unter sich. Trotzdem setzten die Dark People alles daran, mindestens solch ein Obdach zu erhaschen, um nicht in einem der Slums unterkommen zu müssen. Selbst hier im Elend eine Frage des sozialen Status.

Samira war der Slum nicht erspart geblieben. Sie folgte den verwinkelten, chaotisch mit dem Wachsen des Ghettos entstandenen Gassen.

Ihre Mutter sprach oft von der dunklen Zeit, die ihre Eltern noch miterlebt hatten. Damals waren die sozialen Netze, die in Jahrzehnten mühsam gewachsen, aber zum Teil auch schon vorher stückchenweise zerbröselt waren, endgültig zusammengebrochen. Das öffentliche Interesse an der finanziellen Abfederung benachteiligter Bevölkerungsgruppen war völlig erloschen. Was den Bedürftigen und Alten, den Arbeitslosen und Kranken, den Alleinerziehenden und Kinderreichen blieb, waren die Slums, die in rasantem Tempo überall dort entstanden, wo niemand mehr Ansprüche an Grund und Boden anmeldete. Dies waren vor allem die Industriebrachen, die aus den Zeiten verschiedener Wirtschaftskrisen übrig geblieben waren und ihrem endgültigen Verfallsdatum entgegensiechten. In diese Industriebrachen zog jetzt wieder Leben ein, wenn auch ein anderes, ein bescheideneres Leben, ein Leben an der Grenze zum Vegetieren. Die ehemaligen Anlagen lieferten gratis Baugrund und Baumaterial, neben dem, was die Mülldeponien beisteuerten. Phantasie und Muskelkraft zogen wieder ein, wo Generationen lang Arbeiter ein- und ausgegangen waren.

In Rekordzeiten entstanden die verschiedensten Konstruktionen von Hütten, Baracken und simplen Unterständen. Manch einer gab sich mit einem Erdloch unter irgendeiner Bodenplatte aus Beton zufrieden. Der Eingang wurde notdürftig mit einer Span- oder Hartfaserplatte geschützt, die mit einer kleinen Portion Beschaffungsinstinkt irgendwo organisiert worden war, die Form des Erdlochs wurde durch Buddeln an den hinteren Ecken begradigt – fertig war das neue Heim.

An anderer Stelle entstanden durchaus ansehnliche Kotten mit vielleicht zwei Räumen, einem zum Kochen und Wohnen und einem zum Schlafen. Die Backsteine der zerfallenen Industriehallen, von Kindern und Frauen wie nach dem Zweiten Weltkrieg von Mörtelresten befreit, lieferten das willkommene Baumaterial. Es war allerdings schwierig, an Zement heranzukommen. Daher blieb trotz des reichhaltigen Angebots an verwertbaren Steinen diese Art der Bebauung einigen Auserwählten vorbehalten. Die meisten begnügten sich mit den verschiedensten Formen von verwertbarem Blech.

Mit der Zeit mutierten die Industriebrachen zu planlosen Flickenteppichen aus rotem Backstein, rostbraunem Eisen, grünem Kupfer, blind gewordenem Glas, Erdhügeln und Schotterlagen. Dazwischen wurden Gemüsebeete angelegt, Wege grob mit Stein- und Mörtelresten befestigt und Wäscheleinen gezogen. Die ehemals dem Verfall überlassenen Zeitzeugen der Industrialisierung einer vergangenen Ära wimmelten bald wie die Ameisenhaufen vor neuer menschlicher Existenz. Wer sich hier nicht auskannte, konnte sich leicht verirren.

Nach einer Viertelstunde erreichte Samira ihr Zuhause. Es war beinahe vollständig dunkel geworden. Eine Beleuchtung gab es nicht. Nur dort, wo sich ein wenig Licht aus den Hütten durch Ritzen oder Fenster stahl. Und nur dann, wenn der Strom nicht wieder einmal ausgefallen war.

Als sie in die einfache Behausung eintrat, merkte sie gleich, dass etwas nicht stimmte. Es roch anders als sonst, metallisch, gefährlich. Die Mutter hatte seltsamerweise noch kein Licht eingeschaltet, wodurch im Inneren der Hütte bereits Nacht herrschte. War sie überhaupt da?

Samira tastete sich zum Schalter für die Deckenlampe vor. Sie fand ihn, drehte ihn, und ein spärlicher Lichtkegel funzelte durch den einzigen Raum. An den Wänden der Behausung prangten die verschiedensten Schriftzüge, hier und da unter Schimmelflecken verblasst: „Max. 10 kg", „Wasser vor Verzehr abkochen!", „Vorsicht Glas!", „Extended Memory", „Bitte nicht stürzen". Die Wände waren mit mehreren Lagen Wellpappe beklebt, dem Isoliermaterial der armen Leute.

Das war ihr ein vertrautes Bild. Genau wie die Regale aus groben, ungehobelten Latten, die beiden wackligen Stühle und der Tisch, dessen fehlendes Bein einfach durch aufgeschichtete Backsteine ersetzt worden war. Was nicht in dieses vertraute Bild passte, ließ sie erstarren. Neben dem Brett, in das die verbeulte Spüle eingelassen war, lag ihre Mutter am Boden. Auf dem Bauch. In einer Blutlache, die sich um ihren leblosen Körper ausgebreitet hatte.

Es dauerte eine Weile, bis das Mädchen dieses Bild begriff. Dann stürzte Samira zu ihrer Mutter, kniete sich neben sie und schüttelte sie, zunächst zaghaft, dann immer heftiger. Als sie die Tragödie, die sich in ihrer Hütte abgespielt haben musste, erfasste, presste sie die vom Blut der Mutter verschmierten Fäuste an die Wangen, die Augen weit aufgerissen. Sie schrie ihr Entsetzen hinaus, hinaus aus der Hütte, hinaus in die Nachbarschaft, hinaus in den Slum.

Niemand kam zu Hilfe.

Sie mussten den Schrei doch gehört haben, ringsum!

Aber im Dunkeln verließ niemand mehr die Elendsbehausungen, schreckte jedermann vor den unübersichtlichen Wegen zurück. Ein Schrei konnte alles bedeuten. Auch eine Falle. Wenn sie zu niemandem hinging und ihn um Hilfe bat, würde keiner kommen. Sie musste sich selbst in Bewegung setzen.

Nur wohin?

Tante Rabea und Onkel Robin!

Die Schwester ihrer Mutter und ihr Mann wohnten nur wenige Ecken weiter. Sofort machte sich Samira auf, um sie zu holen. Stolpernd wegen der mageren Sicht, ging sie los. Niemand begegnete ihr. Samira klopfte an die Brettertür der Baracke ihrer Verwandten. Sie versuchte es drei Mal, ehe sich der Onkel von drinnen hören ließ. Auch vor abends unerwartet auftauchenden Leuten hatte jeder Slumbewohner Angst.

„Wer ist da?"

„Samira! Mutter ist etwas zugestoßen. Ihr müsst mitkommen!"

Onkel Robin öffnete die Tür erst einen Spalt, dann ganz.

Tante Rabea trat aus dem Hintergrund an seine Seite. „Was ist passiert?", fragte sie.

„Mama liegt in ihrem eigenen Blut. Kommt mit!"

Onkel Robin zögerte nicht lange. Er holte eine Laterne aus der Hütte, entzündete den Docht und sie gingen zu dritt los.

Samira kniete sich mit Rabea neben der Mutter hin. Als die Tante den Körper ihrer Schwester untersucht hatte, tauschte sie einen vielsagenden Blick mit ihrem Mann.

„Erschossen. Das ist kein Zufall. Das kann nur ein Kommando der Blessed Forces gewesen sein."

„Ist Mutter tot?", fragte Samira, deren Verstand nicht aufnehmen wollte, was die Tante da sagte.

„Ja, mein Kind. Als ich sie angehoben habe, konnte ich sehen, dass sie mehrere Einschusslöcher in der Herzgegend abgekriegt hat."

Samira war zu keiner weiteren Frage fähig. Sie lehnte den Kopf an die Schulter von Rabea und heulte endlich die Tränen, die ihr so lange den Hals zugeschnürt hatten. Die Tante veränderte ihre Position nicht und streichelte ihrer Nichte den Kopf. Eine ganze Weile sagte niemand etwas.

Schließlich löste Robin die Stille im Raum auf: „Kommt. Wir können ihr nicht mehr helfen. Gehen wir zu uns."

Samira war fassungslos über den Vorschlag.

„Wir können Mutter doch nicht einfach hier liegenlassen!"

„Was sollen wir sonst tun, Samira? Heute in der Dunkelheit werde ich niemanden mehr finden, der sie mit mir wegträgt. Es ist besser, wir sagen keinem, was passiert ist und besprechen bei uns, wie es weitergeht. Du tust mir so leid, Samira!"

Robin beugte sich zu ihr hinunter und hob sie mit seinen starken Armen vom Boden auf. Samira umklammerte seinen Hals und barg ihr verheultes Gesicht an seinem abgetragenen Karohemd. Rabea nickte ihrem Mann stumm zu und stand ebenfalls auf. Sie löschte das Licht in der Hütte und trug die Laterne vor den beiden her, zurück zu ihrer Behausung.

Die Bestattung eines Leichnams gestaltete sich im Dark Country unkompliziert. Niemand interessierte sich für Sterbezeitpunkt, Verwandtschaftsverhältnisse oder Todesursache. Jedwede Ordnungsmacht war auf der dunklen Seite zusammengebrochen. Ob eine natürliche oder unnatürliche Todesursache vorlag, wurde nicht hinterfragt. Ein Konkurrent weniger im Kampf um die knappen Dinge des Alltags.

Von ganz allein hatte sich ein probates Procedere entwickelt. Irgendjemand fand die Leiche und sorgte dafür, dass sie zum Krematorium geschafft wurde. Besaß der Verstorbene niemanden, der sich zu Lebzeiten um ihn gekümmert hatte, übernahm die Nachbarschaft den Transport – allein schon, weil sie keinen Verwesungsgeruch erdulden, das Anlocken von Ungeziefer vermeiden, und von Krankheiten verschont bleiben wollte.

Selbst die Trauerförmlichkeiten sparte man sich. In dem Moment, in dem die Leiche an der Pforte des Krematoriums abgegeben wurde und jemand das geringe Entgelt bezahlte, verabschiedete man sich vom Verstorbenen. War er ein Mensch mit großem Anhang oder einem weitschweifigen Freundeskreis, konnten schon mal hundert oder mehr Menschen den letzten Weg begleiten. Ob es noch eine Zeremonie gab, ein religiöses Ritual, oder ob die Trauernden direkt von dort nach Hause gingen, war reine Privatangelegenheit. Der Leichnam wurde verbrannt und wo seine Asche blieb, wussten nur die Bediensteten des Krematoriums.

Den Transport des Leichnams von Samiras Mutter übernahmen Robin und einer seiner Freunde. Sie legten den toten Leib auf ein löchriges Tuch, knüllten die Enden an Kopf und Fuß zusammen, schulterten das Paket, und zogen mit ihrer Last los. Samira und Rabea folgten den Männern. Tante und Onkel hatten gemeint, es wäre besser, wenn niemand sonst von der Toten wüsste. Sie würden Samira die Gründe dafür später erklären.

Die ganze Prozedur der „Bestattung" ihrer Mutter nahm den einfachst denkbaren Verlauf.

Die Trauer fraß ein Loch in Samira. Zur Mülldeponie ging sie in dieser Woche nicht mehr. Auch in die eigene Hütte kehrte sie nicht zurück. Den Anblick der getrockneten Blutlache hätte sie nicht ertragen. Immerhin durfte sie fürs Erste bei Rabea und Robin wohnen.

Eines Abends nahm sie die Tante beiseite. „Samira, ich muss etwas mit dir besprechen."

„Was gibt es noch zu besprechen? Mama ist tot."

„Aber für dich geht das Leben weiter."

„Und wie? Wie soll es ohne Mama weitergehen?"

„Genau darüber wollte ich mit dir reden. Weißt du eigentlich, warum deine Mutter sterben musste?"

Samira war völlig überrumpelt.

„Nein? Warum?"

„Hat sie dir nie davon erzählt, dass sie sich dem Untergrund angeschlossen hat?"

„Was soll das sein?"

„Das ist eine Gruppe von Leuten, die für die Auflösung der Blessed Islands kämpft. Für ihre Eingliederung ins Dark Country. Die dafür sorgen will, dass wieder Gerechtigkeit herrscht. Die nicht länger eine Zwei-Klassen-Gesellschaft hinnehmen will."

„Und die haben Mama erschossen?"

„Nein, nein! Das waren die Blessed Forces."

„Das haben Robin und du schon an dem Abend vermutet, an dem Mama gestorben ist. Wer ist das?"

„Die Geheimarmee der Blessed People. Sie verkleiden sich, so dass sie aussehen wie wir, und bringen alle um, die in ihren Augen gefährlich werden könnten. Es braucht nicht viel, um ihnen verdächtig zu werden. Überall haben sie Spione sitzen, die ihnen die Namen von Leuten zutragen, die sich für eine bessere Welt engagieren. Aus diesem Grund haben wir dich gebeten, deine Mutter ganz still zum Krematorium zu bringen, ohne viele Begleiter. Je weniger von den Gründen ihrer Ermordung wissen, desto eher lassen sie uns in Frieden. Deshalb darfst du auch niemandem von unserem Gespräch erzählen, hörst du!"

Für Samira öffnete sich eine neue Dimension. Blessed People strolchten hier auf der dunklen Seite herum und mordeten? Einfach so? Bisher hatte sie die Auserwählten ausschließlich jenseits des Grenzwalls geglaubt.

Hatten etwa Dark People auch drüben Zugang?

Sie fragte ihre Tante danach.

„Nein, so weit ist es noch nicht."

„Aber wie soll dann eine bessere Welt entstehen? Die laufen hier herum, erschießen Leute, und wir dürfen ihr Paradies nicht mal betreten."

„Das ist alles schwer zu erklären. Ich erzähle dir auch nur deshalb davon, weil das mit deiner Zukunft zu tun hat."

„Mit meiner Zukunft? Wie sollte die aussehen? Bestenfalls gehe ich weiter auf die Mülldeponie. Wenn mein Job nicht längst mit jemand anderem besetzt ist. Ich gebe mein Geld gerne bei euch ab. Dafür lasst ihr mich hier wohnen und gebt mit zu essen."

„Es könnte etwas Besseres für dich geben. Gestern habe ich mich mit einem Mann getroffen, der bereit wäre, für deine Zukunft zu sorgen."

Samira blockte ab. „Ich will nicht!"

„Bitte hör mir in aller Ruhe zu. Das ist kein schlechtes Angebot. Wenn du alle Fakten kennst, schläfst du ein paar Nächte drüber, und dann reden wir noch einmal über alles."

Rabea holte weit aus. Sie erzählte, dass sich Samiras Mutter bereits kurz nach der Geburt ihrer Tochter dem Untergrund angeschlossen habe. Wegen ihrer Verletzung sei sie nicht bei irgendwelchen Kommandos eingesetzt worden. Aber sie sei in einer Art Denkfabrik tätig gewesen, in der über verschiedene Möglichkeiten diskutiert worden sei, wie man eine Wiedervereinigung erzwingen könnte. Zum Schluss habe man ihr sogar eine eigene Arbeitsgruppe anvertraut. Und das, meinte Rabea, sei der Grund, warum sie sterben musste. Eine undichte Stelle müsse es in ihrem Umfeld gegeben haben, die sie an die Blessed Forces verraten habe.

Samira hörte nicht richtig hin. Sie war dieser neuen Dimension nicht gewachsen. Ihr Dasein hatte bisher aus Notwendigkeiten und Selbstverständlichkeiten bestanden, an die sie keinen Gedanken verschwendet hatte. Sie gab sogar ihrer Mutter die Schuld, dass sie sich durch ihr Engagement in Gefahr gebracht und am Ende sie, Samira, im Stich gelassen hatte. Warum hatte sie sich so einem Kampf verschrieben, der tödlich geendet war? Samira besaß kein Verständnis dafür. Und so lange die Tante auch redete, sie wurde immer wütender auf den „Untergrund".

„Jetzt kommt der springende Punkt", beendete Rabea ihre Erklärungen. „Die Leute vom Untergrund suchen Kinder, die sie für ihre Zwecke ausbilden können. Das ist eine gute Ausbildung. Die Kinder lernen nicht nur richtig Schreiben und Lesen, Mathematik und Naturwissenschaften, sie werden auch trainiert, zu kämpfen. Sie lernen, sich zu schützen und sich zu verteidigen. Und sie werden, wenn sie erwachsen sind, Kommandos zugeteilt. Der Mann, den ich getroffen habe, wäre bereit, dich in eines der Ausbildungscamps aufzunehmen. Du hättest viele Freunde, brauchtest nie mehr im Müll zu wühlen und könntest dem Dark Country nützlich sein. Darüber wollte ich mit dir sprechen."

„Niemals!", trotzte Samira, die von diesem ganzen Gerede schlicht überfordert war.

Rabea sah ein, dass eine Fortsetzung ihres Gesprächs im Augenblick keinen Sinn machte. Sie ermahnte ihre Nichte zum wiederholten Mal, niemandem etwas zu verraten und gab ihr noch ein paar Tage Zeit.

Robin holte alles aus der Hütte seiner Schwägerin, was weiterverwendet werden konnte. Vor allem waren das Hausrat und Kleidung. Als dies erledigt war, legte er den Verschlag nieder und brachte die verwertbaren Baumaterialien, wie Hölzer und Bleche, zu seinem Grundstück, wo er sie in einer Ecke stapelte. Zur Erweiterung der eigenen Behausung, zum Flicken oder zum Verkauf. Die Leute im Slum handelten flexibel.

Rabea drang noch häufiger in Samira ein. Sie schilderte ihr die Träume der Mutter von einer besseren, gerechteren Welt, von einer besseren Bleibe, einem Leben, in dem nicht täglich der Kampf ums Überleben im Zentrum stand. Samira erkannte immer mehr, dass dies auch ihre eigenen Träume waren. Sie dachte an das Panorama, das sich von der Glatze aus bot und erwischte sich dabei, es immer häufiger für möglich zu halten, dass sie eines Tages in diese Welt eintreten könnte. Als sie sich Rabea in diesem Sinne öffnete, versuchte es die Tante erneut.

„Vielleicht gelingt es dir. Aber dafür muss noch viel geschehen.“

„Was denn?“

„Veränderungen, von denen ich auch nichts verstehe. Aber die Leute vom Untergrund, die wissen, was sie tun.“

„Hätte Mama etwas davon verstanden?“

„Bestimmt. Sie hat zwar nie von ihren Zusammenkünften erzählt, aber sie war zuversichtlich, dass es Möglichkeiten gäbe.“

„Warum hat sie mir nie etwas gesagt?“

„Sie wollte dich nicht gefährden. Wollte wahrscheinlich vermeiden, dass du dich verplapperst.“

„Das wäre mir nie passiert.“

„Oh, sag das nicht. So etwas geschieht ganz unbeabsichtigt, ganz nebenbei. Du denkst gerade nicht dran, worüber du schweigen sollst und schon ist es dir herausgerutscht.“

„Ist das denn bei uns verboten? Der Untergrund, meine ich.“

Rabea konnte sich das Lachen nicht verkneifen.

„Bei uns ist nichts richtig verboten. Wäre es anders, müsste es jemanden geben, der darauf achtgibt, dass jemand, der etwas anstellt, bestraft wird."

„Dann ist es also auch nicht verboten, für den Untergrund zu arbeiten?"

„Nein. Ganz und gar nicht."

„Und warum wurde Mama dann bestraft?"

„Sie wurde nicht von unseren Leuten bestraft. Blessed People kennen natürlich Verbote. Das Ungerechte daran ist, dass sie ihre Gesetze nicht nur auf ihrer Seite durchsetzen, sondern meinen, sie dürften auch auf unserer Seite den Richter spielen."

„Will der Untergrund das verhindern?"

„Auch, ja."

Samira dachte nach. Dass jemand einfach hinging und Leute totschoss, konnte nicht richtig sein. Dass ein kleiner Teil der Menschen alles, was die Erde hergab, für sich beanspruchte, konnte auch nicht richtig sein. Und Mama hatte dafür gearbeitet, dass sich daran etwas änderte! Ein wenig erfüllte sie das mit Stolz.

„Kann ich mal mit dem Mann vom Untergrund sprechen?"

„Ich werde ihn fragen."

Zufrieden mit diesem Ausgang, werkelte Rabea weiter mit ihren Kochtöpfen herum.

Mittlerweile ging Samira wieder zur Mülldeponie. Ihren Job hatte sie nicht verloren. Aber sie war nicht mehr so eifrig bei der Sache wie noch vor Wochen. Die Schmutzigkeit der Arbeit machte ihr plötzlich zu schaffen und sie dachte über die Ungerechtigkeit nach, dass sie hier schuftete und die Kinder der Blessed People wahrscheinlich zur gleichen Zeit in die Schule gingen und etwas lernten. Diese Möglichkeit würde ihr der Untergrund auch bieten. Aber, das wusste sie auch, nichts wurde den Dark People geschenkt.

Wo war der Haken?

Es dauerte noch etliche Tage, bis sie endlich den Mann aus dem Untergrund traf. Als sie von der Mülldeponie heimkehrte, saß er mit Rabea am Tisch. Ein kleiner, untersetzter Mann mit langen

Haaren, der sie freundlich anlächelte.

„Das ist Samira“, sagte die Tante.

Der Mann blieb sitzen.

„Guten Tag Samira. Ich habe mir sagen lassen, du interessierst dich für unsere Arbeit?“

Samira kam schüchtern näher.

„Komm, nimm Platz bei uns“, forderte sie Rabea auf.

Geraume Zeit später war das Eis gebrochen. Der Mann erzählte ihr, was ein Mädchen in einem Ausbildungscamp erwartete und Samira hörte aufmerksam zu. Schlafen in Zweierstuben, Mahlzeiten, für die man nichts tun musste, nur lernen und trainieren. Lebten so auch Blessed People? Es schien ihr ein erster Schritt auf die helle Seite zu sein.

„Könntest du dir das vorstellen?“, fragte der Mann.

„Das hört sich gut an. Aber ich müsste fort von hier?“

„Ja. Du darfst Tante und Onkel natürlich hin und wieder besuchen.“

„Wie oft?“

Der Mann blieb vage. „Wenn du Zeit hast. Zunächst müsste ich aber noch ein paar Dinge über dich wissen.“

„Ja?“

„Du weißt, dass die Blessed People deine Mutter getötet haben?“

„Tante Rabea hat es mir gesagt.“

„Wie denkst du darüber?“

Samira war verwirrt. „Wie, denken …?“

„Hasst du die Blessed People dafür?“

„Ich hasse die, die Mama das angetan haben. Und mir.“

„Würdest du dich an ihnen rächen, wenn du die Gelegenheit dazu erhieltest?“

Rächen? Was sollte das heißen? Wie sollte sich ein Mädchen in ihrem Alter an Leuten mit Pistolen rächen?

„Das kann ich doch nicht.“

„Natürlich kannst du das. Nicht, indem du zurückschießt. Du könntest beispielsweise dabei helfen, ihnen auch etwas wegzunehmen.“

„Wie sollte das gehen?“

„Das lernst du bei uns“, sagte der Mann. „Also, würdest du?“

Samira erhielt eine erste Ahnung davon, was der Untergrund von seinen Leuten verlangte. Sie fand den Gedanken plötzlich verlockend, die Ohnmacht, in der sie sich bislang geglaubt hatte, zu durchbrechen. Sie würde nicht zögern, es den Schuldigen am Tod ihrer Mutter heimzuzahlen.

„Ganz bestimmt würde ich das“, antwortete sie.

Drei Wochen später holte sie der Mann ab.

Mit einem Klops im Hals verabschiedete sich Samira von Rabea und Robin. Dann folgte sie dem Mann durch die verwinkelten Pfade des Slums. Gepäck hatte sie keines dabei. „Alles was du brauchst, erhältst du von uns“, hatte ihr der Mann versichert.

Auf diese Weise wurde Samira zu einer Rekrutin des Untergrunds.

Karl

Guten Morgen Milord. Sie haben darum gebeten, um fünf Uhr dreißig geweckt zu werden!"

Die Stimme des Hauscomputers erreichte bereits eine mittlere Lautstärke, als er erwachte. Das hieß, dreimal hatte der Computer bislang versucht, ihn zu wecken. Das hieß außerdem: Nicht mehr im Bett umdrehen, sondern einmal die Augen reiben und aufrappeln.

Karl war nicht unbedingt ein Frühaufsteher, aber der heutige Tag hielt ein ziemliches Arbeitspensum für ihn bereit. Er fügte sich willig ins Unvermeidliche. Disziplin gehörte zu den Tugenden, die er am meisten schätzte. Entsprechend hohe Maßstäbe legte er an sich selbst an. Als Chef des Ideologiestabs im Blessed Island Ruhr hatte er nun einmal mehr zu leisten, als das Gros der Blessed People. Sein Job forderte Einsatz und er war bereit, zu liefern. Dadurch hatte er mittlerweile viel erreicht, denn mit Ende dreißig schon Leiter der wichtigsten Behörde eines Blessed Island zu sein, mit guten Aussichten, demnächst den Blessed Mayor, den politischen Führer, abzulösen − das war schon eine ungewöhnlich steile Karriere, endete doch ein normales Berufsleben erst mit dem fünfundsiebzigsten Lebensjahr.

Karl ging ins Badezimmer und stellte sich unter die Dusche. Beim Betreten der Nasszelle orderte er „neununddreißig" und sofort setzte von allen Seiten ein Schwall wohlig warmen Wassers ein. Seine Frau Hannah mochte diesen Temperaturbereich nicht. Sie bevorzugte drei Grad weniger. Aber sie hasste kaltes Wasser und Karl wurde erst richtig frisch, wenn er nach der Warmphase, so wie jetzt, „zehn" forderte.

Nach dem Duschen trocknete er sich ab, putzte die Zähne, rasierte sich und ging anschließend nackt die futuristisch geschwungene Holztreppe in die Küche hinab, um sein Frühstück zu organisieren. Das hätte er auch vom Badezimmer aus per Hauscomputer erledigen können. Aber die Atmosphäre einer Küche brachte ihn eher auf den Appetit.

Die Villa, die Karl mit Frau und Kind bewohnte, hatten ihm seine Eltern überschrieben, als sie vom Blessed Island Ruhr ins Blessed Island Aare nahe den Alpen umgezogen waren. Sein Vater hatte dort mit vierundsechzig Jahren einen Posten im Vorstand eines international operierenden Explorationsunternehmens übernommen. Im Gegensatz zu seinem Sohn hatte er eine Karriere in der Wirtschaft vorgezogen.

Das Haus lag mit weiteren ähnlichen Stils in einer Allee, und war eines der typischen Anwesen, wie sie noch während der Aufbauphase in der dunklen Zeit entstanden waren. Auf dem Territorium des historischen Deutschlands existierten mehrere solcher Areale. Es hatte sich weltweit eingebürgert, sie nach Flüssen zu benennen, wie auf deutschem Gebiet etwa das Blessed Island Isar oder das Blessed Island Spree. Karls Heimat erstreckte sich über die Höhen beidseits der Ruhr, die bei der Taufe Pate gestanden hatte.

Zu Zeiten seiner Entstehung hatte es sich als schwierig herausgestellt, ein Stück von der für ein existenzfähiges Blessed Island erforderlichen Größe aus dem dicht besiedelten Ruhrgebiet herauszuschneiden. Bis man auf politischer Ebene die Idee kreiert hatte, die Pumpen abzustellen, die den Anstieg des Grundwassers verhinderten. Schon lange vor der dunklen Zeit hatte der intensiv betriebene Bergbau im Revier dazu geführt, dass es bis zu zwanzig Meter abgesunken war. Ein gutes Stück des Kern-Ruhrgebiets war im Wasser versunken, nachdem es nicht mehr abgepumpt worden war. Nun lag dort, wo Millionen Menschen gewohnt hatten, der Kohlesee.

Die bessergestellten Schichten hatten traditionell immer schon in den Bezirken entlang der zumeist südlich der Städte verlaufenden Ruhr gewohnt. Durch die Aussicht, irgendwann mit nassen Füßen zu erwachen, waren die Menschen in Scharen aus den vom Absaufen bedrohten Vierteln fortgezogen. Das war natürlich nicht lautlos vonstattengegangen. Monatelang hatten zuweilen kriegsähnliche Zustände geherrscht. Am Ende hatten sich die Betroffenen der massiv eingreifenden Staatsmacht ergeben müssen.

In den meisten Fällen hatten es sich die Vertriebenen nicht leisten können, in die höher gelegenen Stadtteile links und rechts des Ruhrtals umzuziehen. Dort ansiedeln durfte sich ohnehin nur, wer eines der Grundstücke erwarb und Nachweise zweier voneinander unabhängigen Kreditinstitute erbrachte, dass er den Bau eines Hauses in den vorgegebenen Dimensionen finanzieren und zusätzlich eine Infrastrukturabgabe leisten konnte. Diejenigen, die in den bevorzugten Lagen Eigentum besaßen, hatten sich unter den gleichen Bedingungen neu um das Recht zur Ansiedlung bewerben müssen. Wer sie nicht erfüllte, war in letzter Konsequenz mit Gewalt vertrieben worden.

Die Kaufpreise für Immobilien waren durch die horrende Nachfrage natürlich sprunghaft gestiegen. Verschärfend kam hinzu, dass der Meeresspiegel infolge des ungebremsten Klimawandels, und dem damit einhergehenden Abschmelzen des kompletten Eispanzers der polaren Zonen, unablässig anstieg. So waren die tiefer gelegenen Landstriche ebenfalls unbewohnbar geworden. Plötzlich mischten Hamburger und Bremer, die es sich leisten konnten, auf dem Immobilienmarkt im Ruhrgebiet mit. So entstand ein regelrechter Speckgürtel auf den Höhen beidseits des Flusses, erschwinglich nur für die wirklich Betuchten.

Als alle Widerstände gebrochen waren, hatte sich die Politik damit gebrüstet, dass sich die Umsiedlung ins Gebiet des geplanten Blessed Island nach rein marktwirtschaftlichen Prinzipien vollzogen hätte. Selbst Karl, linientreu bis ins Mark, musste sich in kritischen Stunden eingestehen, dass dies wie Hohn in den Ohren derjenigen geklungen haben musste, die nicht ins Paradies eingezogen waren.

Im Zuge des Umbaus waren neben den alt eingesessenen Wohnvierteln, die mittlerweile zu großen Teilen dem Abrissbagger zum Opfer gefallen waren, viele neue Siedlungen entstanden. Die Infrastruktur wurde den veränderten Klimabedingungen angepasst, etwa durch eine üppig dimensionierte Kanalisation, die in der Lage war, den oft sintflutartigen Starkregen aufzunehmen. Riesige unterirdische Zisternen speicherten das Wasser zur späteren Verwendung, denn genauso konnte wochenlang Dürre herrschen bei Temperaturen, die nicht selten über vierzig Grad anstiegen. Es gab kein Haus, das nicht klimatisiert war. Draußen milderten diese Hitze Beschattungssysteme, die alle Bordsteine überspannten.

Am Schluss des umfassenden Umbaus musste das Blessed Island gegen das Dark Country abgeschottet werden. Die treibenden Kräfte verlangten größtmögliche Sicherheit gegen Übergriffe. In der Konsequenz war die Blessed Border entstanden, die das Filetstück aus dem ehemaligen Ruhrgebiet herausschnitt und mit Gebieten des ehemaligen Kreises Mettmann vereinigte. Meterhohe massive Zäune, Freiflächen, auf denen Stolperdrähte verlegt waren, Sperrdrahtrollen, Mienenfelder und Selbstschussanlagen verhinderten, dass jemand von der dunklen Seite her eindrang. Eine vollautomatische Flugabwehr nahm den Himmel ins Visier. Bodensonar verhinderte eine Untertunnelung. Keine Maus kam unbemerkt durch.

Im Norden des Blessed Island Ruhr waren vom ehemaligen Kern-Ruhrgebiet nur ein paar Bezirke übriggeblieben, die der Kohlesee nicht verschluckt hatte. Dort lagen außerhalb der Blessed Border die große Mülldeponie und eine Fabrik für Drohnenteile. Durchbrechungen des Grenzwalls existierten in keiner Richtung. Alles, was hinaus- oder hineinmusste, wurde mittels Lastendrohnen darüber hinwegtransportiert. Eine zusätzliche Maßnahme, um die Dark People, politisch von vorneherein als permanente Bedrohung für alle Blessed People definiert, effektiv auszusperren.

Neben diesen Vorkehrungen hatte es im Laufe der Existenz der Blessed Islands ständig weitere Verfeinerungen ihres Sicherheitssystems gegeben. Am genialsten fand Karl die Erfindung, die vor gut dreißig Jahren Furore gemacht hatte. Nichts wirklich Neues, denn bei Tieren hatte man simple Vorläufer dieser Technik schon lange eingeführt. Jeder der Blessed People trug von Geburt an einen Chip unter der Haut, der seine zweifelsfreie Identifikation an jedem Punkt eines Blessed Island möglich machte. An diversen Kontrollpunkten, zum Beispiel beim Betreten öffentlicher Gebäude, wurden die Codes überprüft, die darauf gespeichert waren. Die Informationen wurden kontaktlos ausgelesen und mit einer zentralen Identitätsdatenbank abgeglichen. Gestützt auf diese Methode wickelte man mittlerweile sogar den Zahlungsverkehr ab. Ein Horrorszenario für Datenschützer in historischen Zeiten, aber narrensicher. Schon allein durch diese Maßnahme wurden Dark People, denen es gelingen sollte, die Blessed Border zu überwinden, auf leichte Art und Weise aufgespürt. Ohne den Chip war man hier ein Niemand.

„Guten Morgen Milord. Was darf ich Ihnen bestellen?“

Karl ärgerte sich wieder einmal darüber, dass es bei den optionalen Einstellungen des Hauscomputers und seiner Ergänzungsmodule keine passable Möglichkeit gab, die Anrede für seine Nutzer vorzugeben. „Englischer Landadel“ oder „Berliner Gosse“ waren die beiden Alternativen. Ein Kauz, der Programmierer. Bei diesen Optionen war Karl die Einstellung nicht schwergefallen. Als Leiter einer wichtigen Behörde führte er ebenso wie alle anderen leitenden Funktionäre der Administration den Titel „Blessed Chief“ und es war üblich, sich mit diesem Titel und dem Vornamen anzusprechen. Den stumpfsinnigen Maschinen konnte man diese Art von Höflichkeit leider nicht beibringen. Beim Aufstehen war er noch zu müde gewesen, um Groll aufzubauen. Jetzt war er schon beträchtlich kampfeslustiger.

„Zwei Weißbrötchen, Butter, Erdbeermarmelade, roher Schinken, Kaffee mit Milch, du Dosenhirn.“

„Entschuldigung Milord. Dosenhirn hat die Küche heute nicht im Angebot“, meldete sich die synthetische Stimme zurück.

Karl musste jetzt doch etwas schmunzeln über die humorlose Maschine.

„Storniere Dosenhirn!“

„Jawohl Milord. Ihre Bestellung wurde erfolgreich registriert. Wann wünschen Milord zu speisen?“

„In zehn Minuten.“

„Jawohl Milord.“

Auf Wunsch von Hannah hatten sie erst vor zwei Jahren den

Hauscomputer um das Küchenmodul mit automatisierter Essenszubereitung erweitert. Leider konnte es nur einfache Speisen zubereiten, aber immerhin. Das Teil kümmerte sich auch um die Vorratshaltung. Zweimal in der Woche löste das Küchenmodul eine Bestellung bei einem Lieferdienst aus. Sehr praktisch. Mit dieser Anschaffung hatten er und seine Frau den hauswirtschaftlichen Aufwand für ihr Dreihundert-Quadratmeter-Haus beträchtlich reduziert. Die Pflege- und die Gärtnermaschine übernahmen den überwiegenden Rest.

Im Blessed Island beherrschte der Automationsgedanke alles. Selbst die Landwirtschaft benötigte zu ihrem Funktionieren fast nur noch Informatiker, die den Maschinenpark ans Laufen brachten. Auf den Feldern und in den Ställen hatten längst Roboter das Regiment übernommen.

Karl ging hoch in sein Ankleidezimmer und wählte die Garderobe für den heutigen Tag. Um zehn Uhr hatte er einen persönlichen Termin mit dem Blessed Mayor und das war äußerst ungewöhnlich. Normalerweise verständigte man sich von seinem Arbeitszimmer zu Hause aus über Videocom und kam nur äußerst selten persönlich zu Besprechungen zusammen. So war es auch in der von ihm geleiteten Behörde üblich, sich nur einmal in der Woche zu treffen, um etwa Aktuelles oder die wöchentliche Aufgabenverteilung zu besprechen. Eine Unterredung unter vier Augen war ganz und gar ungebräuchlich. und verhieß schon allein deshalb einen besonderen Termin. Karl war gespannt.

Dem Anlass entsprechend, wählte er einen dunkelgrauen Anzug, ein Kleidungsstück, dass eigentlich nur noch zu offiziellen Anlässen getragen wurde. Höhere Beamte und vielleicht Juristen kamen gelegentlich auf die Idee, einen Anzug zu tragen. Ansonsten ging der Trend klar zu bequemer, schnörkelloser Kleidung. Aber auch dafür hatten sich clevere Modemacher etwas ausgedacht und es waren Stoffe im Angebot, die ein T-Shirt teurer machten als ein Kaschmirsakko.

Als er angezogen war, hörte Karl aus dem Schlafzimmer den Weckruf des Hauscomputers für Hannah.

„Guten Morgen Milady. Sie haben darum gebeten, um sechs Uhr geweckt zu werden!“

Hannah besaß gewöhnlich einen leichteren Schlaf als er und Karl hörte, dass sie sofort aus dem Bett sprang. Er ging zu ihr, um sie zum Auftakt des neuen Tages zu begrüßen.

„Hallo Hannah! Guten Morgen!“

Karl küsste seine Frau flüchtig auf die Stirn.

Hannah sah steil zu ihm auf, denn sie war einen ganzen Kopf kleiner als ihr Mann, und antwortete ihm mit einem viel weniger flüchtigen Kuss auf den Mund.

„Guten Morgen, Schatz. Du hast vielleicht wieder geschnarcht!“

Es war nur ein ganz leiser Vorwurf in ihrer Stimme. Er ging darüber hinweg und musterte sie einen kurzen Moment.

Karl hatte Hannah auf der Universität im Ideologiestudienzweig kennengelernt. Zwar wurde kein Studiengang mit einem selbständigen Abschluss im Fachgebiet Ideologie angeboten, doch man konnte artverwandte Fächer mit einem Ergänzungsstudium dieses Zweigs kombinieren. Karl war von seinem Jurastudium aus auf diese Möglichkeit gestoßen, während Hannah Lehrerin für Geschichte werden wollte und als Zweitfach Ideologie gewählt hatte.

Zwischen ihnen beiden war es nicht gerade Liebe auf den ersten Blick gewesen. Erst bei gemeinsamen Prüfungsvorbereitungen waren sie sich nähergekommen. Karl hatte sich vor allen Dingen in Hannahs hübsches Gesicht und ihre großen, rehbraunen Augen verliebt. Sie konnte ein strahlendes Lächeln aufsetzen, das ihn regelmäßig zum Schmelzen brachte. Ihr kastanienfarbenes, glattes Haar hatte sie sich nach dem Studium irgendwann kurz schneiden lassen, wodurch ihre kaum angedeuteten, hohen Wangenknochen und die ausgeprägten Augenbrauen mehr zur Geltung kamen. Das machte ihr Gesicht noch ausdrucksvoller. Ihren Nasenrücken zierten ein paar winzige Sommersprossen. Hannah hatte über die Jahre ihrer Ehe um die Hüften herum etwas zugelegt. Aber das wiederum stand ihr gut, wie Karl nicht müde wurde, ihr zu versichern.

Auch Hannah war immer noch glücklich mit ihrem Karl, der knappe zwei Jahre älter war als sie. Ein wenig glatt und unnahbar war er ihr beim ersten Kennenlernen erschienen und so wirkte er mit Sicherheit heute noch auf alle, die ihn nicht näher kannten. Er war klar der Sportlichere von ihnen beiden, muskulös und breitschultrig gebaut mit flachem Bauch und energischen, beinahe harten Gesichtszügen. Sein mittelblondes Haar trug er wie mit dem Lineal gezogen gescheitelt.

Das Markanteste an Karls Gesicht waren die schlitzförmigen Augen, die sich tief in ihren Höhlen versteckten. Häufig waren nur die Reflexionen der Regenbogenhaut zu erkennen, wenn er einen ansah. Seine Augenfarbe war nur schwer zu bestimmen, wobei der größte Anteil aus einem geheimnisvollen Eisgrau zu bestehen schien. Karls Augen waren der Grund dafür, dass sie sich zunächst nicht zu ihrem Kommilitonen hingezogen fühlte, denn er konnte völlig teilnahmslos dreinschauen und unüberbrückbare Distanz damit schaffen. Um die warmen Funken, die in ihnen gelegentlich aufleuchteten, wussten nur wenige. So war erklärlich, dass ihr Mann, im Gegensatz zu ihr, keine echten Freunde besaß.

Als sie beide zufällig zeitgleich einen Job nach ihren Vorstellungen in ihrer Heimat fanden, dem Blessed Island Ruhr, hatten Hannah und Karl ziemlich schnell geheiratet. Vier Jahre später waren sie in die Villa seiner Eltern gezogen. Bald darauf war Harald zur Welt gekommen.

Der morgendliche Moment ihrer Nähe währte nur kurz.

„Kann ich dir etwas zum Frühstück besorgen?", fragte Karl seine Frau. Im selben Augenblick bereute er seine Frage auch schon, denn Hannah legte ihre Stirn in leichte Falten und zog die für sie typische, unentschlossene Schnute.

„Ja, mmh, ich weiß nicht … was könnte ich denn mal essen?"

Die gelegentlichen Anfälle von Entscheidungsfaulheit waren im Grunde der einzige Charakterzug seiner Frau, den Karl nicht ausstehen konnte. Er selbst wusste immer genau, was er wollte, und zögerte keine Sekunde zu lang mit seinen Entschlüssen. Karl mochte es im Gegensatz zu Hannah auch nicht, wenn ihn jemand beraten wollte. Erst recht vermied er, andere um Rat zu fragen.

Hannah war da ganz anders. Sie konnte ausgiebig zweifeln, in den kleinen Dingen des Alltags ebenso, wie bei den wichtigen Weichenstellungen im Leben. Karl neckte sie regelmäßig damit, dass sie nur beim Jawort zu seinem Heiratsantrag eine spontane Entscheidung getroffen habe und danach nie wieder. Das war natürlich übertrieben. Meistens wusste sie schon ziemlich genau, was sie wollte, und ihre Richtungslosigkeit wirkte auf ihn oft nur gespielt. Trotzdem: Er mochte dieses Spiel nicht!

„Komm, Hannah."

„Mach mir doch bitte einen Vorschlag", flötete seine Frau mit gespitzten Lippen und vor dem Mund senkrecht hochgestrecktem Finger.

„Gut, ich bestelle dir Müsli mit Milch und Nüssen, Naturjoghurt und einen schwarzen Tee."

„Das hatte ich doch gestern erst!"

„Weiß ich."

In diesem Moment meldete das Küchenmodul: „Milord, Ihr Frühstück steht bereit."

„Na prima", bemerkte Karl mehr zu sich selbst und froh, das Beratungsspiel auf so elegante Art beenden zu können, „ich bin in der Küche. Du kannst dir dein Frühstück dann später selbst bestellen."

Ohne Hannahs Reaktion abzuwarten, entzog er sich ihr mit einer flinken Seitwärtsbewegung und stolzierte in die Küche. Hinter seinem Rücken hörte er seine Frau seufzen und ins Badezimmer schlurfen.

Er entnahm sein Frühstück, das auf einem dekorativen Tablett komplett mit Porzellangeschirr und Edelstahlbesteck auf ihn wartete, der Klappe des Küchenmoduls und trug es zum Tisch. Dort machte er sich genüsslich über die frisch gebackenen Brötchen her. Allein dafür hatte sich die Anschaffung gelohnt.

Wie immer an Tagen, an denen Karl als Erster aufstand, wählte er nach dem Frühstück Musik aus und wartete mit der letzten Tasse Kaffee bis zum Eintreffen seiner Frau. Hannah ließ sich heute erstaunlich lange Zeit, bis sie endlich in einen flauschigen, längsgestreiften Bademantel gehüllt bei ihm am Küchentisch Platz nahm. Gerade lief im Hintergrund Karls derzeitiger Lieblingshit „Lost Century". Der Song wurde eingeleitet von einer wimmernden E-Gitarren-Version der Anfangstakte zum „Zarathustra" von Richard Strauss. Dort, wo das Original in einem Orgelakkord gipfelte, hatte man dieser Version eine elektronisch animierte Großexplosion spendiert. Ihr folgte eine Ballade, vorgetragen von einer ultrahohen Frauenstimme, wahrscheinlich synthetisch. Zu allem Überfluss trug sie einen verworrenen Text vor, der von Zerstörung und Untergang daherfaselte. Hannah fand dieses Lied einfach nur gruselig.

„Guten Morgen Milady. Was darf ich Ihnen bestellen?", fragte das Küchenmodul unterwürfig.

„Ein Früchtemüsli mit Naturjoghurt und schwarzen Tee."

„Jawohl Milady. Ihre Bestellung wurde erfolgreich registriert."

„Vorhin habe ich den Computer mit Dosenhirn beschimpft. Weißt du, was er dazu meinte?", kicherte Karl seiner Frau zu.

„Nein."

„Pardon Milord, Dosenhirn hat die Küche heute nicht im Angebot", äffte er die Stimme nach und beide prusteten los vor Lachen.

„Dass du die Maschinen immer hochnehmen musst. Dabei weißt du ganz genau, dass sie als Kretins konstruiert worden sind. Sie tun ihren Job halt nur so, wie es ihnen irgendein Programmierer eingegeben hat." Dann verschlechterte sich Hannahs Stimmung sichtlich und sie fügte nachdenklich hinzu: „Manchmal wünsche ich mir solche Arglosigkeit in der Schule."

„Wie meinst du das?", fragte Karl.

„Ach, ich habe gerade wieder Geschichte in der Mittelstufe. Ideologieunterricht. Wir besprechen zurzeit die historischen Umstände, die zur Gründung der Blessed Islands geführt haben. Ich mag diesen Stoff nicht. Jedes Mal stellen die Schüler Fragen, die äußerst schwierig zu beantworten sind, will man sich nicht in Widersprüche verwickeln."

„Das ist doch ein wunderbares Thema! Und bestimmt kein Thema für Arglose. Das ist ein Thema, das den Jugendlichen Intelligenz abfordert.“

„Klar, dass du als Chef des Ideologiestabs so antworten musst“, erwiderte Hannah pampig. „Das ist ein Unterschied, ob ihr in euren Büros sitzt und Berichte oder Reden schreibt, oder ob man durchaus denkfähige, ideologisch noch nicht gefestigte Jungen und Mädchen vor sich hat, bei denen man nie weiß, welche Fragen ihnen einfallen. Da hat mich schon einmal der eine oder die andere in eine Ecke gedrängt, aus der ich nur mit Mühe herausgefunden habe!“

„Worum könnte es denn da gehen?“, fragte Karl ohne Interesse.

„Na zum Beispiel um ethische Themen. Warum haben nur Menschen, die eine Infrastrukturabgabe entrichten konnten, das Recht erhalten, in ein Blessed Island zu ziehen? Warum verwehren wir den Dark People den Zugang? Was macht sie so anders? Warum …“

„Das ist doch nicht wahr“, fiel Karl ihr ins Wort, „Dark People können sogar eingebürgert werden. Das weißt du doch!“

„Natürlich weiß ich das. Aber meine Schüler wissen auch, dass es für Dark People verdammt schwierig beziehungsweise fast unmöglich ist, das Geld dafür aufzutreiben und die dreistufige Ideologieprüfung zu bestehen, um bei uns aufgenommen zu werden. Ersatzweise dürfen sie in unseren Fabriken schuften. Für ein Taschengeld.“

Die Betriebe, die noch nicht vollautomatisierbar waren, lagen ausnahmslos außerhalb der Blessed Border. Dark People versahen dort die schmutzigen und rein handwerklichen Tätigkeiten. Die Leitung oblag selbstredend Blessed People. Ausgeklügelte Sicherheitssysteme verhinderten, dass sich die beiden Gruppen näherkamen.

„Wir haben doch beide Ideologie studiert, und wir haben beide in unseren Seminaren genau diese Fragen wiederholt diskutiert. Natürlich kann ich mich auf die ethische Seite stellen, mich auf die lange überholten Menschenrechte berufen. Doch daran ist die Menschheit gescheitert. Dadurch sind wichtige Dinge übersehen worden, unter denen wir heute noch leiden. Du musst aus der Geschichte heraus argumentieren, nicht aus Gefühlsduselei heraus. Du musst …“

„Ja, ja, ja, ja. Du hast Recht und genauso steht es in eurer Unterrichtsanweisung. Ich meinte ja nur, dass es schwierig sein kann. Ich brauche deine Belehrungen nicht!“

„Dann ist ja gut“, zog sich Karl zurück und nippte an seinem Kaffee. „Ich habe nicht mit dem Thema angefangen.“

„Für dich ist die Welt immer so einfach, so geradlinig“, erwiderte Hannah beleidigt. „Du kommst mir manchmal vor, als habe dir jemand einen Strich in den Kopf gemalt, dem du stur durch dein Leben folgst, ohne auch nur einen Millimeter zu irgendeiner Seite auszubrechen. Du hast dir einmal deinen Weg vorgegeben und gehst ihn jetzt, komme was da wolle. Aber so funktionieren meine Schüler nicht!“

„Genau das ist deine Aufgabe, Hannah! Dafür zu sorgen, dass sie durch Einsicht eben diesen Weg finden. Gerade deshalb hat der Ideologiestab die Unterrichtsanweisung geschrieben, gerade deshalb …“

Hannah hörte ihrem Mann nicht mehr zu. Er war in seinem Berufsalltag angekommen. Wenn er erst einmal dort angekommen war, konnte ihn niemand mehr von dort zurückholen. Damit hatte sie zu leben gelernt, und sie war ihm für seine belehrende Art nicht wirklich böse. Sie wusste, welch hohe Verantwortung er in seiner Behörde für das Funktionieren der Gesellschaft trug und sie akzeptierte, dass er manchmal wie eine Gebetsmühle tickte. Er würde ihre Bedenken, was ihren Unterricht anging, auch niemals verstehen, durfte sie auf Grund seiner Aufgabe vielleicht auch gar nicht verstehen. Insgeheim verwünschte sie sich dafür, dass sie wieder einmal auf diesen Mechanismus hereingefallen war.

Als Karl seine ideologische Standpauke endlich beendet hatte, traf Hannahs Frühstücksbestellung ein. Sie holte ihr Tablett, setzte sich wieder an den Tisch und begann zu essen.

Karl trank den letzten Schluck Kaffee und stand auf.

„Ich gehe jetzt in mein Arbeitszimmer. Ich muss mir noch eine Reihe von Berichten vorknöpfen, ehe ich zum Blessed Mayor aufbreche."

„Du sollst persönlich erscheinen?"

„Hatte ich nicht davon erzählt?"

„Doch, du hast davon erzählt. Aber ich dachte, es würde sich um einen Videocom-Termin handeln. Geht es um etwas Ernstes?"

„Das weiß ich leider noch nicht. Ich habe nur diesen Termin. Seltsam ist das schon und es muss etwas ziemlich Wichtiges geben, sonst hätte ich diese Audienz nicht erhalten."

„Meinst du, es geht um persönliche Dinge? Versetzung oder so was?"

„Nein, davon hätte ich längst Wind bekommen. Ich habe wirklich keine Ahnung."

„Na gut Schatz. Wenn wir Harald wecken müssen, komme ich kurz vorher zu dir ins Arbeitszimmer."

Ihr Sohn war gerade vier geworden. Er schlief morgens ungewöhnlich lange für ein Kind seines Alters, war dafür aber nach dem Wecken sofort putzmunter. Manchmal ging er Karl damit auf die Nerven, dass er die Arme ausbreitete und wie eine Drohne durch die Zimmerecken kurvte. Seinem Vater war die Ruhe, die regelmäßig nach seinem Verschwinden in den Kinderhort eintrat, immer sehr willkommen. Erst dann konnte er sich ungestört auf seine Arbeit konzentrieren.

„Ach, Hannah, sei so nett und übernimm diesen Job heute ausnahmsweise alleine. Ich habe wirklich viel zu tun und hätte eigentlich schon lange damit beginnen sollen. Wer weiß, was ich bei meinem Termin beim Blessed Mayor noch zusätzlich aufgebrummt bekomme – dann wird es diese Woche wirklich eng."

„Na schön. Aber vorm Verlassen des Hauses werden wir dich in deiner Einsiedelei noch einmal stören und Tschüss sagen. Darum kommst du nicht herum!"

„Klar", sagte Karl und an seinem Tonfall erkannte sie, dass er von ihrem Abschiedsbesuch überrascht sein würde.

Rabea

Rabea war nicht wohl dabei gewesen, ihre Nichte in die Obhut des Untergrunds zu geben. Beinahe fünfzehn Jahre lag das nun zurück. Sie hatte sich häufig genug Vorwürfe gemacht, Samira nicht bei sich aufgenommen zu haben. Aber es war schon für Robin und sie schwer gewesen, über die Runden zu kommen. Rabea hatte ein schlechtes Gewissen bei dem Gedanken gehabt, die Kleine weiter auf der Mülldeponie schuften zu lassen. Ohne dieses Zubrot, so hatte sie andererseits befürchtet, hätte sie Samira nicht anständig mit allem versorgen können. Ein Zwiespalt, den sie damals nicht in der Lage gewesen war, aufzulösen.

Für ihre letztendliche Entscheidung, Samira in den Untergrund zu schicken, war dann etwas anderes ausschlaggebend gewesen. Robin hatte sie darauf gebracht. Sie hatten nicht ausschließen können, dass die Blessed Forces auf den Spuren der Nichte weiterforschen würden. Wusste man, was ein Kind in unbedachten Momenten ausposaunte? Am Ende hätte Samira vielleicht Tante und Onkel in Gefahr gebracht.

Rabea selbst war lange davor zurückgeschreckt, sich dem Untergrund anzuschließen. Die eine oder andere geheime Versammlung hatte sie besucht, ja … Als es aber um Gewalt ging und Kampfparolen skandiert wurden, hatte sie kalte Füße bekommen. Das war nicht ihre Welt. Und als Samira ihr bei den drei, vier Besuchen über die Jahre von ihrem Training unter militärischen Bedingungen erzählt hatte, hatte Rabea lieber Abstand gehalten zu diesen Extremisten. Ihr schlechtes Gewissen gegenüber der Nichte war dadurch nur weiter geschürt worden.

Robin hatten politische Dinge nie interessiert. Er ging auf im Überlebenskampf, war glücklich, wenn er etwas Besonderes aus dem Müll fischen konnte, um ihr eine Freude zu machen. So wie den Handmixer, elektrisch betrieben und uralt – so was benutzte dort drüben bestimmt niemand mehr. Robin hatte ihn repariert, geschickt, wie er in solchen Dingen war, und tatsächlich hatte das

Teil sieben Jahre durchgehalten, bis der Motor endgültig durchgebrannt war.

Aus einer Ecke ihrer Hütte ertönte ein schwaches Stöhnen. Rabea ging hin, um zu sehen, ob ihre Hilfe benötigt wurde.

Im Dunkeln lag, auf einem in seiner Sauberkeit von der schmuddeligen Umgebung abstechenden Bett, ihr Mann Robin, den sie schon im zweiten Jahr liebevoll pflegte. Auch jetzt trat sie mit einem Blick warmer Zuneigung an sein Lager heran, ergriff seine rechte Hand und tätschelte ihren wächsernen Rücken.

„Ist ja gut, Robin. Nicht aufregen. Es ist Nacht. Schlaf weiter!"

Aus Robins linkem Handrücken schaute eine verpflasterte Kanüle heraus, deren Schlauch zu zwei Infusionsbeuteln führte, die an einem rostigen Nagel an der Wand hingen. Dies war die Ader seines letzten Restchens Leben, das er einfach nicht aufgeben konnte, wofür Rabea im Grunde dankbar war. Behutsam, wie man es bei ihrem plumpen Körperbau nicht für möglich gehalten hätte, nahm sie bei ihrem Dauerpatienten auf der Bettkante Platz.

Das Schicksal ihres Mannes hatte ihr Leben völlig auf den Kopf gestellt. Wenn sie hier saß, schien es ihr bald so, als ob er von Anbeginn ihrer Ehe schon in diesem Zustand gewesen sei. Rabea liebte ihren Mann immer noch. Nahm er sie in seinem permanenten Dämmerzustand überhaupt noch wahr? Oder bewegte er sich in einer eigenen Welt, losgelöst vom Hier und Jetzt?

Wenn sie ihn so zusammengefallen auf seinem Bett liegen sah, wünschte Rabea ihm fast Letzteres.

Was hatten sie gejubelt, als Robin vor vier Jahren einen Arbeitsplatz in der Drohnenfabrik erhalten hatte! Die ganze Nacht hatten sie gefeiert, dass er die Ideologieprüfung mit Erfolg absolviert und als „Berechtigter" im Schichtbetrieb hatte arbeiten dürfen. Für Dark People bedeutete ein solcher Arbeitsplatz viel, brachte er doch mehr ein, als irgendein Job in ihrem eigenen Umfeld. Geträumt hatten sie von einem Umzug aus dem Slum in ein besseres Wohnquartier. Erst die Schulden bezahlen und dann, dann vielleicht …

Natürlich hatten sie die Nachbarn schief angeschaut, als sich die Neuigkeit herumsprach. Wer zu den Blessed People vorgelassen wurde, stand gleich im Geruch, gemeinsame Sache mit ihnen zu machen. Erst indem sie angefangen hatten, die Nachbarn an ihrem neuen Wohlstand teilhaben zu lassen, war es ihnen geglückt, die Front der Ablehnung zu durchbrechen. Wenn auch die letzten Zweifel nicht bei allen auszuräumen gewesen waren – aber Stinkstiefel gab es ja schließlich überall.

Sie hatten eine gute Zeit gehabt, damals, als Robin ungewohnt viel Geld mit nach Hause brachte und plötzlich Dinge für sie möglich wurden, die sie vorher nicht gekannt hatten. Jeden Tag standen Fleisch oder Fisch auf dem Tisch und sie tauschten das eine oder andere Möbelstück aus. Sogar ein paar neue Matratzen waren drin gewesen und Rabea erinnerte sich heute noch ganz genau an das Gefühl, als sie in das Bett geschlüpft war mit dieser wunderbaren, sich an ihr Rückgrat anschmiegenden Schlafunterlage und der frischen, nach Blüten duftenden Bettwäsche. Mit dem harten Geld der Blessed People in einem richtigen Möbellager gekauft.

Dann hatte Robin das erste Mal gehustet. Die ganze Nacht.

Sie hatte ihm die Brust mit Hausmitteln eingerieben und ihm heiße Getränke ans Bett gebracht, aber der Husten saß hartnäckig in seiner Brust fest. Trotzdem war Robin am Morgen zu seiner Schicht aufgebrochen, denn jeder Krankheitstag konnte eine Untersuchung durch den Werksarzt bedeuten. Das Ergebnis konnte den Arbeitsplatz kosten.

Wochenlang hatte sich Robin damals durch die Tage geschleppt, bis er, ausgerechnet an einem freien Wochenende, zum ersten Mal fieberte. Er war sehr schwach geworden an diesen beiden Tagen und am Montag hatte er nicht mehr geschafft, aufzustehen. Rabea hatte die Hilfe einer Heilschwester in Anspruch nehmen müssen. Die kluge Frau kannte Robins Krankheitssymptome von vielen anderen Fällen ihrer Praxis: Ihr Mann hatte sich in der Fabrik, aufgrund des dort üblichen leichtsinnigen Umgangs mit Chemikalien, einen irreparablen Lungenschaden eingehandelt.

Nach dem Höhenflug ein harter Aufprall.

Sie erkannten, dass es den Blessed People scheißegal war, wie es ihren Arbeitssklaven in den Fabrikhallen erging. Sie erkannten, dass sie nur die Biomasse waren, aus der hinter der Blessed Border der Wohlstand für die Auserwählten erwuchs. Biomasse die, war sie einmal verbraucht, einfach und unkompliziert ersetzt wurde. Schließlich war der Nachschub an Dark People unendlich.

Robin hätte umgehend seine Arbeit aufgeben müssen, um eine Chance zu haben, wenigstens zu überleben. Aber er hatte sich dickköpfig gezeigt, und sich allen Warnungen zum Trotz unter Aufbringung übermenschlicher Willenskräfte am Dienstag doch irgendwie zur Arbeit geschleppt. Bis Donnerstag hatte er durchgehalten. An diesem Donnerstag war es zu dem schweren Arbeitsunfall gekommen, der seiner Gesundheit den Rest geben sollte.

Der Schichtleiter hatte Robin an diesem Tag ins Chemikalienlager geschickt. Ausgerechnet neben dem Regal für Säureflaschen hatte ihr Mann einen seiner Hustenanfälle erlitten. Zu allem Überfluss machte sein Kreislauf schlapp, so dass ihm schwarz vor Augen geworden war. Im Hinfallen hatte Robin nach dem Regal gegriffen, um den drohenden Sturz abzufangen. Durch seine ungeschickte Bewegung waren einige der Flaschen, die dort standen, zu Bruch gegangen. Etwa eine Stunde später fanden ihn Kollegen mit offenem Mund direkt neben einer Säurelache undefinierbarer Zusammensetzung. Diese Stunde hatte ausgereicht, seine Gesundheit endgültig zu ruinieren.

Die Werksfeuerwehr hatte Robin damals nach Hause gebracht und Rabea hatte gleich gewusst, dass das ein schlechtes Zeichen war. Ein solcher Service wurde nur Arbeitern zuteil, die möglichst schnell vom Fabrikgelände entfernt werden sollten. Ohne großes Aufsehen. Endgültig.

Sie hatte Robin kaum ins Bett verfrachten können, da er bereits ins Koma gefallen war. Die hinzugerufene Heilschwester konnte ihr keine Hoffnung machen. Selbst ein Klinikaufenthalt, wenn er denn irgendwie zu bezahlen gewesen wäre, hätte wenig Aussicht auf Genesung versprochen.

Nicht ganz eine Woche später war schon die Tonnachricht aus der Fabrik bei ihr eingegangen, in der sich irgendeines dieser

Arschlöcher bei ihrem Mann für seinen „unermüdlichen Einsatz“ bedankte und im gleichen Satz seine Kündigung bedauerte. Rabea war diese Entwicklung klar gewesen. Die Unausweichlichkeit der Gesetzmäßigkeiten ihrer Welt: Wer nicht mehr für den Fabrikeinsatz zu gebrauchen war, der wurde entsorgt. Eine Miniabfindung hatte man ihnen zugebilligt, zu wenig, um jemals aus dem Slum herauszukommen. Sie waren an ihre Baracke festgeschmiedet worden. Nicht mit eisernen Ketten, sondern mit unsichtbaren.

Infolge dieser Ereignisse hatte Rabea ein Ventil für ihren Hass auf die Blessed People gesucht. Ein Hass von Herzen, ein zerstörerischer, schonungsloser, alles in Kauf nehmender Hass. Endgültig wurden ihre Abneigungen gegenüber diesen menschenverachtenden Herrenmenschen an die Oberfläche gespült, und ihr Leben erhielt aus diesen Gefühlen heraus eine radikale Richtung.

Der Hass trieb Rabea endgültig in die Reihen des Untergrunds. Dort wusste sie Leute, die zu allem bereit schienen. Irgendwann brach sie regelmäßig zu Versammlungen der sogenannten Widerstandszellen auf und ließ sich ihren eigenen Hass durch die Reden der Anführer bestätigen. Ab jetzt stellte sie keine humanen Fragen mehr. Sie begab sich ganz auf die Seite derer, die ein Aufbrechen der Grenzen und die Wiederherstellung einer geeinten Welt forderten, und mit gewalttätigen Mitteln zu erreichen gewillt waren. Die ereignisarmen Stunden am Bett ihres schwerkranken Mannes erhielten durch die Vorstellung, an diesem Kampf teilzunehmen, einen Gegenpol, den sie mit jeder Veranstaltung des Untergrunds mehr wünschte, mit Taten auszufüllen.

Für den aktiven Kampf oder eine Schulung in technischen Fragen, hielt man Rabea für zu alt. Als sie nicht lockerließ, fanden die Leute vom Untergrund doch eine Möglichkeit für sie, sich nützlich zu machen. Man suchte eine unverfängliche Unterkunft, um dort einen Spezialisten unterzubringen. Da Rabea und Robin ihre Kate in guten Tagen mit dem Geld aus der Fabrik erweitert hatten, und sie seitdem über zwei getrennte Räume verfügten, waren die Voraussetzungen dafür bei ihnen einigermaßen gegeben.

Eine nähere Untersuchung durch einen Mann aus dem Untergrund zeigte, dass eine Umsetzung des Vorhabens möglich war. Der hintere Raum sollte die technische Ausstattung und den Schlafplatz des Spezialisten aufnehmen. Die notwendige Infrastruktur, wie Strom und die Möglichkeit, unauffällig eine Richtantenne zu installieren, war vorhanden. Das Beste an dieser Lösung: Rabea musste die Hütte nicht verlassen, konnte weiter Krankenfürsorge leisten und gleichzeitig etwas gegen die Schweine, die ihren Mann zu Grunde gerichtet hatten, unternehmen.

Robin hatte sich etwas beruhigt und war mit den typischen, rasselnden Kehllauten in seinen Dämmerzustand zurückgefallen. Rabea war dankbar dafür, dass ihr die Terrororganisation neben dem Geld für das Tägliche auch das für seine Medizin und die Kunstnahrung zusteckte. Wie viel lieber hätte sie aktiv gekämpft, als so viele Stunden hier in diesem Loch zu verbringen. Fett war sie geworden, wegen der mangelnden Bewegung. Hätte man ihr eine Waffe in die Hand gedrückt, wäre sie zu allem bereit gewesen, auch zum Preis ihres eigenen Lebens.

„Ich hab was! Komm her Rabea, ich hab was!“

Das war er, der Experte, dem sie ihren Raum zur Verfügung gestellt hatte. Er schien kaum Schlaf zu benötigen und hielt sie in der Nacht oft mit seinen geflüsterten Anweisungen für seine Apparatur wach. Immerhin benutzte er einen Kopfhörer, so dass sie die Antworten des Computers nicht mit anhören musste.

Rabea war äußerst überrascht gewesen, als ihr der Mann vom Untergrund dieses schmale Kerlchen als Superhirn vorgestellt hatte. Seine Oberlippe trug noch den Flaum der Jugend und seine ganze Erscheinung war absolut unauffällig. Er gehörte zu der Art Menschen, von denen man im Nachhinein nie wusste, ob sie an einem Fest teilgenommen hatten oder nicht.

Sie ging durch den Vorhang, der ihre Lebensbereiche voneinander trennte, nach nebenan. Die picklige Gesichtshaut des Kerlchens glänzte verschwitzt im Halblicht des Monitors und er zitterte vor Erregung. Der Computer des jungen Mannes stand auf einem Gestell aus ungehobelten Latten, in dessen unterem Fach noch weitere technische Geräte in Bastlerqualität untergebracht waren.

Dieser Bereich war vom einzigen Fenster der Baracke aus nicht einzusehen und deshalb hatten sie ihn für die verborgene Tätigkeit ausgewählt.

Rabea, die wie immer zu Hause einen ihrer abgetragenen, kleingemusterter Kittel trug, deren Farben grundsätzlich blau und grün waren, ging zu ihrem Untermieter herüber. Der Mensch besaß leider eine unangenehme Angewohnheit: Er forderte ständig Aufmerksamkeit für seine Arbeitsergebnisse.

„Was hast du entdeckt, Jungchen? Lass gucken."

Seinen richtigen Namen hatte ihr der junge Mann nicht nennen wollen. Deshalb sprach sie ihn mit „Jungchen" an. Er schien damit zufrieden.

„Hier, Rabea, siehst du, genau hier."

Der zitternde Finger des Jungen wies auf eine winzige Zeichenkette auf dem blassen Monitor, der mit Buchstaben und Zahlen übersät war.

„Ich erkenn da nix. Das weißt du doch."

„Es ist mir endlich gelungen, die Identität eines der Bosse im Blessed Island zu knacken. Ich habe seinen Namen: Karl. Blessed Chief Karl. Er scheint der Meister vom Ideologiestab zu sein."

Rabea stand dieser Mitteilung ratlos gegenüber.

„Was bringt uns das?"

„Ich habe Zugang zu seinen persönlichen Daten. Seinen Sicherheitsdaten. Außerdem kann ich ein Bewegungsprofil erstellen und im Groben erkennen, woran er gerade arbeitet."

„Hilft uns das weiter?"

„Klar, Rabea. Ich folge dem Mistkerl jetzt auf Schritt und Tritt, lerne ihn kennen und vielleicht, ganz vielleicht, können unsere Leute irgendwann etwas damit anfangen."

„Was hältst du von schlafen, Jungchen?"

„Ich kann doch jetzt nicht pennen. Jetzt, wo es richtig spannend wird."

„Na gut. Aber verhalte dich bitte still. Ich habe eine Mütze Schlaf dringend nötig!"

Rabea ging in den Hauptraum zurück und ließ den Vorhang

hinter sich zufallen. Sie zog ihren Kittel und ihre Unterwäsche aus und wusch sich mit dem Wasser aus dem Plastikkanister in einer Schüssel, die auf einer abgewohnten Anrichte stand. Ihre ursprüngliche Farbe mochte einmal Weiß gewesen sein. Über die Jahrzehnte war ihr Lack vergilbt.

Sie trocknete sich ab, schlüpfte in ihr Nachthemd und legte sich neben Robin ins Bett. Ihr Mann atmete verhältnismäßig ruhig. Sie hoffte, er würde sie in den nächsten Stunden nicht stören. Mit einem Seufzer löschte sie das Licht.

Rabea schlief bis in den neuen Tag hinein, an dem Blessed Chief Karl zum Blessed Mayor aufbrach.

Entsendung

Karl arbeitete bis kurz vor seinem Aufbruch konzentriert zwei Berichte durch, die er sich über Videocom vorlesen ließ. Sie stammten aus Produktionsstätten und waren wegen ihrer Brisanz in seinem Postfach gelandet. Darin wurde von Unregelmäßigkeiten in der ideologischen Praxis dieser Betriebe berichtet, die auf mangelhafte Ideologiekenntnisse des Führungspersonals schließen ließen. So war es in einem Fall zu längeren verbalen Auseinandersetzungen zwischen der Betriebsführung und den dort beschäftigten Dark People gekommen, die der Bericht im Wortlaut enthielt. Sie hatten über eine halbe Stunde miteinander gestritten. Ein so ausführlicher Kontakt zwischen Blessed People und Dark People, erst recht eine Diskussion um die Arbeitsbedingungen und die Bezahlung, war inakzeptabel und grundsätzlich bedenklich.

Karl gab der Notizfunktion ein paar Randbemerkungen zu den Berichten auf, die er später mit seinen Mitarbeitern besprechen wollte. Er hatte noch keine Ahnung, wie diesen Problemen beizukommen war, aber sie würden eine angemessene Lösung finden — wie eigentlich immer.

Es war eine anspruchsvolle Aufgabe, die Einhaltung der ideologischen Grundsätze eines Blessed Island zu überwachen und zu steuern. Ohne dieses fest gefügte Gerüst drohte ihre geschützte Welt auseinanderzubrechen. Abweichungen wurden nur in engen Grenzen toleriert. Die Geschichte war voll von Beispielen zusammengebrochener Staatsgebilde, am Ende gescheitert am inneren Widerstand. Solchen Entwicklungen vorzubeugen, der Zersetzung von innen, war höchstes Ziel des Ideologiestabs. Für die Ordnung im Dark Country waren die Blessed Forces zuständig, die dem Security-Kollegen unterstanden.

Als der Druck durch ökologische Katastrophen und Flüchtlingsströme aus aller Welt in der dunklen Zeit zu groß geworden war, hatte man sich nicht umsonst dazu entschlossen, einen Teil der Menschheit davor in Sicherheit zu bringen. Führende Visionäre hatten den Untergang im Chaos vorhergesagt. Massenflucht, Armut, Kriminalität und Verlust der kulturellen Identität – das war der Teufelskreis, in dem die Menschheit gesteckt hatte. Die öffentliche Ordnung war auseinandergebrochen. Wer sein Hab und Gut nicht selbst verteidigte, lief Gefahr, es zu verlieren.

Wissenschaftler hatten sich damals auf internationaler Ebene zusammengefunden, um in Zusammenarbeit mit Politikern das Blessed-Island-Konzept zu formulieren. Die Kernidee war mit den Worten des berühmten Ideologen jener Bewegung, Steven Miller, zusammengefasst worden unter dem Leitsatz: „Kräfte sammeln im Rückzug". Man wollte Ruhezonen schaffen um, losgelöst von den immer massiver werdenden Problemen, über die weitere Entwicklung der Welt nachzudenken, wollte für eine Elite Handlungsspielräume zurückerobern. Der Zeitraum des Rückzugs war begrenzt angedacht, ohne sein Länge weiter zu definieren. Infolgedessen waren überall auf der Welt Landstriche zu Blessed Islands ausgebaut worden.

Aus dieser Zeit stammten die Glaubenssätze, auf denen die Ideologie der Blessed Islands fußte. Alle begannen mit den Worten „Ich glaube an …"

„Ich glaube an die Zukunft der Menschheit, gestaltet in den Blessed Islands."

„Ich glaube an die Isolierung der Blessed People in den Blessed Islands, damit sich die Welt frei entfalten kann."

Und so weiter.

Jedes Jahr fand an zentralem Platz die Vergatterung der volljährig gewordenen jungen Frauen und Männer statt. Karl zitierte zu diesen Anlässen vom Rednerpult aus alle Grundsätze und die Angetretenen schworen in einem feierlichen Akt, sie zu beherzigen und zu verteidigen. Die Glaubenssätze waren Karls Bibel. Ohne Wenn und Aber.

Mittlerweile, nach Jahrzehnten des erfolgreichen Bestands der Blessed Islands, bröckelte die Front der Befürworter dieser Gedanken. Sozialromantiker stießen sich an dem wirtschaftlichen und sozialen Gefälle zwischen Dark Country und den Inseln der Eliten.

Auf Lederpolstern in einer vollklimatisierten Villa sitzend, einen Pokal erlesenen Rotweins in der Hand, ließ es sich darüber natürlich trefflich diskutieren. Karl verachtete diese Gutmenschen, die es seiner Behörde zunehmend schwer machten, gegenzuhalten.

Andere bemängelten, dass die Kulturgüter der Welt außerhalb der geschützten Grenzen der Blessed Islands verfielen. Übereifrige Spinner hatten in der öffentlichen Diskussion ernsthaft in Erwägung gezogen, Gebäude wie Schloss Neuschwanstein oder den Kölner Dom, abzutragen und innerhalb der Blessed Border wieder aufzubauen. Wofür diese Geldverschwendung? Von allen diesen Gebäuden existierten in Videocom digitalisierte 3D-Modelle. Jedermann war in der Lage, sie virtuell zu durchstreifen.

Ernster war die Kritik zu nehmen, dass Blessed People weniger frei waren als ihre Vorgenerationen. Manche fühlten sich eingepfercht innerhalb der Blessed Border, durch die Überwachung per Chip-Technik dem Ideologiestab ausgeliefert. Es stimmte, dass digitale Akten zu allen Bürgern geführt wurden. Sie wurden tatsächlich maschinell ausgewertet, nicht nur, um Straftaten aufzudecken, sondern auch, um mangelnde Moral im Sinne der Ideologie aufzudecken. Doch das war aus Karls Sicht unbedingt notwendig, wollten sie nicht scheitern. Die Freiheit des Einzelnen war für ihn das eindeutig geringere Gut gegenüber dem Erhalt des Ganzen.

Erkannten die Leute denn nicht, dass dies alles nur zu ihrem Schutz diente?

Gegen halb zehn gab Karl dem Hauscomputer die Order, eine Drohne vor dem Haus bereitstellen zu lassen, und verließ kurz darauf sein Büro. Eigentlich war es bis zum Sitz der Regierung nur ein Katzensprung, den er hätte leicht zu Fuß bewältigen können. Allerdings umgab die Anlage dort ein zusätzlicher Befestigungsring, ähnlich der Blessed Border. Aus Sicherheitsgründen war er nur aus der Luft zu erreichen.

Karl bestieg das Luftfahrzeug des BIG − die Abkürzung für Blessed Island Gouvernement −, und gab als Ziel den Sitz der Regierung an. Lautlos setzte sich die Drohne in Bewegung.

Der Verkehr lief mit Ausnahme von Scootern, Bikes und Segways autonom ab. Niemand besaß mehr ein privates Auto. Kabinenwagen oder kurz KW, wie es jetzt hieß, wurden über eine Zentrale zur Verfügung gestellt, die auch für den reibungslosen Verkehr zuständig war. Da das Home Office mittlerweile zum Standard zählte, war der Bedarf an Mobilität ohnehin mäßig. Nur der, dessen Anwesenheit aufgrund seines Jobs unverzichtbar war, verließ noch regelmäßig die eigenen vier Wände. Sogar Polizisten saßen häufiger an Monitoren und Computern, als dass sie im Blessed Island unterwegs gewesen wären. In täglichen Marsch zum Arbeitsplatz setzten sich nur wenige, wie etwa Lehrer. Das Erziehungswesen komplett auf IT umzustellen, hatte man sich bisher gescheut.

Von der voll verglasten Passagierkabine seiner Drohne aus hatte Karl eine wunderbare Aussicht auf seine Heimat. Die Allee, in der ihr Haus lag, wurde immer kleiner. Als die Drohne ihre maximale Flughöhe erreicht hatte, konnte er sein Ziel bereits erkennen. Der Regierungssitz war unterhalb der Villa Hügel in den Berg gebuddelt worden, einem Industriellen-Anwesen mit riesigem Park, im neunzehnten Jahrhundert errichtet durch einen einflussreichen Unternehmer namens Krupp. Die beiden Baukörper – der größere gekrönt von einem Pavillon-ähnlichen Aufsatz und ein kleinerer daneben –, blickten majestätisch auf den Baldeneysee hinab, einen Stausee der Ruhr. Heute diente die Villa Hügel als Foyer des Regierungssitzes.

Das Hügelland hinter dem Baldeneysee war teilweise mit Wald bedeckt. Bei der Errichtung des Blessed Island Ruhr hatte man darauf geachtet, im Zuge von Aufforstungen klimaresistente Baumarten zu verwenden. Dasselbe galt für die eingebetteten Lichtungen: Selbst die Gräser stammten aus südlichen Gefilden. Im zurückliegenden Winter hatte es ausnahmsweise relativ viel geregnet, so dass sich die Wiesen mit Löwenzahn und Schaumkraut schmückten.

Karls Drohne schlug den vorgeschriebenen Bogen über seinem Ziel. Er wusste, dass die Sicherheitstechnik nun einen Check durchführte, um seine Legitimation zur Landung zu überprüfen.

Deshalb kreiste er hier nicht alleine in der Warteschleife, sondern um ihn herum waren zwei weitere Drohnen des BIG unterwegs. Nach wenigen Augenblicken – ungewöhnlich kurz – schien der Check abgeschlossen zu sein. Die Drohne setzte nach verlangsamtem Sinkflug zur Landung an.

Vor dem prunkvollen Portal der Villa Hügel hatte man eine Art Terminal errichtet, aus dem wie die Arme eines Oktopus Gangways herausragten, durch die Besucher das Foyer geschützt vor Wetter und anderen Eventualitäten erreichen konnten. Als Karls Drohne aufsetzte, suchte einer der Tentakel Anschluss. Nach dem Einrasten der Gangway öffnete sich die Fahrgastzellentür automatisch und er stieg aus. Am Ende der Röhre wartete die obligatorische Sicherheitszelle auf ihn, mit deren Hilfe die Identität der eintretenden Personen auf elektronischem Wege festgestellt wurde. Im Anschluss an den kurzen Check, der aus einem Abgleich der Daten seines persönlichen Chips und einem Iris-Scan bestand, sprang ihre Ausgangstür auf und das Sicherheitssystem gewährte ihm endgültig Einlass in das Regierungsgebäude.

Am Empfang saß – aus für ihn unverständlichen sentimentalen Gründen – eine Empfangsdame in einem anthrazitfarbenen Outfit. Etwa in Herzgegend war ihre Jacke mit dem Emblem des Blessed Island Ruhr geschmückt, einem stilisierten blauen Fluss, der sich zwischen zwei grünen Hügeln schlängelte. Den ursprünglich im unteren Bereich des Abzeichens angedeuteten Förderturm hatte die Politik erst neulich beschlossen, aus dem Wappen zu entfernen.

„Guten Morgen Blessed Chief Karl. Der Blessed Mayor erwartet Sie schon in seinem Büro. Sie kennen den Weg?“

Eine überflüssige Frage der Empfangsdame, wie Karl fand. Trotzdem blieb er höflich.

„Guten Morgen. Danke, ich kenne den Weg.“

Karl wandte sich zum Lift, der sofort Beschäftigung für sich erkannte. Die Türen glitten zur Seite und er betrat die Kabine.

„Siebzehntes Untergeschoss!“

Was in früheren Zeiten einmal die Höhe einer Etage über die Bedeutung der darin residierenden Personen ausgesagt hatte, drückte heute die Tiefe aus. Unterhalb des siebzehnten Untergeschosses besaß das Gebäude nur noch ein weiteres, in dem die Sitzungsräumlichkeiten untergebracht waren.

Sanft nahm der Lift seine Abwärtsbewegung auf, und brachte ihn ohne Zwischenstopp in die gewünschte Etage. Karl trat in den Flur und folgte der Beschilderung nach links. Er bog in den zweiten Quergang nach rechts ab und stellte sich in die Sicherheitszelle vor dem Zugang zum Bürotrakt des Blessed Mayor. Ein brandneues Modell mit erweiterter Funktionalität. Karl kannte es nur aus Vorankündigungen. Hier dauerte der Check schon etwas länger. Das Sicherheitssystem forderte von ihm das Auflegen der Hände auf zwei Griffflächen und die Abgabe einer Sprachprobe: „Bitte sprechen Sie mir nach: Blessed Island Ruhr, our home forever.“

Jetzt verstand Karl, warum er neulich dazu aufgefordert worden war, einen längeren Text aufzuzeichnen und ihn der Security zur Verfügung zu stellen. Hier war die neueste Generation von Sicherheitszellen eingebaut worden, die zusätzlich über eine Spracherkennung verfügte.

Karl nuschelte zurück: „Blessed Island Ruhr, our home forever.“

Damit war die Spracherkennung nicht zufrieden.

„Bitte wiederholen Sie. Sie haben nur noch einen Versuch!“

Bemüht um einen möglichst natürlichen, deutlichen Tonfall, wiederholte er: „Blessed Island Ruhr, our home forever.“

Die Tür der Sicherheitszelle öffnete sich zum Bürotrakt des Blessed Mayor. Karl blickte sich noch einmal um und sah, wie ein Sprühnebel die Griffffläche für die Hände desinfizierte. Durchdacht, das Ganze.

Eine der Assistentinnen des Blessed Mayor nahm ihn in Empfang und grüßte ihn förmlich. Karl nickte nur zurück und fiel direkt mit der Tür ins Haus: „Ist der Chef gesprächsbereit?“

„Ja, Sie werden schon erwartet. Gehen Sie einfach hinein.“

Nach wenigen Schritten stand er im Arbeitszimmer seines Vorgesetzten.

Das Büro des Blessed Mayor war großzügig dimensioniert, obwohl kaum Möbel auf dem Parkettboden standen. Am auffälligsten war die leergefegte Tischplatte des ausladenden Schreibtischs aus rötlichem Holz. Mit Papier wurde schon lange nicht mehr hantiert. So war der monströse Schreibtisch, auf dem nur der unvermeidliche Monitor die Maserung des Holzes unterbrach, eher ein Statussymbol vergangener Zeiten, denn ein notwendiges Inventar.

Die anderen Möbelstücke entsprachen weitgehend dem, was man in einem Büro erwartete. Der schwarzlederne Chefsessel war ebenso anzutreffen wie die Besprechungsecke auf Chromgestellen. Die Wände waren in heller Ahornvertäfelung gehalten, hier und da mit Luftaufnahmen vom Blessed Island Ruhr geschmückt. Sie wurden von hellen Lichtflächen durchbrochen, die in Untergeschossen üblicherweise die Fenster ersetzten. Wenn man bedachte, dass es auch für die politische Kaste üblich war, von zu Hause aus zu agieren, war die Weitläufigkeit dieses Büros schon bemerkenswert. Nur bei eher offiziellen Anlässen wurde es überhaupt genutzt.

„Hallo Timothy.“

„Hallo Karl. Bitte nimm Platz.“

Auch wenn sie während der bereits Jahre andauernden Amtszeit des Blessed Mayor nur eine überschaubare Anzahl persönlicher Kontakte gehabt hatten, begrüßten sie sich wie alte Bekannte. Über Videocom sprachen sie mindestens wöchentlich miteinander und es war durchaus zur Gepflogenheit geworden, bei solchen Kontakten das „Du“ zu beschließen. So hatte es auch der Blessed Mayor kurz nach Karls Übernahme der Leitung des Ideologiestabs gehalten. Ihre Zusammenarbeit war von Anfang an reibungslos verlaufen. Lösungsorientiert, jedoch ohne besondere gegenseitige Sympathie.

Karl nahm auf dem ihm angebotenen Stuhl vor dem Schreibtisch Platz und wartete, bis sich der Einladende in seinem schweren Sessel niedergelassen hatte. Einen kurzen Augenblick musterten sie sich gegenseitig schweigend, bis Karls Neugier durchbrach.

„Was gibt es so Wichtiges zu besprechen, Timothy? Ich muss zugeben, ich bin ein wenig gespannt!“

„Nun", gab der Blessed Mayor zurück, „es sind keine erfreulichen Ereignisse, wegen denen ich dich um ein Gespräch unter vier Augen zu mir gebeten habe. Es gibt Schwierigkeiten. Schwierigkeiten, von denen bisher nur wenige Eingeweihte etwas wissen. Schwierigkeiten, die uns besondere Maßnahmen abverlangen."

Der Blessed Mayor legte eine Kunstpause ein, um die Aufmerksamkeit für seine Botschaft zu verstärken. Er war über dreißig Jahre älter als Karl und wirkte in seiner ganzen Person gutmütig. Sein Körper zeigte einen ansehnlichen Fettansatz und sein massiger Kopf stützte sich auf ein ausgeprägtes Doppelkinn, was für Blessed People ungewöhnlich war. Passend dazu fielen seine Bewegungen aus: bedächtig und behäbig mit spärlicher Gestik.

Im scheinbaren Widerspruch zum Erscheinungsbild des Blessed Mayor standen seine geistige Regsam- und Behändigkeit. Er konnte seine Gesprächspartner in Unterredungen jederzeit mit zündenden Ideen, leidenschaftlich vorgetragen, überraschen, oder in Diskussionen durch plötzliche Gedankensprünge abhängen. Dass er diese Unterredung mit so vagen Andeutungen begann, war für ihn untypisch. Es musste sich um wirklich ernsthafte Probleme handeln.

„Ich bin ganz Ohr!", ermunterte Karl seinen Gesprächspartner zum Weitersprechen.

„Ich will dich nicht lange aufhalten. Ich habe einen Auftrag für dich und ich möchte dich bitten, ihn unverzüglich auszuführen.

Einige Geheimdienste haben dem internationalen Rat von einer Bedrohung durch terroristische Aktivitäten berichtet. In unseren Sicherheitssystemen sind Indizien dafür aufgetaucht, dass irgendwer versucht, sich über Viren sicherheitsrelevante Informationen aus unseren Computern zu beschaffen. Du wirst mit Recht darauf verweisen, dass täglich über siebzig neue Viren, Trojaner, Spyware, Würmer, Bazillen oder was immer du dazu sagen willst – ich kapiere die Unterschiede sowieso nicht und bleibe bei Viren –, auf unseren Rechnern entdeckt werden und wir dadurch bislang kein Sicherheitsproblem hatten. Korrekt.

Diesmal scheinen es aber besonders ausgeklügelte Viren zu

sein, die ihr Unwesen nicht in den Zentralcomputern treiben, sondern vorzugsweise in Peripheriegeräten. Das macht einerseits bei der Vielzahl von Gerätetypen, die als Peripherie angeschlossen sind, die Entdeckung dieser Viren schwierig, andererseits sind diese Viren extrem mutationsfähig und verändern beinahe minütlich ihren eigenen Code und ihre Funktionsweise. Sie tarnen sich durch diese Mutationsfähigkeit so gut, dass wir nicht ausschließen können, etliche davon noch gar nicht entdeckt zu haben. Was aber noch erschreckender ist: Unsere Sicherheitsexperten haben keine Erklärung dafür, was ein Außenstehender mit den Informationen, die diese Viren abzapfen, anfangen will.

Ich bin technisch ein blutiger Laie, aber man hat es mir so erklärt: Die Tür zu meinem Büro öffnet sich dann, wenn eine von der Sicherheitszelle gecheckte Person innerhalb einer bestimmten Zeit in den Sensorenbereich der Tür eintritt. Die Sensoren erkennen diese Person aufgrund der Analyse der Sicherheitszelle und geben den Öffnungsmechanismus frei. Ein Virus, wie ich ihn beschrieben habe, könnte in dieser einen Minute das Profil dieser Person von der Sicherheitszelle abgreifen, verändert sich dann irgendwie und zapft anschließend Informationen zur Nutzung des Videocoms in meinem Büro an. Währenddessen übernimmt ein anderes Virus mit programmtechnisch völlig anderem Aufbau den ersten Job und führt ihn fort. Kurz darauf mutieren diese Viren erneut und das eine könnte beispielsweise in der Sicherheitsschleuse des Parlamentsgebäudes, das andere in einer Drohnensteuerung aktiv werden. Unterdessen haben Virus drei und vier deren alte Spionagetätigkeit übernommen.

Diese Technik mutierender Viren ist natürlich nichts Neues. Neu sind nur die ungewöhnlichen Einsatzorte, denn die Sicherheitsfritzen sind der Ansicht, dass diese Viren äußerst intelligent gemacht sind und man ihnen einiges mehr zutrauen darf, als Typen, die uns bekannt sind. Erschreckend ist die Vermutung, dass diese vielen ausspionierten Einzelinformationen wiederum in einem Zentralcomputer außerhalb unseres Kontrollbereichs gesammelt und zusammengepuzzelt werden könnten. Dann plötzlich wird aus der Informationsflut ein genaues Abbild unserer Tagesabläufe und unserer Gewohnheiten. Eine bedrohliche Vision: Wir liegen plötzlich als politisches System und als Einzelpersonen auf dem Seziertisch. Weiter will ich gar nicht denken. Ich hoffe, ich habe dir das Problem verständlich gemacht. Alles klar, oder irgendwelche Fragen?"

Die Antwort von Karl war stummes Kopfnicken. Ihm leuchtete die Dimension dieser Entdeckung spontan ein, war doch ihr peinlich abgeschirmtes Leben in Gefahr, von Unbefugten, von Terroristen gar, ausspioniert zu werden. Wie man diese Informationen möglicherweise durch Simulationsprogramme in Szenarienbetrachtungen umsetzte und kriminell nutzte, dazu benötigte man nicht viel Phantasie.

Aufmerksam hörte er dem Blessed Mayor weiter zu.

„Ich habe mich kurz gefasst und will mich nicht in Details vertiefen. Fest steht, dass wir wachsam sein müssen und fest steht, dass wir weder unserem Maschinenpark, noch den Menschen, die uns umgeben, vorbehaltlos vertrauen dürfen. Jedes Peripheriegerät kann uns zu Glaskugeln machen, jede unserer Bewegungen kann die eine Information zusätzlich liefern, die uns angreifbar macht. Also müssen wir handeln, schnell handeln.

Ein Schreiben ist bei mir eingegangen – überlege dir, Karl: ein Schriftstück! Es enthält eine Einladung zu einer Konferenz im Blessed Island Molonglo. Nicht über Videocom, sondern mit persönlicher Anwesenheit. Dort wird es weitere Informationen zu diesen Viren und ihren Schöpfern geben, und dort soll die Lage durch die Konferenzteilnehmer analysiert werden. Die Konferenz startet morgen um acht Uhr australischer Zeit. Sie ist deshalb so früh angesetzt, damit die Ankunft der Teilnehmer genau in den Zeitkorridor fällt, in dem alle Peripheriegeräte bei denen da unten turnusmäßig neu initialisiert werden. Dadurch kommt eine Menge Traffic auf die Computerverbindungen und die Techniker haben mir erklärt, dass dieser Traffic den Viren die Arbeit erschwert.

Die Australier sind uns mit ihrer Ortszeit neun Stunden voraus. Jetzt haben wir also neunzehn Uhr und ein paar Minuten dort unten. Per Mach-3-Jet benötigt man ungefähr achteinhalb Stunden reine Reisezeit.

Du hast sicher schon gemerkt, Karl, dass ich dich statt meiner schicken will. Ich möchte dort jemanden haben, der einerseits technisch besser auf dem Laufenden ist als ich, und andererseits einen guten Überblick über den Zuständigkeitszuschnitt unserer Behörden besitzt. Zuerst habe ich an deinen Kollegen von der Security gedacht, aber bei der Lage der Dinge kann man auf die Idee kommen, dass diese Virenkiste durchaus einem Geheimdienstler-Gehirn entsprungen sein könnte. Bei dir, Karl, bin ich mir so sicher wie bei keinem anderen meiner Mitarbeiter. Würdest du mich vertreten?"

Karl überlegte nicht lange. „Ich bin bereit!"

Das war eine Riesenchance für ihn, eine so wichtige Mission in Vertretung des Blessed Mayor wahrzunehmen. Sie war vielleicht ein Baustein, Kandidat für die nächste Legislaturperiode des Blessed Mayor zu werden. Da musste er einfach zugreifen.

Sein Gesprächspartner rieb sich mit dem Handrücken zufrieden über sein Doppelkinn.

„Ich hatte nichts anderes von dir erwartet. Wir wollen keine weiteren Risiken eingehen. Du begibst dich von hier aus direkt zum Airport. Dort steht eine Maschine bereit, die um halb zwölf nach Australien startet. An Bord wird sich neben dir nur ein Sicherheitsingenieur befinden, der gleichzeitig als Pilot fungiert.

Um zwanzig Uhr unserer Zeit, also um fünf Uhr australischer Zeit, wirst du dort unten landen. Ich freue mich übrigens, dass du instinktiv bereits die richtige Kleidung gewählt hast. Du wirst eine gute Figur abgeben. Eine bessere als ich jedenfalls!"

Um seine selbstironische Anmerkung zu betonen, klopfte sich der Blessed Mayor dreimal auf seinen voluminösen Bauch und zwinkerte dem Jüngeren mit einem Auge zu.

Bei Karl kam der Scherz kaum an. Er bemühte sich, in dem Tempo mitzudenken, in dem ihm der Auftrag übertragen worden war.

„Meine Frau werde ich wohl besser nicht mehr kontaktieren,

um ihr meine fluchtartige Abreise zu erklären. Übernehmt ihr das bitte?"

„Natürlich, Karl. Ich werde gleich eine Assistentin damit beauftragen. Sie wird das am besten in der Mittagspause persönlich übernehmen, damit nur ihre Bewegung, nicht aber der Inhalt ihrer Nachricht durch die Computer läuft. Das Informieren deiner Stellvertretung kann sie auf diesem Weg gleich mit erledigen. Ich werde auch keine Notiz für den Protokollcomputer aufgeben und sobald du diesen Gebäudekomplex verlassen hast, werden unsere Programmierer die von dir in den Peripheriegeräten hinterlassenen Spuren löschen. Damit wird dein Besuch bei mir vor ungebetenen Spionen verborgen bleiben.

Wir sollten dieses Gespräch nicht mehr allzu lange fortsetzen. Sonst könnte irgendjemand von diesen Virenfuzzis unliebsame Schlüsse ziehen. Kann ich noch irgendetwas sonst für dich tun?"

„Nein, Timothy. Du hast Recht. Ich gehe jetzt lieber. Danke für dein Vertrauen!"

„Viel Erfolg, Karl. Ich bin gespannt, was du nach deiner Rückkehr zu berichten hast. Aber lass bitte mich den Kontakt aufnehmen. Ich werde mich zeitnah nach deiner Rückkehr melden!"

Die beiden Männer erhoben sich, bewegten sich um den Schreibtisch herum aufeinander zu und schüttelten sich wortlos die Hände. Diese Geste war einer der antiquierten Bräuche, die man im normalen Alltag lange abgelegt hatte. In diesem Moment der Bedrohung ergab sie sich zwischen ihnen quasi wie ein Automatismus: Der Händedruck als Vertrauensbeweis und gegenseitiges Versprechen.

Ihre Blicke suchten einander und blieben noch einen kurzen Moment über den Händedruck hinaus aneinander haften. Dann gab Karl den Blickkontakt auf und verließ unverzüglich das Büro des Blessed Mayor. Es war alles gesagt. Er wusste, was er zu tun hatte und würde seine Reise unverzüglich antreten.

Erst auf dem Weg zum Airport wurden Karl die Folgen des recht einseitigen Gesprächs richtig bewusst. Er würde, ohne seiner Familie Bescheid zu geben, ohne noch einmal zu Hause vorbeizusehen, aufbrechen, und er war gezwungen die viele Arbeit, die dort auf ihn wartete, einfach liegenzulassen. Das entsprach überhaupt nicht seinem Naturell. Er würde versuchen, noch einige wenige Dinge von unterwegs zu erledigen. Seine Mission rechtfertigte andererseits unbedingt die Vernachlässigung seiner regulären Aufgaben. Das Auftreten dieser Viren war Grund genug für die ungewöhnliche Maßnahme.

Durch die Sicherheitsschleuse am Portal des Regierungsgebäudes, die sofort eine Gangway in Marsch setzte, gelangte Karl zu seiner Drohne zurück. „Airport“, gab er das Flugziel vor.

„Angaben nicht ausreichend. Bitte Terminal ergänzen“, meldete die Maschine.

Daran, dass er das Terminal wissen musste, hatte er in der Eile nicht gedacht. Auf der Informationsplattform des Airports konnte er den Abflugort eines Geheimflugs aus Sicherheitsgründen nicht abfragen. So war er gezwungen, direkt beim Blessed Mayor zurückfragen.

„Videocom mit Blessed Mayor Timothy herstellen.“

Nach einem kurzen Flackern auf dem Bildschirm erschien das Gesicht seines Gesprächspartners, der sichtlich überrascht war, seinen Mitarbeiter so schnell wiederzusehen.

„Karl! Was kann ich für dich tun?“

Seine Frage bestand aus nur einem Wort und die Antwort aus einem einzigen Buchstaben. Doch genau das wurde ihm von diesem kurzen Moment an zum Verhängnis.

Ausspioniert

Rabea war erstaunt darüber, wie hoch die Sonne schon stand – das sah sie am Schatten des Fensters auf dem Boden der Kate. Der Vormittag war weit fortgeschritten.

Sollte ihre unruhige Nacht nur Einbildung gewesen sein?

So erging es ihr manchmal. Die Phasen, in denen sie sich hin und her wälzte, den Kopf voller Sorgen, schienen ihr rückblickend endlos und doch gab es Anzeichen dafür, dass sie phasenweise in Tiefschlaf gefallen war.

Sie hörte das Rufen aus dem Nachbarraum. War sie davon geweckt worden?

Rabea rappelte sich hoch und schlurfte zu ihrem Untermieter hinüber. Der junge Mann saß in derselben Haltung wie gestern Abend vor seinem Maschinenpark, als hätte er seinen Posten die ganzen Stunden über nicht verlassen. Sie bemerkte seine Erregung.

„Guten Morgen, Jungchen. Frühstück?"

„Die Drohne hier haben wir nicht registriert. Der Typ taucht einfach so vorm Regierungspalast auf und spricht per Videocom mit dem dicken Meister."

„Welcher Typ?"

„Na dieser Karl, dieses Ideologieschwein. Den wir identifiziert haben und jetzt beobachten."

„Und was heißt das? Werd mal ein bisschen genauer, Jungchen", forderte Rabea ihn ungeduldig auf.

„Also, pass auf: Dieser Karl scheint zum Regierungssitz geflogen zu sein und ist wahrscheinlich auch wieder von dort weg. Nix davon haben wir registriert. Plötzlich taucht der Mann auf dem Regierungsacker auf und spricht aus einer Drohne per Videocom mit dem dicken Meister. Ganz kurz, kaum eine Sekunde. Da stimmt doch was nicht!"

„Hast du Recht, Jungchen, das stinkt gewaltig. Pass auf. Ich schmiere uns jetzt Brote und setze Wasser für den Ersatzkaffee auf und du fummelst weiter."

„Fünf Minuten, Rabea! Dann weiß ich es.“

Der junge Mann gab dem Computer eine Reihe von Befehlen. Die Zeichenkolonnen auf dem Bildschirm kamen in Bewegung.

Rabea ging zur Küchenanrichte und setzte Wasser auf. Dann nahm sie den Rest Brot aus einem Holzkasten, schnitt es in Scheiben und strich etwas selbstgemachte Brombeermarmelade aus dem letzten Sommer darauf. Margarine war aus. Als das Wasser kochte, gab sie Instantpulver hinein, füllte die schwarze Brühe in zwei angekitschte Tassen und bugsierte das Frühstück auf einem Brett hinüber zum Arbeitsplatz ihres Untermieters.

Die ganze Zeit über hatte sie die Erregung des Spezialisten gespürt. Das nervöse Zittern seiner Stimme war jetzt auch auf seine Hände übergesprungen. Plötzlich riss er beide Arme in die Luft.

„Pass auf, Rabea, jetzt kommt es!“

Der Lautsprecher des Computers meldete sich knisternd zu Wort: „Terminal? – C!“

Rabea schaute den Hacker ratlos an.

„Das war alles? Was bedeutet das? Kannst du mir das erklären?“

„Was das bedeutet? Die Frage nach dem Terminal hat dieser Karl gestellt. Die Antwort ist vom dicken Meister. Zumindest bedeutet das: Ideologieschwein will ausfliegen. Vom Terminal C des Airports aus.“

Rabea spitzte die Lippen und schlürfte vorsichtig von der Ersatzbrühe. Ihr Gehirn kam langsam in Schwung.

„Jetzt mal ganz langsam zum Mitdenken. Du hast keine Spuren von einer Drohne gefunden, die diesen Kerl zum Regierungssitz geflogen hat, richtig?“

„Exakt!“

„Dass er dort war, beweist diese Aufnahme …“

„So ist es.“

„Ich schmeiß mich weg! Die haben die Flugbewegung gelöscht! Wenn die den Weg, den dieser Arsch genommen hat ausradieren, und der wichtige Macker irgenddwann wegfliegt, dann heißt das doch, der hat den Auftrag dazu von dem dicken Meister gekriegt.

Heißt das doch, oder?"

Der Experte wurde ganz eifrig.

„Ja, ja, ja … Du bist auf dem richtigen Weg, Rabea. Wenn wir nur wüssten, was das für eine Auftrag ist. Jedenfalls werde ich den Mach-3-Jet, mit dem er fliegt, genauestens verfolgen. Ich will unbedingt wissen, wohin dieser Blessed Chief Karl abschwirrt."

Rabea wurde von der Erregung angesteckt.

„Krieg das raus, Jungchen, krieg das raus. Ich spüre es in allen Knochen: Da läuft was!"

Diesmal dauerte es über eine Stunde, bis der fieberhaft arbeitende Hacker eine verwertbare Information gefunden hatte. Rabea wich währenddessen nicht von seiner Seite. Sie hatte zwar keine Ahnung davon, was ihr Untermieter da gerade trieb, aber sie brachte es nicht fertig, unbeteiligt nebenan zu sitzen.

Irgendwann fiel der junge Mann erschöpft nach hinten.

„Ich hab's, Rabea. Pass auf, kommt gleich über den Quäker."

Schon schaltete sich der Lautsprecher ein: „Ziel: Blessed Island Molonglo."

„Warte, Jungchen, das sagt mir was. Da ist gestern Abend was gekommen."

Um wenigstens einen kleinen Beitrag zur Spionagetätigkeit des Untergrunds zu leisten, war Rabea dazu übergegangen, die Rundmails der Zentrale zu sichten und ein Verzeichnis anzulegen, in dem die wichtigsten Stichworte dieser Meldungen festgehalten waren. Anhand ihrer Aufzeichnungen ging sie die Nachrichtensammlung vom gestrigen Tag durch. Plötzlich stieß sie auf den gesuchten Eintrag.

„Ja, das muss es sein! Das ist es! Da findet eine Konferenz statt, da unten in Australien. Mit Präsenzpflicht. Da fliegen sie anscheinend alle hin. Vertreter sämtlicher Blessed Islands. Mann, Jungchen, das ist mal ein Klopper! Wenn die da so ein Geheimnis drum machen, sogar Daten löschen, ist das bestimmt wichtig! Dafür hast du dir einen Schmatz verdient!"

Rabea klammerte den jungen Mann an ihre beträchtliche Oberweite und drückte ihm einen geräuschvollen Kuss auf die

Stirn. Er wurde glatt rot und versuchte, seine Scham zu überspielen.

„Den schnappen wir uns! Ich setzte gleich mal einen Interfunk an unsere Zelle Australien ab. Die warten doch nur auf so einen Großkopferten, den sie kidnappen können!"

Rabea verpasste ihrem Schützling einen anerkennenden Klaps auf die Schulter. Dann verschwand sie durch den Vorhang, um nach Robin zu sehen. Er war merkwürdig lange ruhig geblieben.

Karl schaute aus dem Fenster des Mach-3-Jets auf die geschlossene Wolkendecke unter sich. Der Blessed Mayor hatte seine Abreise perfekt vorbereiten lassen. Direkt am Terminal C war er von seinem Piloten, einem drahtigen kleinen Mann mit auffällig hoher Stimme, in Empfang genommen worden. Sie waren zusammen mit einem Kabinenwagen — unter Verzicht auf alle sonst üblichen Formalitäten —, direkt zu dem bereitstehenden Mach-3-Jet der offiziellen Flugstaffel des Blessed Island Ruhr gebracht worden.

Das zur Verfügung gestellte Fluggerät war eines der besonders komfortabel ausgestatteten Modelle, die speziell für die Flüge von Politikern und Funktionären angeschafft worden waren. Karl ging davon aus, dass sich dieser Luxus bei der Technik an Bord fortsetzte. Unterhalb des Cockpits trug der Mach-3-Jet auf beiden Seiten des Rumpfes das Emblem des Blessed Island Ruhr. Er war somit leicht als Diplomatenflugzeug zu erkennen. Im Passagierabteil bot er Platz für zehn bis zwölf Personen und gehörte damit zu den kleinsten langstreckentauglichen Maschinen.

Pünktlich um halb zwölf waren sie vom Airport zu ihrer Reise um die halbe Erdkugel aufgestiegen. Als der automatisierte Startvorgang mit Erreichen der Interflugzone abgeschlossen war, gab der Pilot das Flugziel vor und lehnte sich entspannt in seinem Cockpit zurück, dessen Tür offenstand. Nun musste er den Flug bis zur Landung nur noch kontrollieren — den Rest übernahmen die Flugsicherungen der Blessed Islands rund um den Globus.

Eine Dienstreise war heutzutage etwas Besonderes, versuchte man doch, so viele Kontakte wie möglich mittels der modernen

Kommunikationstechnik herzustellen. Das letzte Mal war Karl mit seiner Familie anlässlich einer Urlaubsreise geflogen, die sie in den klimatisch bevorzugten Norden geführt hatte. Sie hatten sich im Blessed Island Lågen ein Ferienhaus gemietet, direkt am See gelegen, das ihrer Villa zu Hause kaum im Komfort nachstand. Eine Zeit zum Abspannen und Seele baumeln lassen. Harald hatte täglich mit Begeisterung im überraschend kühlen Wasser mit seinen Schwimmflügeln herumgeplanscht, sie hatten zu dritt Ausflüge mit dem Kanu unternommen. Zwei ganze Wochen lang. Ein absoluter Luxus, selbst für Blessed People.

„Wie sieht es mit dem Flugwetter aus?", fragte Karl ins Cockpit hinein.

„Gut. Der Wetterdienst meldet kaum Turbulenzen. Sieht alles nach einem planmäßigen Flug aus", kam es von dort zurück.

„Kann ich von hier aus arbeiten?"

„Na klar. Wir sind mit Abschirmungen der höchsten Güteklassen bestückt. Fühlen Sie sich so sicher, als würden Sie ein antikes LAN-Kabel ohne Netzanbindung in der eigenen Wohnung benutzen!"

Das Gespräch stockte, ehe es richtig begonnen hatte. Eigentlich hatte Karl seinen Piloten noch etwas über seine Flugerfahrung und seinen Job bei der Flugstaffel fragen wollen, aber so war es ihm im Grunde auch recht. Problemlos loggte er sich über den Bordcomputer ins virtuelle heimatliche Büro ein. Kaum hatte er seinen Postkorb inspiziert, sah er schon wieder die viele Arbeit, die erledigt werden wollte. Das alles ließ ihm gar keine Zeit, auch nur einen Gedanken an die bevorstehende Konferenz zu verschwenden.

Erneut vertiefte sich Karl in einen Bericht, der ihm hier an Bord von einer angenehm klingenden künstlichen Frauenstimme vorgelesen wurde. Das beruhigende Säuseln dieser Sprachsimulation wurde dem Inhalt überhaupt nicht gerecht. Es ging um sehr ernste Vorkommnisse in den Reihen einer Splittergruppe, die den Sicherheitschip als Freiheitsberaubung geißelte.

Wann würden die Leute endlich begreifen, dass die lückenlose

Überwachung nur zu ihrem Besten geschah? Wann würden sie endlich kapieren, dass die Ideologie und die Beobachtung der Menschen zusammengehörten als zwei Seiten einer Medaille?

„Kann ich Videocom benutzen?“ Karl war vorsichtig.

„Nein, lieber nicht. Die Videocom-Signale lassen sich schlechter abschirmen und sind anfälliger für Spionage. Schicken Sie lieber eine Voicemail und bitten Sie darum, per Voicemail zu antworten. Eingehende Videocoms werden sowieso ignoriert. Und vermeiden Sie unter allen Umständen, irgendeinen Hinweis auf Zweck und Ziel dieser Reise zu geben. Fassen Sie die Voicemail so ab, als würden Sie zu Hause im Büro sitzen!“

„Ja, ja.“

Karls Tonfall war gereizt, denn solche Ermahnungen waren ihm gegenüber wirklich überflüssig.

Das Gespräch mit dem Mann im Cockpit brach erneut ab und Karl arbeitete weiter. Er setzte mehrere Voicemails an seine Mitarbeiter ab, erfasste Notizen und überlegte Strategien, wie man den Vorkommnissen begegnen könnte. Zwischendurch ließ er vom Bordservice etwas zu essen und zu trinken kommen. Ein Roboter bediente ihn mit kleinen Snacks und gekühlten, exotisch zusammengemixten Getränken.

Nach einigen Stunden Flug wurde er müde. Das gleichmäßige Geräusch des Antriebs und die einschläfernde Stimme der Bordgöttin legten sich wie Blei auf seine Augenlider. Eigentlich war es begrüßenswert, wenn er schon einmal eine Portion Schlaf vorholen konnte. In Australien würde der Jetlag unbarmherzig zuschlagen, und er würde seine Kräfte für die Konferenz benötigen.

Also gab Karl die Order, das Licht zu dimmen und die Jalousien vor die Fenster zu ziehen Er bewegte seinen Sitz in die Liegeposition, gab seinem Piloten Bescheid und atmete bald ruhig und entspannt einem Erholungsschlaf entgegen.

Der Absturz des Mach-3-Jets ließ von diesem Moment an nicht mehr lange auf sich warten.

Morgensonne

Seit zehn Monaten hing sie an diesem Ort fest. Mitten in der Wüste Australiens. In einer der Gegenden, in denen vor der dunklen Zeit Viehzucht betrieben worden war. Heute regierten hier die Sandstürme.

Samiras immer noch knabenhafte Figur täuschte darüber hinweg, dass ihre Muskeln durch jahrelanges hartes Training gestählt waren. Ihr Haar umrahmte das schmale Gesicht mittlerweile wieder als wirres Lockenknäuel. Die Ausbilder hatten es ihr auf Streichholzlänge gestutzt mit der Begründung, es wäre hinderlich beim Bewegen. Sobald sie selbst darüber bestimmen durfte, hatte sie die Haare erneut wachsen lassen. Mittlerweile erreichten ihre braunen Locken wieder die Taille.

Sie dachte nicht nur mit positiven Gefühlen an den harten Drill zurück, der sie zu einer Kämpferin geformt hatte und einer Spezialistin für Flugverkehr. Das schulische Programm ihrer Ausbildung war noch die erträglichste Seite ihres neuen Lebens gewesen. Lesen, Schreiben, Mathematik, Naturwissenschaften und die Fremdsprache Englisch. Unangenehmer hatte sie die Unterrichtstunden unter dem Titel „Unser Kampf" in Erinnerung, die hauptsächlich aus Parolen bestanden hatten. Vor dem Unterricht mussten sie in Reih und Glied vor den Gebäuden antreten und Parolen skandieren, wie: „Nieder mit den Blessed Islands" – „Eine Erde für alle" – „Unser Kampf, die Gerechtigkeit." Die Blessed People waren ihnen als die Teufel der Neuzeit dargestellt worden, die alles Edle, Schöne und Angenehme stahlen und deren höchstes Bestreben es war, die Dark People in ihrem Sumpf stecken zu lassen, ihnen jedwede Entwicklungsmöglichkeit zu versagen. Einige Ausbilder hatten regelrecht Hass geschürt und zum Töten aufgerufen, aber auch die gemäßigteren Stimmen waren in ihren Forderungen nicht zimperlich gewesen.

Die militärisch geführten Geländeübungen waren wenigstens noch halbwegs erträglich gewesen. Wenn sie nicht an die Grenzen der eigenen Belastbarkeit führten. Einmal hatten sie dreißig Kilometer marschieren müssen, mit Kampfgepäck. Bei fünfunddreißig Grad im Schatten, ohne Essen und Trinken. Noch heute erinnerte sich Samira an die Halluzinationen, die sie nach dem Zusammenbruch am Ende der Strecke durchlebt hatte. Sie hatte das Gefühl gehabt, nur knapp dem Tode entronnen zu sein.

Wofür das Ganze?

Außerdem war da noch die Ausbildung an den verschiedensten Waffen gewesen. Pistolen, Gewehre, MGs, Panzerfäuste, Handgranaten, Granatwerfer, das Legen von Mienen. Einmal hatte sie sich vorgewagt und gefragt, warum diese Gewalt für die Erreichung ihrer Ziele notwendig sei. Der Ausbilder hatte sie daraufhin beidseitig geohrfeigt und ihr zwanzig Extrastunden „Unser Kampf" aufgebrummt. Unterrichtseinheiten für die Widerspenstigen. Zum ersten Mal hatte sie damals gemerkt, dass der Hass, den sie wegen des Todes ihrer Mutter empfand, sich wesentlich konkreter auf die Attentäter bezog, als der Hass, der ihnen hier eingebläut wurde. Diese Art von Hass differenzierte nicht, nutzte die Zugehörigkeit zu einer Gruppe, einer Bevölkerungsklasse, um ein Urteil zu fällen. Sie hatte lange drüber gegrübelt.

Heute musste sie sich eingestehen, dass nur das Denken in großen Kategorien, in Abstraktionen, etwas bewirken konnte. Gab man sich zu viel Mühe mit der Gerechtigkeit, versickerte das Feindbild wie eine Wasserlache in der Wüste. Die Ausbilder hatten ihnen eingeschärft, beim Anstreben großer Ziele blieben immer Opfer auf der Strecke, denen man keine persönliche Schuld zusprechen könnte. Sie wären ein notwendiges Übel. Niemals dürften sie mitleidig sein oder gnädig. Wenn es um Größeres ginge, spiele das Individuum keine Rolle. Übrigens auch das eigene nicht. Den Tod zu riskieren müssten sie billigend in Kauf nehmen.

Sie hatte sich damals eine eigene Ethik zurechtgelegt. Sollte sie jemals dazu gezwungen sein, einen Menschen zu töten, durfte das nur geschehen, wenn ihr Opfer eine konkrete, beweisbare Schuld gegenüber anderen Menschen trug. Mord nur deshalb, weil jemand gerade im Wege stand, rein aus Zufall, lehnte sie ab. Sie wusste, dass sie mit dieser Meinung im Kreis der Terroristen ziemlich alleine dastand. Deshalb diskutierte sie ihre Ethik auch mit niemandem. Es war ihr persönlicher, heiliger Grundsatz. Im Prinzip ging der keinen etwas an.

Ihr Unterschlupf bestand aus den Trümmern eines Farmanwesens, das verlassen und verrottet seinem endgültigen Verwehen entgegensah. Das Wohngebäude der Farm war einmal ein recht stattliches Haus gewesen mit einer umlaufenden Veranda und großzügigen Räumlichkeiten. Davon standen jetzt nur noch wenige Bruchstücke in der ausgedörrten Landschaft. Wie die Zähne eines lückenhaften Gebisses. Die Nebengebäude und Schuppen hatte der Sand längst für alle Ewigkeiten unter sich begraben.

Das Besondere an diesem Anwesen war sein unterirdischer, bunkerartiger Keller, vom ehemaligen Besitzer aus unerfindlichen Gründen angelegt. Ob die Farmersleute nur der unerträglichen Hitze entfliehen oder ob sie in den weitläufigen Betongemäuern Schutz vor irgendwelchen Bürgerkriegen suchen wollten, wusste heute niemand mehr. In seiner Ausdehnung größer als das ehemalige Farmhaus selbst, umfasste dieses unterirdische Reich viele Flure und Räume, in denen man sich beim erstmaligen Betreten leicht verirrte. Einige der Kammern rochen immer noch nach Tierdung, und die flach geneigte Rampe, die neben einer Treppe hinunterführte, wies tatsächlich darauf hin, dass hier einmal Vieh gehalten worden war.

Da der Brunnen der Farm noch Wasser führte – ein regelrechtes Wunder in dieser ausgetrockneten Wüstenwelt –, und es zu seiner neuerlichen Inbetriebnahme ausgereicht hatte, die windgetriebene Pumpenanlage auf elektrischen Betrieb umzustellen, bot die Farm ein ideales Versteck für eine kleine Zelle Terroristen. Deren Anwesenheit verriet nur ein kaum wahrnehmbarer Antennenmast, der knapp über die zerstörte Giebelwand des Wohngebäudes hinausragte. Bisher war zum Glück niemand hier aufgetaucht, der Besitzansprüche geltend machte.

In den kühlen Kellern der Farm lauschte die Zelle rund um die

Uhr in Sechs-Stunden-Schichten auf die Nachrichten anderer Terroreinheiten auf der ganzen Welt, um die für sie wichtigen Informationen aus dieser Informationsflut herauszufiltern. Als sie ihr Quartier bezogen hatten, war ihnen die Sinnhaftigkeit des Kommandos an diesem öden Aufenthaltsort fragwürdig erschienen. Dann aber hatte sie ihr Anführer darüber unterrichtet, dass dieser Unterschlupf genau auf der Linie der Flugstrecke vom asiatischen Kontinent in den australischen Südosten läge, und dass sie mit allerneuesten Techniken in neue Dimensionen des internationalen Terrorismus eintreten würden. Seine Andeutungen hatten unter ihnen eine gewisse Spannung erzeugt, die in den ersten Wochen über die vielen trostlosen Horchstunden hinweggeholfen hatte.

Aber wie immer in solchen Situationen, war nach einigen Monaten dann doch der Schlendrian eingerissen. Die Motivation der Truppe hatte lange ihren Tiefpunkt erreicht. Daher registrierte auch keiner der anderen Anwesenden wirklich, als Samira plötzlich in den Raum rief: „Hey! Wir haben einen Funkspruch aus good old Germany!" Die Spitze ihrer Hakennase bewegte sich beim Sprechen rhythmisch zu ihrer angenehmen Altstimme.

Samira setzte ihren Kopfhörer ab und winkte einem blasshäutigen, dunkelhaarigen Mann mit Dreitagebart zu, der in irgendeiner Kellerecke unter dem gelben Schein einer Funzel zum wiederholten Male ein Buch von Jules Verne las. Der Mann war Anfang dreißig und in seiner zu weiten, nachlässigen Kleidung wirkte er für sein Alter erstaunlich schmal und schlaksig. Eine Erscheinung wie ein Schuljunge, der die Klamotten seines älteren Bruders aufträgt. Passend zu seiner Blässe, die man wegen seines struppigen Bartwuchses nur auf Stirn und den Handrücken sah, hätte man sich vorgestellt, bei ihm in helle Augen zu blicken. Stattdessen waren sie tief dunkelbraun, fast schwarz, so dass die Pupillen in der Iris verschwanden.

Mit diesen dunklen, müden und melancholischen Augen blickte der Mann, unter ihnen nur mit seinem Decknamen „Dingo" gerufen, von seinem Buch auf. Er fragte aus seinem altmodischen Ohrensessel, der in seinem Stil gut einmal im Farmhaus gestanden haben konnte, leidenschaftslos zurück: „Was teilen sie uns mit?"

„Da ist irgendein Boss zur Konferenz im Blessed Island Molonglo aufgebrochen. Seine Identität haben sie seit geraumer Zeit geknackt. Der fliegt bestimmt bei uns rüber."

Erst jetzt kam Bewegung in Dingo. Der melancholische Ausdruck in seinem Blick verschwand spontan und wich tatendurstiger Erwartung. Er sprang auf, durchmaß den Abstand zwischen seinem Sessel und Samiras Stuhl mit drei riesigen Sätzen, beugte sich zum Monitor herunter, den sie beobachtete, und fixierte ihn. „Wer? Wo? Ich will alle Infos!", bellte er in der ihm eigenen, abgehackten Sprache, die nie lange Sätze schuf.

Dingo hätte selbst nicht sagen können, ob seine Ausdrucksweise eine Eigenheit seiner Spracherfindung oder Folge seines üppigen Speichelflusses war, und somit nur eine darauf reagierende Angewohnheit. Seine Sprache wirkte auf den Zuhörer stets gehetzt, so als ob er sich nicht gerne die Zeit nähme, seine Anliegen sauber auszuformulieren.

Liebevoll legte Samira ihre zierliche Hand auf Dingos Schulter. Sie waren bereits als Paar in den Bunker eingezogen.

„Da habe ich dich wohl geweckt, was?"

Aus dem Hintergrund traten drei weitere neugierige Gestalten in den Kreis ein. Samira gab dem Computer den Befehl, die Nachricht erneut abzuspielen, diesmal über Lautsprecher. Eine junge, verzerrte Männerstimme mit starkem Akzent erklang.

„Nachricht vom Beobachtungsposten des Blessed Island Ruhr an die Zelle Australien West!

Wir haben einen Mann identifiziert, der in einem Privatjet mit Ziel Blessed Island Molonglo unterwegs ist. Es handelt sich um Blessed Chief Karl, Leiter des Ideologiestabs im Blessed Island Ruhr. Sein Flug ging um elf Uhr dreißig Ortszeit vom hiesigen Airport ab. Wir gehen aufgrund der Position von Blessed Chief Karl davon aus, dass er als Vertreter des Blessed Island Ruhr an der Sicherheitskonferenz in Australien teilnehmen soll. Dafür spricht, dass zurzeit kein anderer VIP von hier aus nach Australien fliegt. Keine weiteren Informationen.

Wir bitten um Bestätigung des Empfangs dieser Nachricht durch die Zelle Australien West. Wir hoffen, ihr da unten könnt was damit anfangen!"

Ein anhaltender Piepton signalisierte, dass die Nachricht damit beendet war.

Dingo starrte Samira einen Moment sprachlos an. Nur langsam arbeitete sich die Bedeutung dieses Funkspruchs in sein Bewusstsein vor. Endlich klarte seine Mine auf und Samiras amüsiertes Lächeln bewies ihm, dass er eine beträchtliche Weile an dieser Pille gekaut hatte.

„Endlich! Endlich! Fast ein Jahr Wüste. Ein Jahr Gehirn schmoren. Jetzt die Chance. So lange haben wir gewartet. Los, Samira. Verteil den Plan auf unsre Tablets. ‚Morgensonne' kann starten. Sofort loslegen! Bestätige den Eingang des Funkspruchs. Und dann berechne es für uns. Das Eintreffen des Mach-3-Jets!"

Geschäftige Hektik machte sich in den Kellerräumen breit. Alle Zellenmitglieder riefen auf ihren Tablets die Datei mit dem minutiös vorgedachten Plan für das Kidnapping eines Blessed VIP auf, und studierten die Ausführungen zum widerholten Male. Dingo machte sich, nachdem Samira ihm ihre Berechnung vorgelegt hatte, daran, alle notwendigen Aktivitäten einzuleiten. Zum Glück konnte ihre Aktion in der kühlen Nacht durchgeführt werden und er musste nicht ständig auf den Schutz seiner sonnenempfindlichen Haut bedacht sein.

Die erste Aufgabe bestand darin, alle Aktivisten, die zur Durchführung des Plans vorgesehen waren, zusammenzutrommeln. Immerhin war dieser Personenkreis über den halben Westkontinent verteilt. Samira übernahm es, die entsprechenden Benachrichtigungen abzusetzen und den Funkverkehr aufrechtzuerhalten. Wegen der unterschiedlichen Entfernungen würden einige Aktivisten recht bald eintreffen. Andere benötigten sicherlich Stunden, bis sie erschienen. Dingo würde sie am vorgesehenen Ort des Geschehens in ihre Aufgaben einweisen.

Er funktionierte während der Vorbereitungen wie eine Maschine. Dingo schob den Transport der erforderlichen Gerätschaften aus ihrem Versteck zum Einsatzort an, setzte zwischendurch Funksprüche ab, sorgte dafür, dass niemand unbenachrichtigt blieb. Ohne seinen über die lange Bunkerzeit ausgeknobelten Einsatzplan, in dem er während der Vorbereitungen durch Antippen von Checkboxen den Status der Arbeiten festhielt, wäre er aufgeschmissen gewesen. Endlich würde die Planung, die er quasi aus Langeweile ständig optimiert hatte, ihre Früchte tragen. Jetzt endlich nahm diese bleierne Zeit ein Ende, jetzt endlich konnte er die Theorie verlassen und sie in die Tat umsetzen.

Er brannte darauf!

Als alles erledigt war, brachen sie mit ihren Drohnen zum Einsatzort auf. Der Zufall hatte gewollt, dass fünfzig Kilometer von ihrem Unterschlupf entfernt die Überreste einer weiteren Farm verfielen. Die ehemaligen Besitzer hatten dort eine Betonpiste angelegt, die wahrscheinlich noch als Start- und Landebahn für Propellermaschinen gedient hatte. Sie war gefährlich kurz für den Bremsweg eines Mach-3-Jets, aber besser als nichts.

Inzwischen waren um den Treffpunkt herum die ersten Helfer eingetroffen. Sie errichteten einen ansehnlichen Technologiepark in der Aufstellung eines Quadrats mit einer Kantenlänge von fünfzehn Kilometern. An den Ecken dieses Quadrats wurden vier Parabolantennen aufgebaut. Sie würden dafür sorgen, dass der erwartete Mach-3-Jet unsichtbar wurde, sobald er in ihren Strahlungsbereich eintrat. Die Einrichtung schnitt den Sektor quasi aus dem überwachten Luftraum heraus. Ein blinder Fleck für die australische Flugsicherung.

Dingo flog die einzelnen Stationen ab und nahm mit den dort zugeteilten Mannschaften Tests an den Apparaten vor. In gehörigem Sicherheitsabstand zur Landebahn errichteten die Terroristen der Kernzelle unterdessen eine Art Kommandostand. Auch hier wurde geschleppt und verkabelt. Der kritischste Anlagenteil waren sicherlich die Brennstoffzellen, die den gesamten Maschinenpark mit riesigen Mengen von Energie versorgen mussten, weil ihnen die Nacht den Verzicht auf Solarenergie diktierte.

Samira dirigierte das Geschehen: „Vorsicht mit dem Ortungscomputer, die Bildschirme hierhin. Baut das Teleskop dort auf. Lasst bloß keinen Sand in die Geräte eindringen, sonst können wir alles abblasen!"

Nach Fertigstellung des Kommandostands nahm ihn Samira in Betrieb, und testete zunächst den Funkkontakt zu den Mannschaften an den Parabolantennen. Die Verständigung funktionierte einwandfrei. Sie berechnete den Zeitpunkt, an dem der Jet auf ihren Monitoren erstmalig auftauchen würde und informierte ihre Mitstreiter darüber. Alle vier bezogen ihre Posten. Die ersten Hürden waren mit Erfolg genommen.

Dingo fand sich am Kommandostand ein. Nach der allgemeinen Geschäftigkeit vergingen die ereignislosen Minuten des Wartens qualvoll langsam. Dingo spürte die Anspannung der Männer und Frauen. Sie alle wussten, was hier auf dem Spiel stand und sie alle wussten, welch hohes persönliches Risiko jeder Einzelne trug. Sie einte aber ein Gefühl: der Hass auf das durch die Blessed People geschaffene System und die durch sie geschaffene, angeblich heile Welt. Für die Anführer ihrer Terrororganisation war es nicht schwierig gewesen, bereitwillige Aktivisten zu finden.

„Da kommt er."

Samira wies auf einen der drei Bildschirme im Kommandostand. Ein blauer Punkt bewegte sich von links oben in einen roten Kreis hinein.

„Entfernung?", fragte Dingo.

„Ca. sechshundert Kilometer."

Das alte Meilenmaß war auch im Flugverkehr abgeschafft worden, und überall wurde einheitlich im metrischen System gemessen.

„Keine Viertelstunde?"

„Exakt", antwortete Samira.

Trotz der vielen Helfer herrschte atemlose Stille. Die Scheinwerfer, die zuvor alles taghell erleuchtet hatten, wurden gelöscht. An den Stationen war nur noch der vage Schimmer von Monitoren zu erkennen. Das Sternenzelt spannte einen anheimelnden, geradezu romantischen Bogen über die Installation. Unschuldig tauchte der Mond die Szenerie in milchiges Licht.

Die Mitstreiter an den Parabolantennen warteten gebannt auf ihren Einsatzbefehl. Die Besatzung des Kommandostands heftete ihre Blicke ans Himmelszelt, obwohl alle genau wussten, dass sie dort mit bloßem Auge nichts entdecken würden. Zur Aufnahme des Sichtkontaktes war ein starkes Fernrohr installiert worden, das durch eine automatisierte Peilmechanik gesteuert wurde. Das Teleskop erzeugte ein Bild auf dem zweiten Bildschirm, der im Moment nur ein paar besonders helle Sterne als Leuchtpunkte zeigte.

Äußerlich machte Dingo einen gefassten Eindruck. Innerlich gärte in ihm der Erfolgsdruck. Ihm war völlig bewusst, dass die ganze Aktion ausschließlich durch ihn verantwortet wurde, und nach den vielen Monaten des trostlosen Beobachtens und Wartens lasteten die ungewohnte Aktivität und der Zwang zu punktgenauem Handeln schwer auf seinem Nervenkostüm.

Er wollte den Erfolg um jeden Preis!

Nach weiteren Schweigeminuten bewegte sich etwas zwischen den bis dahin fixen Sternenpunkten auf dem Teleskopbildschirm. Ein weiterer Fleck erschien. Dieser wurde von der Automatik erfasst und ab jetzt stabil in der Bildmitte angezeigt.

„Sichtkontakt", zischte Dingo ins Mikrofon.

„Sichtkontakt", tönte es bestätigend aus allen Mündern.

„Sichtkontakt", echote der eine oder andere Schatten neben den Parabolantennen.

„Entfernung?", fragte Dingo Samira.

„… fünfundvierzig, vierundvierzig …"

„Bis zehn herunterzählen. Ich schalte dich auf Lautsprecher. An alle: Samira zählt jetzt bis zehn herunter. Bei zehn Start der Aktion. Ich greife nur im Notfall ein. Wiederhole: Bei zehn Start der Aktion!"

„… siebenunddreißig, sechsunddreißig …", tönte es aus den Lautsprechern der Stationen. „… vierzehn, dreizehn, zwölf, elf, zehn!"

Samira tat einen tiefen Atemzug. In die Frauen und Männer am Kommandostand kam Bewegung. Die Aggregate unterhalb der vier Parabolantennen, die die ganze Zeit über synchron zueinander bewegt worden waren, gaben einen durchdringenden Sirrton ab, der bis hierher zu hören war. Dingo wusste, dass sie jetzt das Störsignal für die Flugüberwachung sendeten.

Sogleich wurde Samira tätig. „Steuerung übernommen!“

Gebannt starrte Dingo auf den Teleskopbildschirm. Die Konturen des Mach-3-Jets waren nun trotz der Dunkelheit deutlich zu erkennen. Plötzlich riss die kontinuierliche Vorwärtsbewegung des Fluggerätes ab und es geriet ins Trudeln. Dann stürzte der Jet senkrecht zur Erde.

Dingo informierte alle über das, was er gerade gesehen hatte: „Steuerungsübernahme erfolgreich!“

Lauter Jubel ertönte durch die Lautsprecher. Dafür war es seiner Meinung nach zu früh.

„Samira, jetzt Höhe herunterzählen. Bis zum Landemanöver.“

„Siebentausend, sechstausendachthundert, sechstausendsechshundert …“

„An alle. Ich schalte Samira wieder auf Lautsprecher. Bei sechshundert startet das Empfangskomitee mit mir zur Landebahn durch!“

Dingo legte Samira kurz ermutigend seine Hand auf die Schulter. Dann hastete er zu seiner bereitstehenden Drohne.

„… sechshundert …“

Mit voller Beschleunigung setzte sich Dingos Drohne in Bewegung. Zwei weitere, stationiert bei einer der Parabolantennen, wirbelten ebenfalls den Wüstensand auf.

Samira setzte die Befehlskette ab, die dem Bordcomputer des Mach-3-Jets die Landekoordinaten vorgab. Sein steiler Sinkflug änderte sich zur typischen Parabel, in der dieser Flugzeugtyp zur Landung ansetzte. Samira fieberte dem Manöver entgegen. Verkrampft bohrte sich ihr Blick ins Monitorbild. Während ihrer Ausbildung hatte sie diesen Vorgang hunderte Male geübt.

Aber das hier war keine Übung. Das hier war echt!

Berührte der Jet den weichen Untergrund vor der Landepiste, würde er sich überschlagen und es war fraglich, ob dann jemand lebend herauskam. Setzte er zu spät auf, würde die Länge der Bahn nicht ausreichen und es war schwer vorherzusehen, was dann geschah.

Perfekt!

Knappe fünf Meter hinter dem Anfang der Piste setzte das Fahrwerk auf. Die Strahltriebwerke heulten unter dem maximalen Gegenschub auf. Sand wirbelte hoch. Auf dem Teleskop-Monitor war nichts mehr zu erkennen.

Genau im richtigen Moment erreichte Dingo mit seiner Mannschaft den Haltepunkt des Mach-3-Jets. An der Flugbewegung der Maschine hatte er erkannt, dass Samira die Notlandung wie geplant eingeleitet hatte. Alle sprangen hinaus. Unmittelbar nach dem Aussteigen brachte Dingo die Panzerfaust mit der Betäubungsgranate in Position. Er zielte und drückte ab. Das Geschoss durchbohrte die Seitenwand des Jets und explodierte im hinteren Teil des Passagierabteils. Sein Aufprallgeräusch hallte durch die Wüste.

Zwei Männer machten sich — durch Gasmasken vor den Betäubungsdämpfen geschützt —, an der Einstiegsluke zu schaffen. Sie öffneten sie mit geübten Handgriffen. Die beiden stürmten das Cockpit und zerrten zuerst den leblosen Leib des Piloten aus dem Rumpf. Danach bargen zwei nachgestoßene Mitstreiter den Körper des Blessed VIP. Sie legten ihn vor dem Rumpf auf eine dafür vorbereitete Trage.

Dingo trat an ihr Opfer heran. Sein Klischee vom Aussehen eines solchen Typen wurde spontan bestätigt. Dieser Mensch war größer als er und wesentlich kräftiger gebaut, glatt rasiert, gepflegt, und roch wahrscheinlich gut. Er trug einen tadellosen Anzug, wie man ihn im Dark Country mit Sicherheit nirgendwo erwerben konnte. Dann bemerkte Dingo die nasse Hose des Mannes und musste unwillkürlich grinsen.

„Los. Durchsucht die Kerle. Nach den Sicherheitschips. Dann zurück an den Himmel. Mit dem Vogel!"

Erregt hatte Dingo seine Order hervorgebracht. Aber sein Eingreifen war nicht notwendig, denn auch so wusste jeder aus der Truppe, welche Handgriffe ihm zugedacht waren. Mittels der dazu erforderlichen Detektoren fanden die Mitstreiter schnell die Sicherheitschips in den leblosen Körpern. Während mehrere Frauen und Männer damit beschäftigt waren, das kreisrunde Loch, das die Granate in den Rumpf gerissen hatte, mit fauchender Flamme zu schweißen, waren die Chips bereits abgesaugt. Dazu bedurfte es nur zweier Spritzen mit überdimensionierten Kanülen.

„Lest sie aus. Die Chips. Und dann gebt Samira die Daten. Sie soll sie übermitteln. Zusammen mit denen von unseren Doubles. Wohin, weiß sie schon. Und sie soll schnell machen. In einer Stunde muss er erledigt sein, der Austausch. Sagt ihr das!"

Die Schwäche dieses Sicherheits-Systems der Blessed People, die Dingo für seinen Plan ausnutzen wollte, lag darin, dass kein Mensch in die Personenüberprüfung eingriff. Einlass wurde auf Grund eines Abgleichs der Chipdaten mit irgendwo gespeicherten Personendaten gewährt. Trug jemand also den Sicherheitschip eines Fremden unter seiner Haut, war die Wahrscheinlichkeit groß, dass er damit alle Barrieren überwand. Natürlich mussten dazu die Personendaten in der zentralen Datenbasis ausgetauscht werden. Selbst für einen findigen Hacker eine mehr als knifflige Aufgabe. Die Zentrale hatte ihm die Kontaktdaten der infrage kommenden Spezialisten übermittelt. Es war ein großes Glück, dass einer davon der Mann war, der die Identität ihres Opfers geknackt hatte. Derselbe, von dem die Information über diesen Flug stammte. Somit blieb die ganze Aktion eine Zusammenarbeit zwischen ihnen und diesem Horchposten an der Grenze zum Blessed Island Ruhr. Das war gut so. Je weniger Stellen eingebunden waren, desto besser für die Geheimhaltung und für eine reibungslose Abwicklung.

Zu Dingos eigener Überraschung war es nicht schwer gewesen, zwei Männer zu finden, die bereit waren, die Stellen des Piloten und des Blessed VIP einzunehmen. Es gehörte Mut dazu, dieses Risiko einzugehen. Oder Übermut. Vielleicht spielte dabei die Neugier auf die heile Welt der Blessed People eine Rolle, vielleicht war schlicht ihr Hass groß genug. Dingo wollte das eigentlich gar nicht wissen. Wichtig war nur, zwei geeignete Kandidaten ins Rennen zu schicken, die durch ihre Spionage den Informationsstand des Untergrunds auf ein neues Niveau hieven würden.

Nach gründlicher Desinfektion wurden die abgesaugten Chips ihren neuen Trägern unter die Haut injiziert. Eines der Doubles streifte dem betäubten Piloten den Overall ab und zog ihn über. Auch wenn er weit geschnitten war, spannte das Teil heftig, denn der betäubte Mann war einen halben Kopf kleiner und etliche Kilo leichter als sein Ersatz. Der andere Mann mit dem Decknamen „Wombat", zufällig von ähnlicher Statur und mit nur geringfügig hellerer Haarfarbe als der Blessed Chief – wenn auch nicht so stromlinienförmig gekämmt –, war bereits fertig in einen Anzug gekleidet zum Austausch angetreten. Er stach durch seine elegante Erscheinung erheblich vom Rest der Truppe ab.

„Los! Rein mit euch. Wie weit ist das Leck?"

Dingo schaute zu den Schweißern hinüber.

„Fertig. Sie können starten."

„Ja dann: viel Glück. Ab ins gelobte Land. Lasst euch nicht erwischen!"

Er war die Herausforderungen und Umstände, denen sie begegnen würden, mehrmals mit den beiden Kandidaten durchgegangen. Sie waren ab jetzt auf sich allein gestellt. Besonders Wombat besaß Dingos Vertrauen. Ein vorsichtiger, mutiger Mann aus den Reihen der Dark People. Wenn er es nicht schaffte, dann niemand sonst. Beim Einsteigen in den Jet streifte Dingo als Geste der Ermunterung die Hände der beiden Männer kurz mit seinen Fingern. In ihren Augen war nur Entschlossenheit zu lesen, keine Spur von Angst. Sie waren sich ihrer Sache anscheinend sicher.

Die Luke des Mach-3-Jets schloss sich. Das Piloten-Double startete den Antrieb und die Maschine rollte langsam ans Ende der Betonpiste. Dort drehte sie sich auf dem Punkt um hundertachtzig Grad. Ihre Nase stand nun in Startrichtung. Die Steuerung des Vogels lag immer noch bei Samira. Erst, wenn er seine normale Flughöhe erreicht und eine Wende in Richtung auf sein Ziel vollzogen hätte, würde sie den Jet an den neuen Piloten übergeben.

Die Strahltriebwerke fauchten auf und die Maschine beschleunigte. Als sie kurz vor Erreichen des Endes der Startbahn abhob und steil in den Himmel aufstieg, erscholl von allen Stationen Jubel. Dieser Teil der Mission war erfolgreich abgeschlossen. Er hatte höchstens die vorgesehene halbe Stunde in Anspruch genommen.

Einer der Männer, die nicht zur Kernzelle gehörten, richtete sich an Dingo: „Was machen wir jetzt mit den beiden? Bis hierhin sind wir in den Plan eingeweiht. Den Rest hast du bisher für dich behalten."

„Lasst den Piloten hier. Das ist meiner. Der feine Pinkel kommt in unser Quartier. Ab in den Operationssaal. Unsere Ärzte stehen am Kommandostand und können ihn kaum erwarten."

„Und dann? Was machen wir dann?"

„Ihr haut ab. Wie die anderen. Wir von der Kernzelle erledigen den Rest. Das sagt der Plan. Wir brauchen euch später noch mal. Wenn der Mach-3-Jet zurückkehrt. Dann melden wir uns wieder."

Eine weibliche Stimme: „Wozu soll das gut sein?"

„Das ist unsere Sorge. Niemals zu viel fragen. Tut es einfach. Tut, um was ich euch bitte." Um seinen Anordnungen Nachdruck zu verleihen, setzte Dingo hinzu: „Immer daran denken: Je weniger Mitwisser, desto weniger Verräter!"

Es fiel den Leuten sichtlich schwer, nach Abschluss einer so erfolgreichen Aktion die Stellung zu räumen. Widerstrebend packten zwei Männer Karls Trage und brachten ihn zu einer der Drohnen. Von zwei anderen Männern wurde er hineingehievt. Die Drohne hob ab und flog in Richtung Kommandostand davon.

Einer der zusätzlichen Helfer drehte sich noch einmal um.

„Was machst du mit dem da?"

Dingos finstere Mine war Antwort genug.

Der Mann verstand offenbar, dass er eine Frage zu viel gestellt hatte. Er trollte sich ohne ein weiteres Wort zusammen mit den restlichen Mitstreitern. Dingo blieb mit dem Piloten allein zurück.

Identitätstausch

Rabea, schau. Komm! gucken!"

Sie seufzte. Es wurde ihr langsam ein wenig zu viel. Trotzdem folgte sie dem Aufruf des Hackers.

„Was gibt es schon wieder?"

„Ich soll die Sicherheitsdaten von unserem Typen austauschen. Auf dem Rechner im Blessed Island. Und die von seinem Piloten. Nur gut, dass ich dessen Identität mittlerweile auch geknackt habe!"

„Sicherheitsdaten austauschen? Warum?"

„Die Australier schreiben, sie hätten unseren Macker und seinen Piloten gegen eigene Leute ausgetauscht. Sein Double wird jetzt an seiner Stelle an der Konferenz teilnehmen. Damit das nicht auffällt, muss ich die Identitäten austauschen."

Rabea machte das alles ratlos. „Kannst du was damit anfangen?"

Dieser technische Kram war einfach nicht ihre Welt. Sie wusste aber, dass auf den Burschen Verlass war. Der schmächtige Knabe erstaunte sie immer wieder. Er wusste anscheinend über viele Dinge Bescheid, von denen sie nie etwas gehört hatte, ja nicht einmal eine Vorstellung besaß.

„Lass mich machen, Rabea. Das ist alles kein Problem. Das ist ein Klacks! Nur die Fummelei mit den Sprachaufnahmen ist ein bisschen kompliziert. Das ist mal eine Aufgabe!"

Zuversichtlich nahm der Hacker sein Werk auf.

Rabea konnte nichts mehr beisteuern und ging zurück in ihren Raum, wo Robin gerade wieder ein kleines Stöhnen von sich gab. Sie setzte sich zu ihm aufs Bett und sprach beruhigend auf ihn ein.

„Rabea komm! Hör mal!"

Der Ausruf ihres Untermieters schreckte sie erneut auf. Der Spezialist keckerte vor Freude wie ein kleiner Halbaffe.

Rabea stand ächzend von der Bettkante auf und watschelte wieder zu dem jungen Mann hinüber.

„Was bringt dich so zum Lachen?“

„Sprich mal was ins Mikrofon!“

„Was denn?“

„Egal. Irgendwas.“

Rabea überlegte kurz. „Unser Jungchen hat viel Spaß bei seiner Arbeit.“

Der Hacker schaltete den Lautsprecher ein.

„Unser Jungchen hat viel Spaß bei seiner Arbeit“, erklang eine durchaus angenehme Männerstimme.

„Was hast du mit der Aufnahme gemacht?“, fragte Rabea.

„Das ist die Stimme von Blessed Chief Karl. Von dem, den sie hopsgenommen haben. Und jetzt pass auf.“

Wieder wurde der Satz gesprochen, nun jedoch von einer Männerstimme, die metallisch klang, als ob der Sprecher blecherne Stimmbänder besäße.

„Und wer ist das?“, fragte Rabea irritiert.

Wieder keckerte der junge Mann. Sein Spaß an der Sache nahm ihm fast die Luft, während er hervorstieß: „Das ist die Stimme von seinem Double!“

Rabea wusste, dass ein Lob fällig war. Auch wenn ihr der Sinn dieser Übung keineswegs einleuchtete.

„Toll. Einfach nur toll. Ich gehe wieder zu Robin. Er ist gerade etwas unruhig.“

Von nebenan hörte sie, wie der junge Mann immer wieder einen Satz ins Mikrofon sprach und ihn dann mit den beiden unterschiedlichen Stimmen abspielte. Sie verstand seinen kindlichen Spaß an der Sache nicht. Aber was er da tat, war sicherlich für etwas nütze.

Dingo blieb mit dem betäubten Piloten allein am Schauplatz der Kaperung zurück. Was nun anstand, machte ihm redlich zu schaffen. Dies war der erste Mensch, den er beseitigen musste. Er hatte bisher vermieden, sich mit der Möglichkeit einer solchen Notwendigkeit zu belasten. Ihm war überhaupt nicht wohl dabei, einen unbekannten Mann, dessen Rolle im ganzen Geflecht dieser Aktion von absolut untergeordneter Bedeutung war, der einfach nur im Wege stand, zu töten.

Ihn plagten Zweifel: War dieses Opfer wirklich notwendig?

Als er am Plan „Morgensonne" gearbeitet hatte, war ihm dieser Schritt folgerichtig erschienen. Auf dem Display hatte es schlicht konsequent ausgesehen. Den Mord wirklich zu begehen, war etwas ganz anderes. Im Grunde hatte er diesen Punkt wie alle anderen handhaben, nur stur seinem Plan folgen wollen, im Wissen darum, dass er ihn wasserdicht gemacht hatte. Dingo wunderte sich nun darüber, dass er tatsächlich nie daran gezweifelt hatte, zu morden fähig zu sein.

Er kniff die Augen zusammen. Die Sache forderte die Beseitigung dieses Mannes von ihm. Der Sache hatte er sich mit seinem ganzen Leben verschrieben. Der Sache hatte er sich unterzuordnen. Dieser Schritt blieb fester Bestandteil des Plans „Morgensonne" und wollte genauso penibel wie alle anderen Schritte mit einem Häkchen in der Checkbox beendet werden.

Was Dingo den Mord vereinfachte war die Tatsache, dass der Pilot widerstandslos vor ihm im Sand lag. Die Betäubungsgranate hatte ihn außer Gefecht gesetzt und nur die flache Bewegung seines Brustkorbs wies darauf hin, dass noch Leben in ihm steckte. Es würde auch kein Blut fließen, und so konnte er die Geschichte nüchtern und neutral abarbeiten, ohne in einen Kampf mit einem wehrhaften, schreienden Opfer verwickelt zu werden. Er schaute den Mann nicht an, als er ihm die Giftspritze in den Arm rammte. Der Brustkorb des Piloten wölbte sich noch einmal – dann war sein Lebensfunke ausgehaucht.

Dingo bestieg seine Drohne und startete sie. Das Gefährt stieg einen Meter auf. Er lenkte die Drohne seitlich an den Leichnam heran, dann in schneller Rotation um dessen Liegeplatz herum. Der entstandene Wirbel bedeckte den Toten schnell mit einer dicken Sandschicht. Dies würde als Vertuschungsmaßnahme völlig ausreichen, denn hier würde garantiert niemand nach den Spuren eines Mordes suchen.

Nur nicht länger darüber nachdenken!

Dingo flog die Stationen des Parabolantennen-Quadrats ab. Wie vorgesehen, waren die Aggregate fast wieder verstaut. Die Gestalten an den vier Punkten hielten in der Arbeit inne und schauten ihm entgegen. Natürlich waren alle gespannt auf seine Meinung zu ihrem Erfolg. Er lobte die Mannschaften und schickte auch sie nach Hause, bis seine Zelle sich wieder bei ihnen meldete.

Von der letzten Station aus flog er zurück zum Kommandostand. Dingo landete in unmittelbarer Nähe. Samira fiel ihm nach dem Aussteigen um den Hals.

„Super hat das geklappt!“

Er nickte ihr nur kurz zu, löste mit leichtem Druck ihre Arme von seinem Hals.

„Los, Samira. Alles einpacken und die Spuren verwischen. Reden können wir später.“

Seine Partnerin nickte.

Das Verladen der Gerätschaften ging noch zügiger vonstatten als das Auspacken. Dingo griff koordinierend ein, achtete peinlich darauf, dass alle Schleifspuren auf dem Sand verwischt wurden und wirklich nichts an diesem Ort zurückblieb, was sie hätte verraten können. Ein paar wenige Helfer, die nicht zur Kernzelle gehörten, waren hinzugestoßen. Sie murrten wie die anderen vorhin, dass die ganze Aktion für sie schon beendet war und sie nicht in die weiteren Pläne eingeweiht wurden. Aber Dingo wiederholte hartnäckig seine Ansprache vom Ort des Kidnappings. Er verstand nur zu gut, dass sie alle, vom Erfolg beseelt, etwas zu Ende bringen wollten, ein Ziel und eine Begründung für ihren Einsatz suchten. Aber jeder unnötige Mitwisser konnte einer zu viel sein. Die Aufgabenverteilung war von Anfang an festgelegt gewesen.

Gegen Ende der Arbeiten schimmerte es hell am Horizont. Nach und nach verabschiedeten sich die zusätzlichen Helfer von den Terroristen der Kernzelle. Als der rote Ball der Morgensonne über dem Horizont aufzog, war der Platz, wo sich der Kommandostand befunden hatte, geräumt und verlassen. Nur Dingo und Samira blieben zum Schluss zurück. Sie verharrten Hand in Hand, den Blick auf den orangen Sonnenball über der Wüste gerichtet.

„Meinst du, das geht gut?", fragte Samira den Mann an ihrer Seite unvermittelt.

„Wir müssen an uns glauben. Und an die Sache", antwortete Dingo mechanisch und müde.

Sie stiegen in seine Drohne und kehrten zu ihrem Unterschlupf zurück. In der kurzen Zeit war es bereits unerträglich heiß geworden. Sie begaben sie sich sofort in die Unterwelt und trafen im Eingangsbereich auf Susan, die Biologin.

„Wie läuft es mit der Operation?", fragte sie Dingo.

Schulterzucken war die Antwort.

„Jack und Laurent haben gerade erst angefangen. Sie mussten zunächst seinen Kreislauf stabilisieren. Der Kerl scheint lange nicht so robust zu sein, wie es für einen Blessed VIP Standard sein sollte. Ich hau mich jetzt in die Falle. Wenn die beiden die Gewebeproben präpariert haben, kommt meine Stresseinheit noch früh genug!"

„Dann können wir nur warten", stellte Dingo lakonisch fest. „Am besten lege ich mich auch aufs Ohr. Die Nacht war lang. Und ereignisreich."

Samira war unterdessen in die Nachrichtenzentrale vorgedrungen, um die eingegangenen Meldungen zu checken. Dingo sah kurz bei ihr vorbei.

„Da ist ein Funkspruch aus Deutschland angekommen. Der Typ meldet Vollzug und will wissen, ob er uns noch irgendwie behilflich sein kann."

Er schüttelte den Kopf. „Im Moment fällt mir nichts ein. Aber halt. Vielleicht können die uns Infos schicken. Zu unserem Goldfisch. Alles, was sie so gesammelt haben. Würde mich interessieren."

„Wird gemacht!"

Dingo bewunderte Samiras Durchhaltevermögen. Er selbst benötigte nur noch eines: eine Pause.

Er ging in ihr gemeinsames Schlafzimmer und legte sich, angezogen wie er war, auf das unbenutzte Bett. Seine Augen fielen fast von selbst zu. Nur der Schlaf wollte sich nicht einstellen.

Jetzt, da ihn nichts mehr ablenkte oder beschäftigte, kamen die Bilder von seinem Mord wie kleine Vampire aus den Tiefen seines Bewusstseins hervorgekrochen. Gewissensbisse plagten ihn und immer wieder sah er vor seinem inneren Auge, wie er dem leblos Daliegenden die Spritze in den Arm jagte. Dabei hatte er in diesem Moment absichtlich nicht hingesehen. Das Bild entstand nur in seinem Kopf, ohne ein reales Pendant.

Dem Grunde nach hatte er mit „Morgensonne" eine zutiefst humane Aktion beabsichtigt, die der Menschheit auf die Beine helfen sollte. War ein Mord bei der Umsetzung seines Plans wirklich unumgänglich gewesen?

Nach längerer Zeit der einsamen Selbstzweifel, gesellte sich Samira zu ihm und belegte die andere Betthälfte. Kurz darauf hörte er an ihrer gleichmäßigen Atmung, dass sie eingeschlafen war. Sie war nicht an der Landepiste mit dabei gewesen und hatte bisher keine Frage nach dem Verbleib des Piloten gestellt. Dingo kannte ihre Einstellung zum Töten. Als Einziger hier. Er wusste noch nicht, was er ihr dazu sagen, und wie Samira sein Handeln beurteilen würde. Er wusste auch nicht, ob sie den Plan in seiner jeweils neuesten Fassung durchgegangen war oder ob sie sich auf ihre Aufgabe als Technikerin beschränkt hatte.

Irgendwann begriff Dingo, dass es im Moment keinen Sinn machte, Ruhe zu suchen. Er erhob sich von seinem Lager und ging in die Nachrichtenzentrale. Dort fand er eine neue Botschaft vom Beobachtungsposten des Blessed Island Ruhr vor. Er spielte sie über den Kopfhörer ab, um Samira und Susan nicht zu wecken.

„Nachricht vom Beobachtungsposten des Blessed Island Ruhr an die Zelle Australien West! Wir beglückwünschen euch nochmals zu eurer gelungenen Mission! Anbei übersenden wir das angeforderte Datenmaterial. Weiterhin alles Gute für euren Plan!"

Das war ja ein rühriges Team dort oben!

Er bedankte sich mit einer Voicemail für die Unterstützung. Dann begann er damit, das Material zu sichten. Nach und nach entstand ein Bild ihres Fangs. Ein Mann, der eine bruchlose Karriere hingelegt hatte. Frau und Kind. Mal sehen, was er mit diesen

Informationen anstellen würde.

Er beendete sein Studium der Unterlage, ging hinüber in seine Ecke, und setzte sich dort in den abgewetzten Sessel. Immer noch keine Neuigkeiten vom Ärzteteam. Warten war nicht gerade das, was Dingo gut aushielt. Das Handeln war ihm abgenommen worden und er war gezwungen, eine passive Rolle einzunehmen.

Unvermittelt kroch in ihm wieder das Bild des hilflosen Piloten hoch. Erneut sah er im Geiste, wie er dem Mann die Spritzennadel unter die Haut schob. Er wusste, er würde diese Szene so schnell nicht mehr los.

Dingo begann, sich vor weiteren Augenblicken wie diesen zu fürchten. Stunden, in denen die Bilder nicht unter den gütigen Mantel des Handlungsdrucks krochen.

Der Weiterflug klappte tadellos!

Wombat und sein Pilot hatten ohne Probleme und verdächtige Nachfragen der Flugsicherung das Blessed Island Molonglo erreicht, und waren auf dem dortigen Airport gelandet. Ohne Anzeichen von Misstrauen waren sie von einer Lautsprecherstimme begrüßt worden. Das Double des Piloten hatte sich nach dem Hangar für die obligatorische Wartung der Maschine erkundigt. Er stieg nicht aus, sondern wartete, bis der Mach-3-Jet dorthin geschleppt würde. Die beiden Männer verabschiedeten sich mit einem angedeuteten Kopfnicken. Nur nicht zeigen, dass man vertraut miteinander war! So hatte ihnen Dingo das eingebläut.

Wombat war ab sofort auf sich allein gestellt. Jetzt stand er vor einer der Sicherheitszellen, die auch die antiquierte Passkontrolle ersetzten. Ihm war etwas mulmig zumute, als er die enge Kammer betrat, obwohl Dingo ihnen die Technik und seine Idee, sie auszutricksen, erschöpfend erklärt hatte. Wombat war sich klar darüber, dass nun ein Abgleich der auf dem Sicherheitschip gespeicherten Daten mit irgendwelchen Datenbanken im internationalen Netz vorgenommen wurde. Die des Blessed VIP sollten mittlerweile gegen seine ausgetauscht worden sein. Dingo hatte ihn beruhigt, dass es dafür eine Handvoll Spezialisten in ihren Reihen gäbe und er nichts zu befürchten habe. Trotzdem war Wombat schwer erleichtert, als ihn die Zelle ohne Anzeichen von Alarm wieder ausspuckte.

Ein Offizieller erwartete ihn.

„Welcome in Australia, Blessed Chief Karl!"

Beinahe hätte er sich nicht angesprochen gefühlt. An die neue Identität musste er sich erst gewöhnen. Mit gerade noch unauffälliger Verzögerung erwiderte er den Gruß.

Der Offizielle begleitete ihn zum Ausgang des Airports. Dort wartete er gemeinsam mit ihm auf die Drohne, die ihn zu seinem Hotel in der Nähe des Kongresszentrums bringen sollte.

Sie tauschten ein paar Höflichkeitsfloskeln aus.

„Wie war Ihr Flug?"

Sie sprachen auch über das Wetter.

„Ist es bei Ihnen ähnlich heiß?"

Nichts, worauf Wombat nicht vorbereitet gewesen wäre. Dingo hatte stundenlang mit ihm geübt.

Die Drohne landete in ihrer Nähe und der Offizielle entschuldigte sich. Das Fluggerät sei programmiert und würde ihn direkt vor dem Eingang seiner Unterkunft absetzen.

Wombat war neugierig auf die Welt hinter dem großen Zaun. Als Dingo ihm und ein paar anderen im Hinterzimmer einer schummerigen Kneipe vorsichtig seine Pläne angedeutet hatte, war er sofort Feuer und Flamme gewesen. Es war die pure Abenteuerlust, die ihn zu seinem Entschluss, dieses riskante Kommando zu übernehmen, bewegt hatte, und er war glücklich darüber, seine graue Existenz im Dark Country für ein paar Tage abstreifen und in das Leben der hellen Seite hineinschnuppern zu dürfen. Sein Mechanikerkittel hing zu Hause auf dem Haken an der Tür seiner Sperrholzhütte und wartete auf ihn. Mochten ihn die Motten fressen!

Dass er als Unbefugter – gar als Krimineller – in die Welt der Blessed People eindringen würde, hatte er bei seiner spontanen Zusage einfach ausgeblendet. Zu groß war die Verlockung für ihn gewesen, den Big Boss zu spielen. Nun war er angekommen in dieser sauberen, ordentlichen Welt.

Gebannt starrte Wombat aus den Kabinenfenstern der Drohne hinaus. Das Staunen hörte nicht auf. Er bewunderte die breiten Straßen, die von Palmen gesäumt wurden, die großen Häuser, die üppig grünen Parks. Er hatte bisher nur sein Australien kennengelernt, dem neben der allgemeinen Klimaerwärmung auch ein verstärktes Auftreten des El-Niño-Phänomens zugesetzt hatte. Wombat musste sich stark zusammenreißen, um seiner Bewunderung nicht mit ständigen Lautäußerungen Ausdruck zu verleihen. Oft lag ihm ein „Ahh" oder „Ohh" auf den Lippen. Die Fremdartigkeit der Aussicht schüchterte ihn schon etwas ein. Er musste irgendwie vermeiden, zu viel von seiner Unsicherheit nach außen dringen zu lassen.

Schließlich erreichte die Drohne das Hotel. Nach einem formellen Empfang an der Rezeption wurde für Wombat der Zugang zu seiner Suite in der dritten Etage freigeschaltet. Ein Roboter ging vor ihm her zu seiner Unterkunft. Ein witziges Ding mit einem überdimensionierten Kopf, aus dem zwei große blaue Augen herausleuchteten. Nach einer kurzen Begehung der Räumlichkeiten verschwand dieser Hausgeist lautlos und unauffällig. Er ließ ihn mit dem Hinweis, Wombat würde gegen halb acht abgeholt, allein in seiner Suite zurück.

Was für ein Palast!

Wombat durchmaß die Zimmer mit ungläubigem Staunen. Ein solches Ensemble aus hochmodernen Möbeln, hilfreicher Raumtechnik und Luxusartikeln überstieg seinen Auffassungshorizont wie ein Drohnenbauplan den eines Kleinkindes. Er stand ratlos vor Dingen, deren Zweck er nicht einmal erahnte, hatte nicht den blassesten Schimmer, wie man etwa die Videocom-Anlage in Betrieb nahm, berührte im Bad ungläubig die Wanne mit den Whirlpooldüsen und wollte nicht glauben, dass daneben auch noch eine Dusche mit Rundumstrahler installiert war. Es war schon bemerkenswert, welcher Lebensstil aus dieser Einrichtung sprach und in welchem Kontrast dazu der tägliche, ausgedörrte Existenzkampf in seinem Dark Country stand.

Im zentralen Raum der Suite wartete auf einem Tischchen ein Frühstück auf ihn. Er machte sich mit Appetit über die Leckereien her, bemühte sich, von allen Speisen wenigstens zu probieren. Dabei erlebte er auch einige Reinfälle. Nicht alles schmeckte so, wie es das Aussehen erwarten ließ. Besonders an die Gerichte mit Fischgeschmack mochte er sich am frühen Morgen nicht gewöhnen. Zum guten Schluss hatte er maximal ein Drittel der angebotenen Speisen und Getränke angerührt. Er wollte gar nicht darüber aufgeklärt werden, was mit den Resten geschah.

Nach dem Frühstück ging er ins Badezimmer, entledigte sich seiner Kleidung und schlüpfte unter die Dusche. Es kostete ihn mehrere erfolglose Versuche, bis es ihm gelang, die Badeeinrichtung in Betrieb zu nehmen. Das erste Resultat seines Bemühens war ein eiskalter Wasserfall. Er hüpfte erschreckt darunter weg. Dann bekam er heraus, wie er die Gradzahl vorgeben konnte, und bei angenehm temperiertem Wasser gelang es ihm endlich, die Vorzüge seiner Mission zu genießen.

Wieder trocken und angezogen bemühte sich Wombat, sich nicht weiter von seiner Umgebung ablenken zu lassen, sondern vor dem Beginn der Konferenz noch einmal seinen Auftrag durchzugehen. Er war schließlich nicht zu seinem Vergnügen hier eingeschleust worden, sondern sollte handfeste Ziele verfolgen, wie zum Beispiel den Kenntnisstand der gegnerischen Seite über das Virenprogramm des Untergrunds in Erfahrung bringen.

Kurz vor dem angekündigten Abholtermin trat Wombat ans Fenster und ließ seinen Blick über das faszinierende Panorama schweifen. Dort draußen setzte sich die Hotelsuite mit ihrer luxuriösen Ausstattung quasi fort. Seine Augen konnten sich daran kaum sattsehen. Der Sektor, in dem er sich aufhielt, gehörte anscheinend zum Regierungsviertel. Am gegenüberliegenden Ende des rechteckigen Platzes, an dem das Hotel lag, erblickte er einen ausladenden, kreisrunden Bau. Er entsprach in seinem ganzen Gepräge seinen Vorstellungen von einem repräsentativen Regierungssitz. Vor allem deshalb, weil er mit einem Ring aus Sicherheitstechnik umgeben war.

Das, was nach Wohnsiedlung aussah, zog sich zumeist über die sanften Bergrücken hinweg. Auch dort glitzerte es im Licht der Sonne. Dies war das einzige Blessed Island auf dem australischen Kontinent. Es war bewusst in einer hügeligen Landschaft errichtet worden, denn gerade auf den Bergrücken war das Klima erträglicher als im Flachland. Trotz der Meeresbrise an der Küstenlinie des Kontinents hatten die Menschen den Höhenzügen den Vorzug gegeben. Gehört hatte er davon. Nun konnte er sich vor Ort selbst davon überzeugen.

Über den Himmel schwirrte eine Armada von Drohnen. Das automatisierte Leitsystem schleuste sie durch den Verkehr und zu ihren Landeplätzen. Kabinenwagen flitzten über die Boulevards. Die aussteigenden Passagiere waren sämtlich tadellos, wenn auch nicht formell gekleidet. Irgendwie sahen alle gesund und zufrieden aus, sorgenfrei und unbeschwert.

Wie konnten diese beiden Welten direkt nebeneinander existieren, Überfluss hier, Notstand da? Warum erhob sich niemand zum obersten Richter und brachte diese Schieflage auf die Tagesordnung? Warum vergaß diese Welt hier die andere auf der gegenüberliegenden Seite des Zauns?

Konnten die Menschen hier mit gutem Gewissen einschlafen?

Er befürchtete, dass die Antwort auf diese Frage „ja" lautete.

Fünf Minuten vor dem Abholtermin schreckte ihn eine Durchsage auf, die Besuch ankündigte. Eine Frau in mittlerem Alter, die sich als seine persönliche Ansprechpartnerin für die Zeit seines Aufenthalts vorstellte, bat ihn, ihr zu folgen. Sie trug keine Uniform, war also anscheinend dem Assistentenstab der Verwaltung zuzuordnen. Er fragte sie nicht weiter danach, da einem echten Funktionär diese Dinge wahrscheinlich völlig klar waren und er nicht durch Unkenntnis an der falschen Stelle in Verdacht geraten wollte.

Seine Begleiterin erklärte ihm, die Konferenz finde im Kongresszentrum statt. Auf Nachfrage bestätigte sie Wombat, dass der runde Bau am Ende des Platzes das Regierungsgebäude war. Ihr Ziel läge etwa einen Kilometer davon entfernt.

Der gemeinsame Drohnenflug dauerte entsprechend kurz. Kaum waren sie eingestiegen, hatten sie ihr Ziel bereits erreicht. Es stellte sich als fächerförmig angelegtes, imposantes Bauwerk heraus, mit einer Fassade, die nur aus Glas zu bestehen schien. Mit einer Traube weiterer, sehr geschäftig aussehender Menschen, betraten er und seine Begleiterin eine der Fahrstuhlkabinen im Inneren und stiegen als Letzte auf der untersten Ebene aus. Die Frau führte Wombat durch hell erleuchtete Gänge an eine Schlange wartender Männer und Frauen heran, die sich vor einer Sicherheitszelle gebildet hatte.

„Warten Sie bitte hier, bis Sie an der Reihe sind. Auf der anderen Seite werden Sie in Empfang genommen und an Ihren Platz im Konferenzsaal begleitet. Falls Sie mich brauchen, fragten Sie bitte nach ‚Assistant 113‘. Mein Alias. Ich darf mich herzlich von Ihnen verabschieden und wünsche Ihnen weiterhin einen angenehmen Aufenthalt!“

Artig deutete seine Begleiterin ein Abschiedsnicken an und verschwand in einem seitlichen Flur.

Die Menschenkette vor Wombat baute sich nur langsam ab. Neuankömmlinge verlängerten die Schlange nach hinten. Sie waren anscheinend alle einzeln angereist, denn es wurde kaum ein Wort gewechselt. In dieser Welt kannte man sich nicht mehr persönlich. Das war für die Erledigung seines Auftrags absolut hilfreich.

Endlich öffnete die Sicherheitszelle ihre Eingangspforte für ihn und Wombat trat ein. Spontan beschlich ihn ein beklemmendes Gefühl, denn diese Zelle sah völlig anders aus, als die auf dem Airport. Sie war nicht nur größer, sondern an ihren Wänden waren auch andere Apparaturen angebracht, als bei ihrer bescheideneren Schwester. Hinter ihm glitt die Tür wieder zu und er war mit dem Sicherheitssystem allein.

„Guten Morgen Blessed Chief Karl“, begrüßte ihn eine irgendwo zwischen freundlich und fordernd eingepegelte synthetische Stimme. „Bitte legen Sie Ihre Hände auf die weiß markierten Griffflächen.“

Wombat, der nach der Begrüßung schon kurz aufgeatmet hatte, weil durch die Nennung seines Namens bewiesen war, dass das System seinen gestohlenen Chip akzeptierte, durchfuhr ein Schreck. Spontan brach ihm kalter Schweiß auf der Stirn aus. Was wollten sie auf diesen Flächen abgreifen? Fingerabdrücke? Gut, die hatte Dingo eingescannt. Möglich, dass sie im zentralen Datenbestand gelandet waren.

Oder war das hier eine Art Lügendetektor? Wurden Puls, elektrische Leitfähigkeit der Haut und ihre Feuchtigkeit überprüft?

Jetzt würde seine Tarnung auffliegen!

Verzagt legte er seine Hände wie angeordnet auf die Sensoren und erwartete sein Urteil.

„Akzeptiert. Bitte sprechen Sie mir nach: Blessed Island Molonglo welcomes you!"

„Ehm…" entfuhr es Wombat, von der Entwicklung der Situation total überrumpelt. Er fasste sich aber zu seiner eigenen Verwunderung recht schnell und antwortete in erstaunlich beherrschtem Tonfall: „Blessed Island Molonglo welcomes you!"

Nach einem weiteren „Akzeptiert" spuckte ihn die Sicherheitszelle in den Konferenzsaal aus.

Er stolperte mehr in den Raum hinein, als dass er mit dem vorgenommenen sicheren Schritt hinausgetreten wäre, und rang noch eine Weile mit seiner Fassung.

Aus einer langen Reihe bereitstehender Assistenten löste sich ein junger Mann und kam mit besorgtem Gesicht auf ihn zu.

„Geht es Ihnen gut? Sie sehen blass aus."

Wie einem gebrechlichen Alten reichte ihm der Assistent seinen Arm als Stütze. Wombat wehrte die angebotene Hilfe ab und bemühte sich, die zu Hause einstudierte Autoritätsperson herauszukehren.

„Danke. Ich habe mir gerade den Fuß vertreten. Zeigen Sie mir bitte meinen Platz."

Die kritischste Situation seines bisherigen Auftritts war gemeistert. Wombat fehlte eine Erklärung dafür, dass er ungeschoren davongekommen war. Insbesondere den Satz der Sprechprobe hatte er noch nie im Leben gesprochen. Da war ein absoluter Profi, ein Meister unter den Hackern, am Werk gewesen, und hatte an den Sicherheitssystemen herummanipuliert, was das Zeug hielt! Von diesem Helden trug er fortan ein ganz anderes Bild mit sich herum, als es ein technikverliebter, keckernder junger Mann vom anderen Ende der Erdkugel abgab.

Der Assistent ging ohne weitere Bemerkungen voraus. Sie kamen an einem Tisch mit Namensschildern vorbei.

„Sie heißen bitte?"

„Ich bin Blessed Chief Karl vom Blessed Island Ruhr."

Der Assistent suchte die Reihen der Schildchen ab.

„Ah, da haben wir Sie ja. Heften Sie sich Ihren Namen bitte ans

Revers. Damit alle wissen, mit wem sie es zu tun haben."

Wombat folgte der Aufforderung.

Der Assistent führte ihn in den Konferenzsaal hinein. Der Raum war riesig, arenaförmig um das Rednerpult angeordnet und fasste nach Wombats Einschätzung an die tausend Menschen. Sein Begleiter zeigte ihm den für ihn reservierten Platz. Ein elektronisches Notizbuch lag für jeden Teilnehmer bereit. Wombat machte sich damit vertraut. Er würde einer der aufmerksamsten Konferenzteilnehmer im Saal sein.

Stolz auf seinen Erfolg, hier angekommen zu sein, sich der Wichtigkeit seiner Aufgabe zum ersten Mal voll bewusst, richtete er sich kerzengerade auf seinem Polster auf.

Spannungen

Die beiden Ärzte schlurften in die Nachrichtenzentrale. Sie waren sichtlich erschöpft. Beinahe zehn Stunden hatten sie operiert.

„So etwas Kompliziertes habe ich noch nie gemacht!", seufzte Jack und ließ sich auf einen der herumstehenden Hocker fallen.

„Ich auch nicht", schob Laurent nach und tat es ihm gleich.

Ein paar Schweigesekunden verstrichen, ehe Dingo die ihn so brennend interessierende Frage stellte: „Und? Wie ist es gelaufen?"

„Gewebeproben, Einpflanzung des neuronalen Chips – alles prima. Ob der Rest jetzt so funktioniert wie vorgesehen: Da sind andere gefragt", antwortete Jack.

Laurent stimmte seinem Vorredner schweigend mit gehobenem Daumen zu.

Dingo verstand, dass er den beiden Ärzten jeden Wurm aus der Nase ziehen musste, aber das war ihm trotzdem lästig.

„Habt ihr ihn schon festgesetzt? Im Gefangenenraum?"

„Dort liegt er brav auf der Pritsche. Die Narkose wird noch mindestens eine halbe Stunde wirken. Wir werden mit Susan eine kurze Übergabe machen und dann gehen wir pennen. An Arm und Brust von dem Hübschen ist noch ein medizinisches Überwachungsgerät angestöpselt – das müsst ihr regelmäßig beobachten. Falls die gelbe Lampe aufleuchtet, weckt ihr einen von uns. Alles klar?"

Jack schaute aus geränderten Augen zu Dingo herüber, der ihm mit einem Kopfnicken bestätigte, dass er alles verstanden hatte.

Die beiden Ärzte trollten sich und kehrten mit Susan zurück. Sie gingen mit der Biologin ins Labor weiter, um ihr die Gewebeproben zu übergeben.

Dingo setzte sich an einen der Computer und schaltete die Kamera im Gefangenenraum scharf. Da lag er, der Blessed VIP. Genauso, wie es ihm die Ärzte beschrieben hatten.

Plötzlich stand Samira im Türausschnitt.

„Wo treibst du dich herum, Dingo? Ich dachte, du wolltest

schlafen. Ich drehe mich um und sehe, dass dein Bett leer ist."

„Ich konnte nicht einschlafen."

„Sind sie fertig mit der Operation?"

„Ja. Er liegt im Gefangenenraum. Du siehst ihn hier. Auf dem Monitor."

„Ich würde ihn mir gerne wenigstens einmal persönlich ansehen. Noch schläft er, wie es aussieht", bat sie Dingo.

„Okay. Gehen wir zu ihm. So lange er schläft, geht das. Erinnere dich bitte: Sonst gehe ich immer allein! Er soll nicht wissen, wie viele wir sind."

Dingo nahm Samira bei der Hand. Sie stiefelten durch zwei verschachtelte Flure und gelangten zu einer massiven Metalltür. Im oberen Drittel war ein faustgroßes Guckloch eingelassen mit einer Klappe davor, die man von außen verriegeln konnte. Niemand hatte einen Vers darauf, wofür dieser Raum vom ursprünglichen Besitzer genutzt worden war. Er stank jedenfalls nicht nach Dung. Zu allem Überfluss hatte bei der Übernahme der Räumlichkeiten sogar ein passender Schlüssel im massiven Schloss gesteckt. Dingo trug ihn ständig bei sich. Er fummelte damit im hakenden Mechanismus herum.

Nachdem die Tür ihren Widerstand aufgegeben hatte, betraten sie den Raum Seite an Seite. Eine gespenstische Stimmung herrschte darin. In der Mitte lag der Gefangene auf seiner Pritsche, einen Verband um den Kopf, die Brust entblößt, und ab der Hüfte abwärts in ein weißes Tuch eingeschlagen. Unter seinem Lager hing ein fingerbreit gefüllter Urinbeutel. Riemen fesselten ihn an das Gestell der Pritsche, Schläuche und Kabel an die medizinischen Gerätschaften, die daneben auf einem fahrbaren Wagen untergebracht waren. Überall leuchteten oder blinkten irgendwelche Lämpchen, die Streifen und Punkte über den nackten Beton jagten. Über einen Bildschirm zuckten für den Laien unverständliche Kurven. Oberhalb des Monitors waren zwei auffällig große Warnlampen angebracht, die eine gelb, die andere rot. Keine davon leuchtete.

Sie gingen näher an die Pritsche heran. Samira fixierte den Gefangenen wie ein Fabeltier.

„Ich habe noch nie im Leben einen Blessed Chief gesehen. Sieht doch eigentlich aus wie ein ganz normaler Mensch“, stellte sie mehr für sich selbst fest.

„Klar. Tatsächlich nur zwei Beine. Zwei Arme auch. Verblüffend. Und man staune: Nur ein Kopf!“, scherzte Dingo bittersüß.

„Ich bin erleichtert, dass wir ihn heil vom Himmel heruntergeholt haben. Immerhin habe ich sein Leben in der Hand gehabt. Ich weiß nicht, ob ich damit leben könnte, wenn der Vogel abgestürzt wäre.“

Dingo grunzte nur unbestimmt zu ihrer Feststellung.

Nach einer Weile der Stille löste Samira den Blick von dem Gefangenen. „Und wo ist der andere?“, wollte sie wissen.

Dingo kam die Frage ungelegen. Samira hatte die neueste Fassung des Plans also tatsächlich nicht durchgearbeitet. Sie wusste mithin nichts davon, dass nur der Blessed VIP überleben sollte, er sich mit dem überflüssigen Piloten kein umständliches Problem an den Hals hängen wollte. Verzweifelt suchte er nach einer geeigneten Formulierung, die das Geschehen am Ort der erzwungenen Landung nicht gleich wie ein Gemetzel erscheinen ließ.

Doch hier halfen keine Lügen und so antwortete Dingo kleinlaut: „Der Plan ,Morgensonne‘ hat vorgesehen, ihn zu beseitigen.“

Samiras Augen weiteten sich. Sie streckte ihre Arme verkrampft bis in die Fingerspitzen gegen den Boden aus und sah ihren Partner ungläubig an.

„Willst du damit sagen, ihr habt ihn umgebracht?“

„Ja. Ist so“, gestand Dingo mit schwerer Zunge.

Samira beschlich ein seltsames Gemisch aus Unglauben und dem Gefühl, betrogen worden zu sein. Sie wurde zornig.

„Wer?“

Dingo wandte sein Gesicht von ihr ab. Die Minute der Wahrheit war gekommen und er wusste nicht, wie sie Samira aufnehmen würde. Während ihrer Ausbildung war sie zur bedingungslosen Rücksichtslosigkeit gegen die Blessed People angehalten worden. Gedankenlos hatte sie nach eigenem Bekunden die Hasstiraden mitskandiert, die dem Gegner den Tod wünschten. Trotzdem hatte er Samira versprechen müssen, nur unter Bedrohung des eigenen Lebens ein anderes auszulöschen. Eine Übereinkunft, die er in ihren Augen gebrochen haben musste.

Warum hatte er ihr nie die Möglichkeit eines Mordes aufgezeigt? Warum hatte er bis jetzt, wo alles geschehen war, damit gewartet?

Dingo verwünschte seine Feigheit, denn nichts anderes war der wahre Grund. Ihre Beziehung hatte sie beide bis hierher geführt und hatte sie stark gemacht für alles, was sie hier gemeinsam geleistet hatten. Es durfte nicht zu einem Bruch ihres Vertrauens kommen, gerade jetzt nicht.

„Wer?“, zischte Samira noch einmal, diesmal mit gesteigerter Wut in der Stimme.

Die Antwort war unausweichlich. Mit gesenktem Kopf gestand er durch die Lippen gepresst seine Schuld ein: „Ich.“

„Das fasse ich nicht!“

Samira wandte sich abrupt von Dingo und dem Gefangenen ab. Sie schlug die Hände vors Gesicht. Ihr Schluchzen schüttelte ihren ganzen Körper. Dingo war wortbrüchig geworden. Niemals hätte sie das für möglich gehalten. Es kam ihr wie ein Verrat an der gemeinsamen Sache vor. Mehr noch: Wie ein Verrat an ihrer Liebe!

Mit einer derart heftigen Reaktion hatte Dingo nicht gerechnet. Ein Zornesausbruch vielleicht, eine Beschimpfung. Möglicherweise eine Ohrfeige. Samira konnte sehr impulsiv sein. Ihre Geste des Abwendens, gar der Trauer, war für ihn viel schwieriger zu ertragen. Hilflos wartete er, wie sich die Situation weiter entwickeln würde. Ihm wurde bewusst, dass gerade ein Riss in ihrer Beziehung entstand, dass ab jetzt nie mehr das grenzenlose Vertrauen zwischen ihnen bestehen würde, das ihre Beziehung getragen und sie als Paar überhaupt erst dazu befähigt hatte, ein so komplexes Vorhaben wie „Morgensonne“ anzupacken. Er befürchtete, ja ahnte, Samira ein Stück weit für den gemeinsamen Weg verloren zu haben.

Die gedrückte Stimmung hielt sich lange. Sie quälte Dingo in ihrer Sprachlosigkeit. Samiras Weinen war das einzige Geräusch, das sie beide austauschten. Gerne hätte er sie tröstend in seine Arme geschlossen, aber er konnte nicht absehen, wie ihre Reaktion darauf ausfallen würde.

Dann endlich ließ Samiras Schluchzen nach. Ruckartig drehte sie sich auf dem Absatz zu Dingo um und giftete ihn unvermittelt an: „Du Schwein!"

Dingo war froh, endlich eine Gelegenheit zur Rechtfertigung zu erhalten.

„Es war notwendig. Glaube mir, Samira. Unvermeidlich."

„Nichts war notwendig. Warum notwendig? Wir waren uns doch einig, dass es um die Entführung eines Politikerarschs ging. Aber doch nicht um den Mord an einem solchen Wurm, der auch nur ein klitzekleines Rädchen im Getriebe der Blessed People ist!"

„Samira. Bleib doch bitte vernünftig. Was hätten wir denn machen sollen? Mit dem Kerl? Er wäre ein zusätzliches Risiko …"

„Ein Risiko? Du bist so gefühllos! Ein Menschenleben! Nur ein ‚Risiko'? Verdammt, Dingo, wo sind deine Ideale geblieben? Wir wollen hier der Menschheit weiterhelfen. Wir wollen diese unsäglichen Mauern zwischen den beiden Welten einreißen. Aber wir wollten doch nie das eine Unrecht mit einem anderen bekämpfen und zu Mördern werden!"

„Dieser Pilot war übrig. Wir konnten nur einen operieren. Am Gehirn. Wir hatten nur einen Chip! Den haben wir für den da gebraucht." Er wies mit dem Kinn auf den Gefangenen. „Wir hätten ihn nicht freilassen können. Er wäre nicht zu steuern gewesen. Begreife doch. Es gab keine andere Lösung."

Samira redete sich in Rage. Die Tränen auf ihrem verquollenen Gesicht waren getrocknet und sie blitzte Dingo kampfeslustig an.

„Es gibt immer eine andere Lösung. Man muss nur danach suchen. Man muss nur danach suchen wollen!" Das letzte Wort betonte Samira wie einen Schrei. „Wir sind hierhergekommen in diesen verdammten Glutofen, um etwas Bedeutendes zu erreichen. Wir haben uns geschworen, wieder etwas Humanität auf die Erde zu bringen, etwas dafür zu tun, dass für alle Menschen dieselben

Lebensbedingungen gelten. Ja: Wir haben dabei in Kauf genommen, an Menschen herumzumanipulieren. Ja, auch ich will zugeben, dass ich Kompromisse auf unserem Weg hingenommen habe.

Aber, Dingo, ich hätte nie geglaubt, dass dazu der Mord an einem wehrlosen, unbedeutenden Opfer notwendig wäre. Ich hätte, wäre ich darüber informiert gewesen, alles getan, um diesen Mord zu verhindern. Jetzt, mein Lieber, bist du keinen Deut besser, als die, die wir bekämpfen wollten. Du hast dich schuldig gemacht, Dingo, du hast Dreck an deinen Pfoten, du hast unsere Ziele und unserer beider Ideale verraten!"

Samiras Beschimpfungen versetzten Dingo in Wut.

„Ich? Unsere Ziele verraten? Ideale verraten? Ich war nur nicht feige! Ich habe das Notwendige getan. Das Notwendige! Zur Erreichung unserer Ziele! Du kanntest doch ‚Morgensonne'. Und jetzt machst du mir Vorwürfe? Das ist nicht fair!"

„Ach was. Ich kannte also den Plan? Ja, ich hätte ihn kennen können, das gebe ich gerne zu. Aber so oft, wie du den Plan geändert hast, wie du an den Details herumgefeilt hast, hat sich doch am Ende niemand von uns mehr die Mühe gemacht, jede Anpassung nachzuvollziehen. Es war zum Schluss nur noch dein Plan, Dingo. Dein ganz persönlicher Plan. Wir sind allesamt nur deine Erfüllungsgehilfen. Wir steuern nur die Kenntnisse und Fähigkeiten bei, die du nicht besitzt. Aber du bist der Kopf unserer Zelle und du trägst die Verantwortung – ganz alleine du!"

„Samira! Jetzt habe ich genug! Wir wussten, es würde nicht einfach. Wir wussten, Entscheidungen wären zu treffen. Auch schwierige. Wir wussten, wir müssten bereit sein, Schuld auf uns zu nehmen. Wir haben geschworen, zu kämpfen. Für die Sache. Und jeder von uns wusste um die Risiken. Was wäre denn gewesen? Wenn die Drohne abgestürzt wäre? Auf dem Boden zerschellt? Was, wenn die Landebahn zu kurz gewesen wäre? Was …"

„Du verwechselst hier etwas!", fiel ihm Samira brüllend ins Wort. „Wir haben dieses Szenario tausendfach technisch gecheckt, tausendfach am Computer durchsimuliert, waren uns zum Schluss absolut sicher, dass es so klappen könnte. Wir haben nach besten

Möglichkeiten alle Gefahren ausgeschlossen. Wäre dabei etwas schiefgegangen, wäre es ein Unfall gewesen. Nichts weiter.

Dein Mord war vorsätzlich, Dingo! Du hattest ihn von Anfang an geplant und dieser Pilot hatte keine Chance. Er muss wahrscheinlich noch betäubt gewesen sein, als du ihn um die Ecke gebracht hast. Wie hast du das überhaupt angestellt? Hast du ihm die Kehle durchgeschnitten? Hast du ihm mit einem Stein den Schädel zertrümmert? Kannst du mit diesem Bild im Kopf überhaupt leben? Sag mir nur das Eine: Kannst du das?"

Zielsicher hatte Samira Dingos wunden Punkt getroffen. Sie kannte ihn gut genug, um ihn an der richtigen Stelle zu verletzen. Genau das machte ihm zu schaffen, dieses Bild, wie er dem wehrlosen Mann den Rest gegeben hatte. Dieses Bild, das nur in seinem Kopf entstand und trotzdem wie real in seine Erinnerung eingedrungen war. Sie kannte ihn nur zu gut und sie hatte seine Gefühle erraten.

Trotzdem empfand Dingo Samiras Vorwürfe als ungerecht.

„Ich bin kein Schlächter. Es macht mir zu schaffen. Was ich getan habe. Macht mir wirklich zu schaffen. Bin mir selbst nicht treu geblieben. Aber versteh doch. Nur so funktioniert der Plan. Nur so konnten wir ihn durchführen. Dieses Opfer war unvermeidlich. Ich musste es tun. Ich leite die Aktion. Ich konnte das von keinem anderen verlangen."

Samiras Wutausbruch sackte in sich zusammen. Sie nahm die zuletzt zornig gegen ihn geballten Fäuste herunter und ließ ihre Schultern hängen. In ihren Kopf zog eine lähmende Leere ein. Widersprüchliche Gedanken stürzten auf sie ein.

„Dingo ich liebe dich. Und weil ich dich liebe, kann ich nicht verstehen, dass du zu so etwas fähig bist. Das, Dingo, ist das Schlimmste für mich: Dass du, den ich meinte so gut zu kennen, in dessen Seele sich meine Seele spiegelt, dass du einen gemeinen Mord fertigbringst. Dass du mich hintergehst, wo du doch weißt, wie ich dazu stehe."

Ohne ihn noch einmal anzublicken, huschte Samira aus dem Gefangenenraum.

Im ersten Reflex wollte Dingo ihr nachlaufen. Aber er erkannte, dass das im Moment wenig Sinn machte. Seine Aufmerksamkeit wurde gleichzeitig von einem Aufstöhnen des Gefangenen abgelenkt. Von der Zeit her konnte es gut sein, dass die Narkose nachließ.

„Durst!", hörte er den Blessed Chief im Halbschlaf flüstern.

Eiligen Schrittes verließ auch Dingo den Raum und sperrte ihn sorgfältig hinter sich ab.

Unterricht

Hannah lag bereits seit Stunden wach, als sie der Hauscomputer an den neuen Tag erinnerte. Sie spürte einen unangenehmen Druck auf ihren Schläfen. Der wenige Schlaf, den sie abbekommen hatte, hatte sie nicht erfrischt, sondern entließ sie mit einem schweren Kopf in den Tag. Wie eine sich ankündigende Grippe −, dachte sie.

Seit ihr die Assistentin des Blessed Mayor die Nachricht von Karls Abreise überbracht hatte, erfüllte sie eine unbestimmte Unruhe, lähmender Begleiter bei allem, was auf Erledigung wartete. Die Botin hatte ihr erklärt, dass Karl für ein paar Tage verreist sei und sich äußerst geheimnisvoll ausgedrückt, was seinen Auftrag anging. Persönliche Benachrichtigungen waren in ihrer hoch technisierten Welt sozusagen ausgestorben, und dadurch per se verdächtig, nichts Gutes zu verheißen. Die Assistentin hatte ihr nicht einmal das Ziel von Karls Reise verraten. Sie hatte nur immer wieder die Wichtigkeit des Auftrags betont, der seine unmittelbare Abreise erfordere. Es sei ihm während seiner gesamten Abwesenheit aus Sicherheitsgründen nicht erlaubt, Kontakt mit seinem Zuhause aufzunehmen. Sogar über die Dauer von Karls Reise war der Botin nichts zu entlocken gewesen, falls sie überhaupt darüber informiert gewesen war.

Dubios, das Ganze. Äußerst dubios.

Wie gestern schon den ganzen Nachmittag und Abend und in den langen Wachphasen der Nacht, spekulierte sie heute Morgen gleich weiter über die Inhalte dieses Auftrags. Karl hatte ihr nichts von einer bevorstehenden Reise erzählt, in seinem Terminkalender war nichts dergleichen vermerkt. Eindeutig, dass seine Abreise auch für ihn überraschend gekommen war. Sie stand in unmittelbarem Zusammenhang mit seiner Audienz beim Blessed Mayor – das war das einzig Gewisse an der Sache.

Hannah nahm den Tag wie jeden Arbeitstag in Angriff. Die Verrichtungen des Morgens verliefen in stiller Routine. Ihre Gedanken waren nicht auf diese alltäglichen Handgriffe gerichtet, sondern schweiften in den bevorstehenden Tag hinaus. Der Unterricht würde für sie erst nach der zweiten großen Pause beginnen, also um die Mittagsstunde herum. Wie an jedem der Tage, die eine solche Struktur aufwiesen, wollte sie diese geschenkten Stunden auch heute − wenn Harald schon im Hort spielte und sie noch einmal zurück nach Hause gehen konnte −, für sich selbst nutzen. Am liebsten mit einem altmodischen Buch in der Hand. Hannah würde die geschenkte Zeit auf keinen Fall mit irgendwelcher Arbeit vertun.

Sie war seit Kindertagen Bücherfan. Hannah genoss die Auseinandersetzung mit einem Medium, das man in die Hand nehmen konnte und das ihr nicht auf einfachem Wege elektronisch zur Verfügung stand. Sie las lieber selbst, anstatt sich von einer künstlichen Stimme die Ohren vollsäuseln zu lassen oder auf ein Display zu starren. Karl verstand das nicht. Das sei wenig effektiv. Dass es Dinge gab, deren Wert sich nicht nach ihrer Effektivität bemaß, war für seine streng ökonomische Denkweise unvorstellbar.

Zum Frühstück bestellte sie, anders als gewöhnlich, Kaffee. Sie war eigentlich militante Teetrinkerin, hatte aber das Gefühl, das wäre heute nicht das Richtige für ihren schweren Kopf. Als das Frühstück wenige Minuten nach der Bestellung eintraf, gönnte sie sich erst einmal einen Becher des schwarzen Gebräus, mit dem sie sich am Küchentisch breitmachte.

Stets aufs Neue schweiften Hannahs Gedanken zu Karls plötzlichem Aufbruch ab. Sie grübelte über den gestrigen Morgen und die Woche davor nach, überdachte die eine oder andere Bemerkung, die Karl ihr gegenüber über seine momentane Arbeit geäußert hatte, und spürte einem Zusammenhang nach. So sehr sie sich auch bemühte: Sie fand keinen Weg durch diesen Dschungel. Sie musste davon ausgehen, dass keine Verbindungen zwischen Karls letzten Arbeitstagen und seiner Reise bestanden.

In ihrer Erinnerung gab es keinen vergleichbaren Vorfall. Bisher hatte Karl ihr immer exakt sagen können, wann, wo und mit wem er unterwegs war. Diese Geheimniskrämerei im Zusammenhang mit seinem Job blieb ein Unikat. Nicht einmal die notwendigsten Brocken hatte er einpacken können, denn seine Kleidung und die Utensilien für seine Morgentoilette lagen noch unverändert an ihrem Platz. Karl liebte Ordnung und so war ihr die gestrige Überprüfung dieser Dinge ein Leichtes gewesen.

Die ganze Angelegenheit kam Hannah beinahe schon kriminell vor. Hatte sich Karl vielleicht etwas zu Schulden kommen lassen und war aus dem Verkehr gezogen worden? Gab es so etwas in ihrer behüteten, heilen Welt? Oder stand sein Auftrag im Zusammenhang mit geheimdienstlichen Aktivitäten? War etwa ein Einsatz des Sicherheitsapparats ideologisch zu begleiten? Schwebte Karl in Gefahr und sie durfte nichts davon wissen?

Zu gerne hätte sie den Blessed Mayor angerufen, um ihn direkt zu befragen. Aber Hannah sah ein, dass dies keine Option war – man würde sie wahrscheinlich erst gar nicht zu ihm durchstellen.

Mit vernehmlichem Ausatmen stand sie vom Frühstück auf und ging zu Haralds Zimmer in der ersten Etage. Der Alltag wollte abgewickelt werden, egal welche Gedanken sie plagten. Die Routine verlangte ihren Tribut.

Harald ging gerne in den Kinderhort. Sie bemühte sich, ihn nichts von ihrer gedrückten Stimmung merken zu lassen. Kinder besaßen manchmal ein seismisches Einfühlungsvermögen, was die Laune der Erwachsenen anging. Hannah half ihrem Sohn beim Waschen und Anziehen, besorgte ihm ebenfalls ein Frühstück und begleitete ihn die paar Schritte zur Einrichtung. Harald stürmte vom Tor des umgebenden Spielgartens ins Haus hinein und blickte sich nicht einmal zu ihr um. Nun, mochte er ein paar unbeschwerte Stunden verbringen, bis sie ihn wieder abholte.

Hannah verspürte wenig Lust, mit den anderen Eltern, die ihre Kinder zur selben Zeit in den Hort brachten, zu plaudern. Charmant wehrte sie zwei Versuche ab, einen Smalltalk mit ihr zu beginnen. Sie beeilte sich, wieder die unbeobachteten eigenen vier Wände aufzusuchen.

In diesem Vormittag steckte der Wurm. Hannah setzte sich zwar mit einem Buch auf ihren Lieblingsplatz, den Sessel mit dem herrlichen Blick in den Garten. Der Kalender zeigte Mitte April und die Bäume waren längst ausgeschlagen. Versonnen ruhte ihr Blick auf der alten Blutbuche, die über und über mit Blattknospen überzogen war – als hätt ein van Gogh mit seinem im Stakkato geführten Pinsel darüber hinweggetupft. Morgen oder übermorgen würden die Hülsen aufplatzen und die jungen Blätter hellrot explodieren, um nach wenigen Tagen die typische blutrote Färbung anzunehmen.

Als sie merkte, dass sie eine ganze Weile hinausgestarrt hatte, legte sie das Buch beiseite. Sie brachte es heute nicht fertig, sich aufs Lesen zu konzentrieren. Ihr Kopf war einfach gelähmt von der Sorge um Karl.

Hannah lief unsortiert durch die verschiedensten Ecken im Haus. Hier richtete sie die Falten eines Vorhangs, dort wischte sie Haralds Handabdruck von einem Türblatt – obwohl der Hausroboter in den nächsten Stunden ebenfalls auf den Fleck gestoßen wäre. Plötzlich fiel ihr ein, dass sie ausgerechnet heute das Ideologiethema unterrichten musste. Gleich in den ersten beiden Stunden ihres Arbeitstags. Ihre Hassnummer!

Aus dem Müßiggang wurde an diesem Morgen nichts. Als die Zeit gekommen war, machte sich Hannah auf. Sie orderte keinen Kabinenwagen, bewegte auch nicht ihren Scooter, sondern marschierte die zwei Kilometer bis zu ihrer Arbeitsstelle zu Fuß. Noch war es nicht zu heiß dafür. Vielleicht brachte der Spaziergang etwas Ordnung in ihren gequälten Kopf.

Hannah betrat das Schulgebäude durch den imposanten Lehrereingang. Die ursprünglich nach dem Dichterfürsten Goethe benannte Einrichtung stammte aus Tagen des Kaiserreichs Anfang des 20. Jahrhunderts. Wen interessierte noch Goethe? Heute hieß die Schule nach dem berühmten Ideologen „Steven-Miller-Gymnasium“ – wie so viele. Das wilhelminisch geprägte Aussehen des Gebäudes wollte so gar nicht zu diesem Namen passen. Einflussreiche Persönlichkeiten hatten nun einmal Gefallen an dem Objekt gefunden, waren zum Teil selbst hier unterrichtet worden. Daher stand dieses Relikt längst überholter Ansprüche an einen modernen Lernbetrieb − technisch zwar an die Erfordernisse der Jetztzeit angepasst und aufs Feinste renoviert, äußerlich jedoch unverändert −, an seinem Platz. Ein turmgekrönter Bau, kolossal, Putten-bekränzt, säulenbewehrt, respekteinflößend.

Sie war spät dran heute Morgen. Also ging Hannah direkt in die Klasse, ohne zuvor im Lehrerzimmer vorbeigeschaut zu haben, was unüblich war. Auf dem Flur begegnete ihr ein Kollege.

„Hallo Thomas."

„Hallo Hannah. Wohin?"

„Mittelstufe. Mein Hassthema, Doppelstunde − du weißt."

Mit Thomas hatte sie schon einmal über ihre Probleme mit bestimmten Unterrichtsthemen gesprochen, und dabei war herausgekommen, dass viele Kollegen ähnliche Schwierigkeiten hatten.

„Viel Glück!", warf ihr Thomas zu und verschwand um die nächste Flurecke.

Vor einem der Klassenräume rangelte eine Gruppe Jungen. Hannah konnte das nicht ignorieren und war gezwungen, einzugreifen.

„Na, na, was macht ihr denn da. Was ist hier los?"

„Die wollen uns nicht in die Klasse lassen", antwortete ihr ein Hellblonder mit Stoppelschnitt.

„Warum das denn nicht?"

„Die sagen, wir wären Dark People und dürften nicht ins Blessed Island."

Häufiger schon hatte Hannah miterlebt, dass die Trennlinien zwischen Blessed People und Dark People für die Kinder als Vorlage für Räuber- und Gendarmspiele dienten. In dieser Beziehung waren die Lehrer zu Wachsamkeit aufgerufen, denn es war ideologisch absolut tabu, zu behaupten, die beiden Seiten ständen in Feindschaft zueinander. Offiziell herrschten Friede, Freude, Eierkuchen. Auch wenn allen, die halbwegs klar im Kopf waren, das Gegenteil bewusst war.

„Wer ist denn eure Klassenlehrerin?"

„Frau Dithfurt."

„Ah, Frau Dithfurt. Ich werde einmal mit ihr sprechen, dass sie mit euch eine Sonderstunde Ideologie macht. Jetzt aber husch in die Klasse!"

Die Jungen verschwanden, als wäre nichts vorgefallen.

Als sie den Raum betrat, in dem sie heute unterrichtete, saßen die Schüler teilweise bereits an ihren Tischen, teilweise standen sie noch zwischen den Stuhlreihen herum oder hockten auf dem Fensterbrett und ließen ihre Beine baumeln. Als sie ihre Lehrerin bemerkten, nahmen die Jugendlichen auf ihren Stühlen Platz.

„Guten Morgen zusammen", begrüßte Hannah die Klasse.

Der eine oder andere murmelte einen Gruß zurück. Es gab keine besonderen Begrüßungsrituale zwischen Lehrern und Schülern.

Hannah versetzte sich einen Ruck. Es war nicht das erste Mal, dass sie diese Unterrichtssequenz abhielt. Der Leiter der Schule wusste, was Karl beruflich trieb, und hatte sie gerade deswegen in der Mittelstufe eingeplant. Das war für ihren Geschmack eine etwas unfaire Berechnung ihres Chefs gewesen, doch sie hatte keine Argumente gefunden, diesen Aufgabenschwerpunkt abzulehnen. Eigentlich hatte sie eine Menge Erfahrung mit diesem Themenkomplex gesammelt. Gegen kritische Fragen der Schüler war sie im Prinzip gewappnet. Sie sollte sich ihrer Sache sicher sein.

„Heute wollen wir uns mit den Umständen beschäftigen, die in der dunklen Zeit dazu geführt haben, dass das Blessed-Island-Konzept als Reaktion auf die damaligen Probleme entstand ..."

Die Stunde verlief wie geplant. Hannah arbeitete mit der Klasse die wesentlichen Entwicklungen der dunklen Zeit heraus, die schlussendlich in der Gründung der Blessed Islands gemündet hatten. Der ständige Strom der Flüchtlinge, soziale Unruhen, steigende Kriminalität, das Gefühl der Bessergestellten, Plünderungen und Übergriffen schutzlos ausgeliefert zu sein –, all dies kam zur Sprache. Der Lehrplan sah vor, nichts zu beschönigen, nichts zu verheimlichen. Unter allen Umständen sollte der Anschein vermieden werden, es würde an Objektivität mangeln. Wertungen des Geschehens waren dagegen unerwünscht. Die Kinder sollten auf diese Weise darauf eingestimmt werden, die Argumente für die Einrichtung der Schutzzonen zu ihren eigenen zu machen.

Zum Ende der ersten Stunde zog Hannah ein vorläufiges Resümee: „Wir wollen bis zum Pausenzeichen das, was wir erarbeitet haben, noch in ein paar Federstrichen festhalten."

Sie sammelte gemeinsam mit den Schülern Stichworte, die das eben Besprochenen widergaben und trug sie dem sprachgesteuerten Display zur Speicherung auf. Damit füllte sie die verbleibenden Minuten. Nach dem Klingelzeichen zur Beendigung der kurzen Pause setzte Hannah die Doppelstunde nahtlos fort. Dabei konnte sie auf bereits im Geschichtsunterricht Gelerntes zurückkommen.

„Die gesellschaftliche Entwicklung haben wir nun beleuchtet. Beschäftigen wir uns jetzt mit prägnanten Ereignissen aus der dunklen Zeit. Wer von euch kann mir einzelne Begebenheiten benennen, die schließlich Auslöser für die Umsetzung des Blessed-Island-Konzepts waren?"

„Die Ermordung des Bürgermeisters von London", erhielt sie spontan Antwort aus der letzten Reihe.

Das war wirklich ein folgenschweres Ereignis gewesen. Eine Rotte Migranten hatte den Ring der Sicherheitskräfte durchbrochen, und den Bürgermeister auf seinem Rednerpult brutal gemetzelt. Vor den Augen des Publikums und den Kameralinsen. Der Mord hatte einen Aufschrei der Engländer und der gesamten westlichen Hemisphäre bewirkt. Die Tat war geschichtlich als eine Art Initialzündung für die Isolierung der Eliten zu werten.

„Display: Ermordung von Edward Grey."

Sie sammelten noch etliche Stichworte, die turbulenten Auswüchse der dunklen Zeit betreffend. Blutige Proteste, allen voran in Frankreich, Lynchjustiz an Umweltflüchtlingen, kriegsähnliche Zustände in den größeren Städten. Einige der Schüler waren sehr gut informiert, in anderen Elternhäusern wurde anscheinend nicht darüber gesprochen. Außerdem war das politische Interesse der Jugendlichen durchaus unterschiedlich ausgeprägt.

Insgesamt besaß Hannah den Eindruck, dass die Schüler stark für die eigene, die helle Seite, eingenommen waren. Sie spürte wenig Kritik hinsichtlich des Umgangs mit den Dark People, wenig Empathie mit ihren Problemen. Das betraf die Vergangenheit ebenso wie die Gegenwart. Für die Jugendlichen war die Trennung der Menschheit Fakt, eine Selbstverständlichkeit. Sie gehörten zu den Gewinnern und das war das einzig Wichtige. Gerade in ihrem Alter. Sie blickten auf die Loser herab und hielten ihr Schicksal für gerecht, denn die Vorfahren der Dark People hatten seinerzeit nicht vermocht, zu den Gewinnern aufzuschließen. Die Schüler nahmen sich selbst zwar als Auserwählte wahr, stellten dies jedoch nicht infrage.

Am Ende der Stunde konnte Hannah mit dem Unterrichtsverlauf im Sinne der Ideologiebehörde zufrieden sein. Sie war weitestgehend deren Unterrichtsanweisung gefolgt, hatte den Schülern die Situation in der dunklen Zeit nahegebracht. Hannah war sich sicher, ein gutes Fundament für die folgenden Unterrichtseinheiten gelegt zu haben.

Nach einer Zusammenfassung des Gelernten blieben ihr noch zwei Minuten bis zum nächsten Pausenklingeln. Mehr zum Ausfüllen dieser kurzen Zeitspanne fragte sie in die Klasse hinein: „Hat noch irgendjemand eine besondere Frage, die wir in den nächsten Stunden behandeln sollten?“

Yasemin, eine stille Schülerin, die sich nur selten zu Wort meldete, antwortete: „Ich habe schon längere Zeit darüber nachgedacht, warum wir die Menschen auf der anderen Seite der Blessed Border ‚Dark People‘ nennen. Das klingt so nach Schmutz, so abstoßend. Nach Bedrohung und Gefahr. Ich habe zwar keine Ahnung davon, wie die Leute dort drüben ticken. Die können aber doch eigentlich nichts dafür, was so ein paar Durchgeknallte damals veranstaltet haben. Besonders die nicht, die so alt sind wie wir. Darüber würde ich gerne mehr erfahren.“

Da war sie wieder, eine dieser Fragen, die Hannah regelmäßig aus der Bahn warfen. Selbst nach so langen Jahren Berufserfahrung besaß ihre eigene Ideologiewelt noch Schwachpunkte, die sie regelmäßig argumentationslos machten. Sogar so einfache, schlichte Fragen wie die von Yasemin.

Was sollte sie dem Mädchen entgegnen?

Natürlich konnte die junge Generation nichts dafür, auf welcher Seite sie aufwuchs. Die Sortierung der Menschen war lange vor ihrer Zeit passiert. Vorgenerationen hatten ihren Status Quo festgeschrieben. Wie sollte man so etwas rechtfertigen? Sie gestand sich ein, selbst schon über diesen Punkt gestolpert zu sein.

Hannah wünschte sich Karl an ihre Seite. Er hätte eine Antwort parat gehabt, hätte wie eine Gebetsmühle seine Überzeugungen heruntergeleiert. Sie war froh, dass die Unterrichtsstunde nur noch wenige Sekunden dauern würde, von denen sie ein paar in Schweigen überbrückte, bis sie sich um eine echte Antwort herummogelte.

„Yasemin, auch diese Frage werden wir noch behandeln. Aber jetzt zu eurer Hausaufgabe: Bitte stellt aus eurer Sicht dar, welche Möglichkeiten die Politik in der dunklen Zeit hatte, den besprochenen Umständen zu begegnen. Was hättet ihr getan, hättet ihr an einflussreicher Stelle gesessen …?“

Die Formulierung der Hausaufgabe tropfte rein mechanisch von ihren Lippen. Hannah hatte etwas mit Karl zu besprechen. Und diesmal würde sie ihn nicht in seinen Standardvortrag entkommen lassen!

Ausgeliefert

Durst“, hörte sich Karl stöhnen. Aus einem fremden Mund unter einem platzenden Schädel.

Er hielt die Augen geschlossen, merkte selbst, dass er gelallt hatte und konzentrierte sich darauf, sein Bedürfnis noch einmal deutlicher zu artikulieren.

„Durst!“

Karl hörte eine Tür klappen. Er war also beim Aufwachen nicht allein gewesen, sondern von irgendjemandem beobachtet worden, der seinem Wunsch nachkommen würde.

Er versuchte, die Augen zu öffnen. Zuerst blinzelte er nur durch die Wimpern. Dann hatte er den Eindruck, die Lider vollständig auseinandergeklappt zu haben, doch sein Blick war getrübt. Vor seinen Augen tanzten bunte Lichtpunkte. Langsam gaben sie ihre verschwommenen Konturen auf, verschwanden aber nicht ganz.

Ein Raum!

Er befand sich nicht unter freiem Himmel, sondern in einem geschlossenen Raum. Der Absturz − dies war nicht das Innere eines Mach-3-Jets. Es war ein dunkler Raum, nur von diesen seltsamen Lichtpunkten und -streifen erhellt. Und dem Widerschein von einem Monitor. Er lag ausgestreckt. Worauf lag er?

Karl versuchte, sich auf die Unterarme zu stützen, bemerkte aber einen Widerstand. Dazu bin ich zu schwach −, dachte er. Stattdessen bat er zum dritten Mal nach einem Getränk, diesmal laut und vernehmlich.

Nichts geschah.

Er suchte aus seiner liegenden Position heraus den Raum im Bewegungskreis seiner Augen nach Anhaltspunkten für seinen Aufenthaltsort ab. Karl erschrak. Die Wände waren schlicht grau, wie nackter Beton. Nur der Monitor und die Lämpchen des Apparates neben seiner Liegestatt tupften Farbkleckse darauf. Über ihm hing ein Infusionsbeutel. In einer Ecke wartete ein Toiletteneimer auf Benutzung.

Karl versuchte, sein Erinnerungsvermögen zu aktivieren. Er wusste nur noch, dass sein Flugzeug wie ein Stein vom Himmel gefallen und erst kurz vor Erreichen der Erde in eine waagerechte Landeposition übergegangen war. Dann hatte er noch die Bilder im Kopf, wie sich eine Anzahl Drohnen auf seine Maschine zubewegte und wie jemand mit irgendetwas auf den Rumpf zielte. Nach dem anschließenden dumpfen Knall konnte er sich an nichts mehr erinnern. So benommen er noch war, ihm war klar, dass ihn irgendjemand anschließend in diesen Raum verfrachtet hatte.

Dumpf wurden Schritte vernehmbar. Ein Schlüssel knirschte in einem Schloss. Er wurde gefangen gehalten! Die Scharniere einer Tür quietschten und eine schwarz vermummte Gestalt, deren Kostümierung nur zwei Löcher für die Augen freiließ, betrat den Raum. In der Hand hielt sie eine Trinkflasche.

Dingo hatte sich bei der Biologin erkundigt, ob er dem Gefangenen schon zu trinken geben durfte und hatte, froh wieder im Mantel der Aktivität Schutz vor den Bildern in seinem Kopf zu finden, gleich dafür gesorgt. Behutsam näherte er sich dem Gefangenen und blieb einige Sekunden schweigend vor seiner Pritsche stehen. Er fand keine Worte, denn über diesen Augenblick der ersten Kontaktaufnahme hatte er bisher nicht nachgedacht. Stattdessen hob er Karls Kopf leicht an, und führte ihm die Öffnung der Trinkflasche an den Mund. Dankbar tat der Gefangene einen kurzen Zug. Setzte wieder ab, zeigte Dingo durch eine Kopfbewegung, dass er mehr trinken wollte. Trank.

In der Flasche befand sich schlichtes Wasser, das eigenartig faulig schmeckte. Ein so widerliches Gesöff hatte Karl noch nie gekostet. Seine Geschmacksnerven protestierten heftig gegen die Flüssigkeit. Trotzdem nahm er einen zweiten Zug, ehe er der schwarzen Gestalt durch hinunterdrücken der Hand, die seinen Kopf hielt, zu verstehen gab, dass er für den Moment genug getrunken hatte.

„Wo bin ich?“, fragte Karl.

„Du bist in guten Händen“, antwortete Dingo und merkte, wie

hohl seine Worte klangen.

Karls Wahrnehmung war noch zu getrübt, um die Antwort wirklich zu registrieren. Stattdessen bat er um einen weiteren Schluck aus der Flasche, der ihm sofort gewährt wurde. Dann hatte er endlich genug von dem ekeligen Wasser.

„Wie heißen Sie und wer sind Sie?", forschte Karl weiter.

„Nenne mich den Schwarzen. Das genügt. Für dich bin ich der Schwarze. Dein schwarzes Phantom. Ganz schlicht. Ich versorge dich mit allem Notwendigen. Ich bin dein Kummerkasten. Und dein Gesprächspartner. Ich werde dir mit Fragen lästig werden. Niemals mehr werde ich verschwinden. Aus deinem Leben."

Dingo wunderte sich über diese Sätze, die er sich nie zurechtgelegt hatte. Worte, die die Situation trotzdem für seinen Geschmack verblüffend gut trafen.

Karl war noch längst kein gleichwertiger Gesprächspartner und so tappte er mit seinen Fragen an der Situation, in die er geraten war, vorbei.

„Was ist mit mir geschehen? Ich weiß nur noch, dass wir abgestürzt, aber im letzten Moment ganz ordentlich gelandet sind. Haben Sie mich aus der Wüste gerettet?"

Dingo lachte hart und gehässig auf. So hatte er die Angelegenheit bislang nicht betrachtet.

„Das könnte man so sehen: gerettet. Klingt eigentlich nicht falsch. Keine schlechte Sicht unserer Aktion. Gerettet vor einem nutzlosen Weiterleben. Oder gerettet vor einem inhumanen Leben. Nicht schlecht. Das Motto gefällt mir." Nach einer Kunstpause fuhr er in schärferem Tonfall fort: „Nein, du Kretin. Du bist entführt worden. Schlicht und einfach!"

Langsam dämmerte es Karl: Der scharfe Knall war durch eine Granate verursacht worden. Deshalb konnte er sich trotz einer glimpflichen Landung an nichts weiter erinnern. Die Erkenntnis türmte tausend neue Fragen in ihm auf. Sein Denkapparat brachte jedoch nur ein einziges Wort hervor: „Warum?"

Wieder reagierte Dingo amüsiert. Dann fiel ihm auf, wie schwer die schlichte Frage nach dem „Warum" zu beantworten war und wurde ernst. Sollte er jetzt schon für komplette Aufklärung sorgen? Oder sollte er es bei einer knappen Antwort bewenden lassen?

„Ich will so formulieren. Du bist ein Politiker der Blessed People. Deshalb bist du hier. Wir kennen deine Funktion. Und wir wissen von der Konferenz. Der Konferenz in Australien. Zufällig lag deine Reiseroute günstig. In unserem Aktionsgebiet. Du bist uns vor die Füße gefallen. Sozusagen. Es hätte genauso gut jemand anderen treffen können. Wir haben nichts gegen dich persönlich.

Politische Prozesse wollen wir in Gang setzen. Deshalb bist du hier. Prozesse, die das Leben der Menschen verändern. Nicht mehr spalten. In Gut und Böse. In Arm und Reich. In Schön und Hässlich. Und dergleichen mehr. Prozesse, die die Wiedervereinigung zum Ziel haben. Von Blessed People und Dark People. Als gleichberechtigte Partner. Als Menschen. Als Menschheit.

Das reicht für den Augenblick!"

Karls Verwirrung war körperlich. Er hörte die Worte dieses Schwarzen, erfasste jedoch nicht ihren Sinn. Er verstand noch nicht, dass er seine wohlgeordnete Welt verlassen hatte und in ein Umfeld eingetreten war, das ihn bedrohte, ihn gar für seine Zwecke missbrauchen wollte. Doch etwas begriff er dafür instinktiv umso deutlicher: Er war in Gefahr. Nicht nur er in Person, sondern auch die Welt, für die er stand, und für deren Erhalt er hart arbeitete.

„Hast du noch einen Wunsch?", fragte ihn der Schwarze.

„Ich will alles wissen", antwortete Karl, unsicher ob er das tatsächlich schon wollte.

„Die Zeit ist noch nicht reif dafür. Erst musst du noch ausruhen. Ich meinte eigentlich: ob du Durst hast? Oder Hunger? Oder sonst einen Wunsch?"

Karl versuchte, einen Befehlston anzuschlagen, brachte aber aufgrund seiner Schwäche und seiner Verunsicherung stimmlich nur ein klägliches Quieken zustande: „Lass mich sofort frei und bring mich zur Konferenz!"

Dingos Antwort war schallendes Lachen.

„Ich komme in einer Stunde wieder. Dann können wir noch etwas miteinander plaudern. Komm erst ganz zur Besinnung. Du bist noch zu verschlafen. So macht es keinen Spaß, zu diskutieren. Mir liegt an fairen Bedingungen. Nicht an einseitigen Mitteilungen. Warte, bis ich wiederkomme. Dann werde ich dir alle Fragen beantworten. Alle, die dir bis dahin einfallen. Denke gut darüber nach!“

Der Schwarze trat vom Bett zurück und verließ den trostlosen Raum durch die Stahltür. Das erneute Knirschen des Schlüssels im Schloss machte Karl die Verhältnisse deutlich. Er war der Gefangene und er war nicht derjenige, der die Bedingungen diktierte. Er würde sich eine Taktik zurechtlegen müssen. Und für die Grundzüge dieser taktischen Überlegungen blieb ihm genau die kommende Stunde Zeit.

Schleppend mahlte Karls Gehirn seine Gedanken. Die Narkose wirkte stark nach, und sein Denkvermögen war dadurch weniger strukturiert, als es für ihn typisch war. Aber er hatte genügend Übung darin, komplexe Probleme auf ihren wesentlichen Nenner zu bringen. Wofür sonst hatte er die ganzen Management-Seminare besucht. Auf diese Stärke besann er sich. Er durfte jetzt auf keinen Fall in Panik verfallen und musste sich zwingen, alles Gerümpel, das für die Durchdringung seiner Situation unnütz war, aus seinem Gehirn zu verbannen. Es galt, nur Fakten und Tatsachen zu berücksichtigen, über die er verfügte.

Logik!

Zunächst hatte der Schwarze mehrmals von „wir“ gesprochen: Also hatte er es nicht mit einer Einzelperson aufzunehmen, sondern mit einer Gruppe von Entführern. Die wenigen Aussagen zum „Warum“ ließen auf ein politisches Motiv schließen. Der Umstand, dass sie über einer Wüste und damit über dem Dark Country vom Himmel geholt worden waren, erlaubte den Schluss, dass die Entführer Dark People waren. Er wurde also von einer Gruppe Dark People gefangen gehalten, die ihn irgendwie für die Erreichung ihrer politischen Ziele missbrauchen wollten.

Ging es um Lösegeld? Ging es um Erpressung?

Für einen Moment erschreckte Karl diese Möglichkeit.

Es juckte ihn auf der Nase. Er versuchte seine rechte Hand zur Nasenwurzel zu bewegen. Ein Widerstand hinderte ihn daran. Karl erkannte den Grund: Sein Handgelenk war an seinem Lager festgeschnallt. Sofort überprüfte er den Zustand der linken Hand und als er diese ebenfalls fixiert fand, überprüfte er auch den Bewegungsspielraum seiner Beine. Er war an allen vier Gliedmaßen gefesselt.

Karl bemühte sich, den Juckreiz zu vergessen und weiter seinen Verstand zu benutzen.

Auffällig waren die medizinischen Apparate, die neben seiner Pritsche standen und die Schläuche und Leitungen, die seinen Körper damit verbanden. Er fand keine Erklärung für diese Dinge.

Hatte er etwa beim Stürmen des Mach-3-Jets Verletzungen davongetragen? Oder hatten sie irgendetwas mit ihm veranstaltet? Was?

Um sein Erwachen aus der Narkose zu unterstützen und seine Lebensfunktionen zu überwachen, war dieser medizinische Aufwand zu groß. Ohne weitere Anhaltspunkte war ein Vordringen in dieser Richtung leider unmöglich und so legte er diesen Aspekt vorerst beiseite.

Terroristen, politische Ziele. Warum waren die eigentlich so sicher, dass ihn niemand vermissen würde?

Vor der geplanten Ankunft auf dem Airport des Blessed Island Molonglo war ihr Flugzeug aus der Bahn geworfen worden. Wie lange mochte der Zwischenstopp gedauert haben? Wo befand sich der Mach-3-Jet jetzt? Noch auf dem Landeplatz in der Wüste? Wo war der Pilot abgeblieben? Wurden sie vielleicht schon gesucht? Wie viel Zeit war seit der Entführung verstrichen?

Karl drehte den Kopf zur Seite. Ein scharfer Schmerz durchfuhr seinen Schädel, aber er machte weiter. Tatsächlich entdeckte er eine Anzeige, die wie eine Uhrzeit aussah. 9:08 PM! Das hieß, er war bereits seit Stunden entführt und wurde seit Stunden mit dem gesamten Sicherheitsapparat des australischen Blessed Island gesucht. Das Verschwinden eines Mach-3-Jets war der Flugsicherung nicht verborgen geblieben. Standen die Hilfstruppen vielleicht bereits vor der Tür?

Er war sich schnell darüber im Klaren, dass er diesen Wunschgedanken verdrängen musste. Für seine Analyse der Situation durfte er nach wie vor nur die reinen Fakten zu Rate ziehen.

Logik!

Was konnte er schon darüber wissen, welche Tricks seine Entführer auf Lager hatten. Allzu tölpelhaft sollte er sie zu diesem frühen Zeitpunkt allemal nicht einschätzen. Schließlich waren sie clever und technisch hochgerüstet genug, um einen Mach-3-Jet vom Himmel zu holen. Da durfte man reichlich Potenzial unterstellen.

Terroristen, politische Ziele. Nur das war bisher eindeutig. Was hatten sie mit ihm vor?

Hätten sie ihn ermorden wollen, hätten sie das Risiko einer Entdeckung erst gar nicht auf sich genommen, das Flugzeug zerschellen lassen und sich aus dem Staub gemacht. Nein, das war ganz deutlich: Sie wollten etwas von ihm oder durch ihn erreichen. Nur deshalb lebte er noch und nur deshalb besaß er noch einen Wert für sie.

Welches Druckmittel besaßen die Terroristen gegen ihn? Ohne ein solches wären ihre Bemühungen sinnlos. Was könnte das für ein Druckmittel sein?

Hannahs und Haralds Gesichter tauchten vor seinem inneren Auge auf. Wehmütig dachte er an seine kleine Familie in der Ferne, die er vor wenigen Stunden ohne Verabschiedung zurückgelassen hatte, und die mittlerweile wahrscheinlich von seiner Abreise, sicherlich nichts von seiner Entführung wusste. Würde er sie gesund wiedersehen? Würde er heimkehren?

Nein! Nur keine Sentimentalität!

Karl kämpfte sich mühsam auf den Weg der emotionslosen Logik zurück. Er durfte sich nicht ablenken lassen von Gefühlen. Genau wie in seinem Job. Seine Familie wusste er in Sicherheit. Punkt. Alles andere war für seine Lageanalyse unwichtig.

Er dachte weiter über ein mögliches Druckmittel nach. Daran konnte er nicht vorbeigehen. Ging es um Leben? Befand sich in den Händen der Entführer etwa eine weitere Geisel? Wollten sie ihn mit dem Leben dieser Person erpressen? Etwa der Pilot? Oder war er selbst dieses Druckmittel? War sein Leben das Faustpfand, das die Terroristen gegen irgendjemand anderen in der Hand hielten?

Auch diese Spekulation landete in der Sackgasse, denn er wusste einfach zu wenig. Auch diesen Gedankenpfad war er gezwungen, ad acta zu legen.

Er merkte, wie ihn die Ungewissheit zum Zittern brachte. Nein! Der Angst, die drohte in ihm hochzukriechen, durfte er auf keinen Fall das Regiment überlassen!

Logik!

Er spürte Schweißtropfen auf seiner Haut. Karl zwang sich, ein paar tiefe Atemzüge zu nehmen. Dann schloss er die Augen und konzentrierte sich erneut.

Entführt von Terroristen, politische Ziele, das Leben bedroht: Die Quintessenz seines Nachdenkens. Nicht viel, gestand er sich ein. Seine Position war insgesamt schwach, stand er doch vor einer Wand, die ihm den Einblick in die Umstände verwehrte. Sein Leib war gefesselt und hinfällig. Er wurde schlicht am Leben erhalten — mehr durfte er zurzeit nicht erwarten. In seiner Situation war es angezeigt, alles zu unterlassen, was die Entführer in Rage versetzte und dazu bringen könnte, ihn von der Versorgung abzuschneiden.

Was konnte er dagegensetzen? Wie begegnete man solchen Leuten angemessen?

Ein Schwachpunkt der Terroristen war ganz eindeutig: Sie hatten die Zeit gegen sich. In dieser bestens überwachten Welt war es schlicht unmöglich, eine Entführung wie diese lange geheim zu halten. Wenn er es recht bedachte, hätte er eigentlich längst befreit sein müssen. Nur ein ausgekochter Trick konnte das verhindert haben. Aber jede Stunde, die verging, verdünnte die Luft für seine Kidnapper und sie würden immer nervöser werden. Er musste sich davor hüten, den Schwarzen zu provozieren, sollte paradoxerweise eher beruhigend auf ihn einwirken.

Karl begab sich auf die Suche nach den auf seinem Punktekonto verbliebenen Stärken. Was besaß er, ein gefesselter, bettlägeriger Mann, noch an Handlungsoptionen?

Nun, er war ein hochrangiger, angesehener Funktionär des Blessed Island Ruhr und durfte erwarten, mit Respekt behandelt zu werden. Er war überzeugt von der Wichtigkeit und der Inhaltlichkeit seines Amtes und würde alles daransetzen, die angemessene Haltung zu bewahren. Vielleicht würde es ihm auf diese Weise gelingen, ein wenig Kontrolle über die Situation zu erringen. Durch demonstrierte Willensstärke und Autorität.

Über den Kopfschmerz hinweg entwickelte er eine vorläufige Strategie. Um richtig reagieren zu können, besaß er zu wenige Informationen, das war offensichtlich. Die ganzen Sackgassen, die er bisher aus seinen Grübeleien ausgespart hatte, musste er durchleuchten, um ein abgerundetes Bild zu erhaltenen, das ihm die Entführer zu verstehen erlaubte. Er musste durch geschickte Fragen ergründen, welche Ziele diese Leute verfolgten, was die ihm zugedachte Rolle in ihren Plänen war, was diese Teufelsbrut mit ihm vorhatte. Er würde versuchen, den Schwarzen so in ein Gespräch zu verwickeln, dass er sich verriet und würde seine Schlüsse daraus ziehen.

Eine Option war, seine eigene Annäherung an die Ziele der Kidnapper zu heucheln, um dies zu erreichen. Doch damit tat Karl sich schwer. Das konnte nur der letzte Ausweg sein, denn seine Würde und die Würde seines Amtes wollte er um jeden Preis bewahren. Nur die Umstände stellten die Kräfteverhältnisse auf dieser Welt genau an diesem einen stark begrenzten Ort auf den Kopf.

Er war und blieb der Stärkere!

Eine spontane Eingebung schnitt ihm diesen Gedankengang ab. War er eigentlich bereit dazu, zu sterben? Sein Leben schwebte unter Umständen in Gefahr, davon durfte er ausgehen. Würde er diesen letzten Schritt auch in Würde gehen können? Würde er seine Ideale auch mit dem Tod zu bezahlen bereit sein?

Diese Frage war die schwierigste aller bisherigen Fragen. Er sah die Gefahr dieses Gedankens, der ihn lähmen könnte, der ihn der

Kraft und des Willens berauben könnte, die Situation zu steuern und zu beherrschen. Karl erkannte, dass er diesem Gedanken auf keinen Fall die Oberhand für sein Handeln gewähren durfte, dass er ihn so weit wie möglich verdrängen, ihn unter das Joch seiner Selbstbeherrschung zwingen musste.

Er kreiste gedanklich noch weiter um den einen oder anderen Aspekt. Doch er steckte mit seinen Überlegungen fest, denn ihm fehlten echte Fakten. Trotzdem hatte er die Stunde, als sie abgelaufen war, so effektiv wie möglich genutzt. Gewohnt an strukturiertes, analytisches Denken, stand sein Umgang mit den Entführern und der Geiselhaft fest.

Karl schwor sich, nicht zu vergessen: Er war es, der auf der gerechten, legitimen Seite stand!

Als er erneut Schritte auf dem Flur hörte, war Karl für alles Weitere gerüstet. Ernst, aber überraschend aufgeräumt, sah er der durch die Stahltür eintretenden schwarzen Gestalt entgegen.

Hinterfragt

Der erste Tag der Konferenz lag hinter ihm. Wombat hatte eine Menge gelernt und war erschrocken darüber, wie viel man in den Blessed Islands über den Untergrund und die terroristischen Zellen im Dark Country wusste. Als eine von diesen Einheiten, die zum Glück nicht auf den präsentierten Karten verzeichnet gewesen war, hatten sie sich einen schwierigen Kontrahenten ausgesucht. Einen gut organisierten, ziemlich gut informierten, technisch bestgerüsteten Gegner, der zudem kompromisslos zu handeln schien.

Er bewegte sich mit dem Strom der anderen Konferenzteilnehmer auf die Tische mit den Getränken und dem Buffet im Aufenthaltsbereich zu. Soeben hatte er ein Bier ergattert, als einer der Konferenzteilnehmer geradewegs auf ihn zukam.

„Guten Tag. Darf ich mich vorstellen? Blessed Chief Simon. Ich sah Ihr Namensschild und in der Teilnehmerliste habe ich gelesen, dass Sie als Vertreter für das Blessed Island Ruhr hier sind. Ich hatte eigentlich gedacht, wir würden uns vom Studium her kennen. Aber Sie sind nicht der, den ich erwartet hatte. Darf ich fragen, wer Sie sind und welche Position Sie im Blessed Island Ruhr innehaben?"

Wombat wurde spontan weich in den Knien. Eine der Grundannahmen des Plans „Morgensonne" bestand darin, dass sich Blessed People verschiedener Blessed Islands nur oberflächlich über Videocom kannten. Bei der großen zu erwartenden Teilnehmerzahl hatte Dingo auf die Anonymität in der Masse gesetzt. Diese Wendung des Geschehens konnte absolut unangenehm für ihn werden!

„Hallo. Ja das stimmt. Es gibt tatsächlich einen Namensvetter von mir und das hat schon oft zu Verwirrung geführt."

Er war bemüht, trotz seiner Anspannung ein unverfängliches Lächeln auf sein Gesicht zu zaubern.

Doch der Fragesteller gab sich nicht mit dieser Antwort zufrieden und legte nach: „Der Karl, den ich meine, ist Chef des Ideologiestabs. Welches Amt bekleiden Sie?“

Er musterte Wombat mit eiskaltem Blick, der seine Skepsis bezüglich der Person, die da so hilflos vor ihm herumhampelte, förmlich in den Raum schrie. Jetzt musste eine glaubwürdige Geschichte her!

„Nun, mein Chef ist krank geworden. Da bin ich kurzfristig eingesprungen.“

„Sie bekleiden also keines der Führungsämter des Blessed Island Ruhr? Das verstößt gegen die Direktiven für diese Konferenz!“

Kalter Schweiß durchfeuchtete sein Hemd. Diesen taxierenden, wissenden, fast röntgenhaften Augen würde er nicht mehr lange standhalten können. Der Fremde hatte seinen Verhörton mit jedem Satz verschärft und Wombats Entgegnungen hatten nicht gerade selbstsicher geklungen.

„Wie gesagt: Es war wirklich kurzfristig. Ich bin Karls engster Vertrauter im Stab und deshalb hat der Blessed Mayor zugestimmt, dass ich ihn vertrete.“

„Das Wissen um die Virenangriffe sollte aber auf der Führungsebene verbleiben. Es sieht meinem Karl so gar nicht ähnlich, dass er gegen solche Regeln verstößt. Er müsste sich in den letzten Jahren schon ziemlich verändert haben, wenn er so etwas zulässt!“

Der Fragesteller sah Wombat jetzt bis ins Hirn. Seinen Rücken entlang lief das Kribbeln, ertappt worden zu sein. Hier half nur noch die Flucht nach vorn, ein Befreiungsschlag.

Der Fremde bohrte weiter.

„Wie kommen Sie eigentlich dazu, sich ein Namensschild mit seinem Titel ans Revers zu heften? Sie hätten sich doch zu erkennen geben können und man hätte ihnen ein neues angefertigt. Als Karls Untergebener sind Sie außerdem niemals ein Blessed Chief. Oder gibt es im Blessed Island Ruhr mittlerweile Doppelspitzen in den Behörden? Und Karl heißen Sie wirklich?“

Jetzt hatte Wombat genug von diesem Verhör. Was erlaubte sich dieser Übermensch eigentlich? Er hatte immer gedacht, die Blessed People gingen höflich und zuvorkommend miteinander um. Dass es unter ihnen auch Hierarchien und Abhängigkeiten geben sollte, davon war er überrascht.

Trotzig, in verhaltenem, aber bestimmten Tonfall, blaffte er zurück: „Hören Sie, Sir, das was Sie da feststellen, mag zwar alles richtig sein. Wie mehrfach betont, hat sich die Vertretung durch mich kurzfristig ergeben. Dabei hat wohl niemand so genau über die Spielregeln nachgedacht. Das Namensschild habe ich einfach entgegengenommen und angesteckt, ohne noch einmal darauf zu schauen. Wir haben nun einmal denselben Vornamen, das wird ja wohl kein Verbrechen sein." Um seiner Antwort den nötigen Nachdruck zu verleihen, fügte er frech hinzu: „Im Übrigen muss ich Sie darum bitten, dass Sie sich nicht in die inneren Angelegenheiten des Blessed Island Ruhr einmischen. Mein Vorgesetzter wird mich mit Bedacht als seinen Vertreter ausgesucht haben. In aller Entschiedenheit weise ich in dieser Angelegenheit ein Mitspracherecht Ihrerseits oder der Ausrichter dieser Konferenz zurück. Guten Tag!"

Das war Ansprache genug und Wombat flüchtete, mit seinem Bier bewaffnet, in die Tiefen des Vorraums.

„Entschuldigung", hörte er den Mann hinter sich herrufen, „aber Sie wissen genauso gut wie ich, dass wir nicht vorsichtig genug sein können!"

Ein unangenehmer Kerl. Er würde von jetzt an doppelt wachsam sein müssen.

Wombat sah nicht mehr, dass sich der Fremde an einen der Sicherheitsbeamten wandte und ihn gedämpft ansprach. Er hörte nicht mehr, was der Fremde dem Sicherheitsbeamten von ihrem Gespräch berichtete und dass er ihm seine Zweifel an Wombats Identität schilderte. Er sah auch nicht mehr, dass der Sicherheitsbeamte zusammen mit dem Mann, der ihn angesprochen hatte, in einem der Nebenräume verschwand. Sie informierten einen der Vorgesetzten über das Vorkommnis.

Der Sicherheitsapparat des Blessed Island Molonglo nahm Fahrt auf.

Marionette

Samira flüchtete aus der Nachrichtenzentrale, als Dingo in den zentralen Raum des Bunkers zurückkehrte. Es schmerzte ihn, ihr Vertrauen und ihre Zuversicht hinsichtlich des Plans für den Moment verloren zu haben, aber davon durfte er sich nicht ablenken oder gar beherrschen lassen. Es gab Wichtigeres zu tun und so setzte er sich vor den Computer und studierte die neuesten Informationen. Nach allem, was ihm aus der vernetzten Untergrund-Welt zugespielt wurde, hatten die Blessed People bisher nichts von ihrem Coup bemerkt. Er hielt Wombat die Daumen.

Dingo studierte noch einmal die Unterlagen, die sie über ihren Gefangenen besaßen. Ein beeindruckend detailliertes Dossier. Die Leute dort oben in good old Germany hatten ganze Arbeit geleistet. Bestes geeignet für ihn, sich auf das Bevorstehende einzustimmen.

Es war ein besonders günstiger Zufall, dass ihnen der Chef eines Ideologiestabs in die Hände gefallen war. Der Einfluss dieser Behörde in den Strukturen eines Blessed Island war in der Regel enorm. Sie schienen einen echten Hardliner aufgegriffen zu haben, ein Musterexemplar – das konnte man den Unterlagen klar entnehmen. Dieser Mensch passte nahtlos ins Bild eines unbeirrbaren Politikers, eines verbohrten Idealisten. Nichts hatte seine Zielstrebigkeit bisher aufgehalten. Alle Hindernisse auf seinem Weg hatte er konsequent weggeräumt und dies anscheinend ohne große Anstrengung. Die Familie, der er entstammte, hatte zu allen Zeiten das Geld besessen, ihren Angehörigen all das zu ermöglichen, was zu einer lupenreinen Karriere notwendig war. Blessed Chief Karl hatte das für seinen Werdegang zu nutzen gewusst.

Dingo versuchte, sich in diesen Menschen hineinzuversetzen, um ihn besser zu verstehen.

Ihr Gefangener hatte in seinem bisherigen Leben einen vorbereiteten Boden unter den Füßen vorgefunden, war durch erstklassige Schulen erzogen worden und dies nicht im kritischen Sinne, sondern auf den Grundlagen der für Blessed People geltenden Ideologie. Er hatte nie echte Widerstände in seinem Leben zu spüren bekommen, und war wahrscheinlich auch nie vom vorgezeichneten tugendhaften Pfad abgewichen. Er würde seine Weltanschauung als die einzig richtige verteidigen, würde sich nicht durch Diskussionen in seinen Überzeugungen beirren lassen.

Wie machte er einen solchen Menschen zum gefügigen Instrument seines Plans?

Es würde jedenfalls zwecklos sein, auf die Freiwilligkeit dieses Mannes zu setzen, für die Ziele der Terroristen einzutreten. Blessed Chief Karl war ein Mann Ende dreißig und aufgrund seines Werdegangs und Amtes fest verankert in den Spielregeln seiner Welt. Er war Chef des Ideologiestabs, mithin der oberste Sachwalter des ideologischen Fundaments, auf dem die Blessed Islands errichtet worden waren. Er würde diesem Menschen zwar die Chance geben, seine, Dingos Beweggründe, nachzuvollziehen — das war er seinen eigenen Überzeugungen schuldig. Das einzige Mittel, diesen Kerl für seine Zwecke einzuspannen, war und blieb wahrscheinlich Druck, die Bedrohung seines Lebens. Er würde ihm die Schlinge, die sie ihm um den Hals gelegt hatten, drastisch ausmalen und keinerlei Zweifel darüber aufkommen lassen, dass sie jederzeit dazu bereit waren, diese Schlinge zuzuziehen.

Nach dem Studium der Unterlagen und der groben Festsetzung seiner Strategie im Umgang mit dem Entführten, zog sich Dingo die Maske über und begab sich zum Gefangenenraum zurück. Er hatte in dieser Stunde die Möglichkeit gehabt, die Lebensumstände und den Werdegang ihrer Geisel zu studieren. Der Gefangene wiederum hatte Gelegenheit gehabt, seine Situation zu verstehen. Sie beide waren jetzt auf eine Auseinandersetzung vorbereitet und irgendwie freute sich Dingo geradezu darauf, die Karten auf den Tisch zu legen. Seinem jahrelang aufgebauten Hass war ein Objekt zur Abreaktion zugeführt worden.

Dingo fand den Gefangenen überraschend aufgeräumt vor, als er die Stahltür öffnete. Ihre Geisel lag völlig ruhig und beinahe entspannt auf der Pritsche und sah ihn aus seinen undurchdringlichen, tief liegenden Augen mit für ihn nicht deutbaren Gefühlen an.

Die Deckenbeleuchtung wurde eingeschaltet und Karl blinzelte, denn das unerwartet starke Licht blendete ihn schmerzhaft. Es dauerte eine ganze Zeit, bis er die schwarze Gestalt gegen das Licht erkennen konnte. Bewusst eröffnete er nicht das Gespräch, sondern wartete darauf, dass sich der Schwarze an ihn wendete. So entstand direkt zu Anfang ihrer erneuten Begegnung eine Pause, die Dingo schließlich auflöste.

„Anfangen?"

Karl zuckte gespielt gleichgültig mit den Schultern. Natürlich wollte er nur allzu gerne wissen, was die Terroristen mit ihm vorhatten. Aber er wollte den Stein auf keinen Fall ins Rollen bringen, um dem Schwarzen nicht anzudeuten, dass ihn zuallererst persönliche Fragen berührten. Dieser Typ sollte daraus keine Schwäche bei ihm ableitete.

„Also gut. Ich fange an. Ich erzähle dir alles. Was wir mit dir gemacht haben. Und was wir mit dir vorhaben. Du siehst den ganzen medizinischen Krempel hier. Wir haben dich nicht einfach Schachmatt gesetzt. Das hast du dir bestimmt schon gedacht. Wir haben dir eine kleine Operation spendiert. Du trägst jetzt einen neuronalen Chip in deinem Gehirn. Das Teilchen ist famos. Es ermöglicht uns eine perfekte Kontrolle. Über dich. Damit können wir dich überwachen. Jeden deiner Schritte. Alles was du machst. Wir werden dich damit verfügbar machen. Für unsere Zwecke. Rund um die Uhr."

Er stand jetzt seitlich von der Pritsche und vermied den direkten Blickkontakt mit ihrem Gefangenen. Nur aus den Augenwinkeln verfolgte Dingo dessen Reaktion, aber zu seiner Verwunderung blieb sein Gesicht ausdruckslos, ja geradezu stoisch gefasst. Er konnte nach außen hin nichts davon erkennen, wie Karls Gehirn intensiv arbeitete, die gesprochenen Worte in sich aufsog und genauestens zu verstehen versuchte.

Als ihre Geisel keine Anstalten erkennen ließ, etwas dazu zu sagen, setzte Dingo seinen Vortrag fort.

„Der Chip wurde direkt an deine Gehirnzellen angekoppelt. Entschuldigung. Kann ich nur laienhaft erklären. Wir werden immer bei dir sein. Durch den Chip. Von jedem Winkel dieser Welt aus. Wir werden alles sehen. Alles was deine Augen sehen. Wir werden alles hören. Alles, was deine Ohren hören. Du bist eine lebende Kamera. Die wird nur abgeschaltet, wenn du schläfst. Wenn du selbst nichts siehst. Wenn du selbst nichts hörst. Sobald du wach bist, geht's los. Die Kamera springt an. Nimmt deinen Lebensfilm auf. Wir werden alles miterleben. Was du erlebst. Rund um die Uhr. Werden immer dabei sein. Dabei sein im trauten Familienkreis. Dabei sein in der Öffentlichkeit. Rund um die Uhr."

Karl wollte nicht glauben, was ihm da mitgeteilt wurde. Misstrauisch sah er den Schwarzen an, behielt aber noch die Nerven, nicht gleich die Schimpftiraden herauszuschreien, mit denen er sich so gerne Luft verschafft hätte, und die sich jetzt unausgesprochen auf seiner Zunge zusammenklumpten. Er blieb stumm.

„Der Eingriff war kompliziert. Aber nicht gefährlich für dich. Du wirst selbst nichts von unserer Kontrolle bemerken. Du wirst es auch nicht wissen. Nicht wissen, wann wir auf Empfang gehen. Nicht wissen, wann wir bei dir sind. Gehe einfach davon aus, dass wir dich vollständig kontrollieren werden. Sobald du aus dem Bett aufstehst. Morgens. Bis du wieder ins Bett steigst und schläfst. Abends.

Das ist noch nicht alles: Wir haben dir auch Gewebeproben entnommen. Eine ganze Reihe Gewebeproben. Und deinen Chip werden wir auch noch kopieren. Damit wir gerüstet sind. Sollten wir dich noch einmal austauschen müssen. Falls sie die Sicherheitsmaßnahmen ändern. Um eingreifen zu können. Wenn ihr die Methoden ändert. Die Art der Erkennung. In den Sicherheitszellen. Oder sonst wie. Damit uns der Kontakt nie abgeschnitten wird. Zu dir. Du wirst ewig unser Spielzeug bleiben. Unsere Laborratte."

Wieder schielte Dingo aus den Augenwinkeln zu Karl herüber, der aber nur ein vernehmbares Ausatmen von sich gab.

Die gewählten Formulierungen machten sich Dingo selbst verächtlich. Warum quälte er diesen Mann und hatte sich nicht besser im Griff? Welches dunkle Tor seiner Gefühlswelt war da aufgestoßen worden, das Abgründe in ihm aufriss, die ihm einfach nicht entsprachen? Warum verfiel er dieser sadistischen Lust?

Irgendwie genoss er die Situation, genoss er die Hilflosigkeit des auf der Pritsche Angeschnallten, genoss er die Macht, über Leben und Sterben dieses Mannes nach Belieben verfügen zu können. Dieser Zug passte im Grunde genommen gar nicht zu ihm, und war seinem Wesen bisher fremd gewesen.

Karl vermittelte dieser Unterton eine zusätzliche Bedrohung, transportierte er doch einen Anflug von Wahn, von Besessenheit, die für ihn nicht steuerbar war und undurchsichtig blieb. Er notierte in Gedanken die Möglichkeit, einen Geistesgestörten neben sich im Zimmer stehen zu haben, der wirre Pläne schmiedete für wirre Ziele. Die abgehackte Sprechweise des Schwarzen und das zischelnde Geräusch des alle paar Sätze aus dem Unterkiefer zurückgesaugten Speichels, wirkten auf ihn wie ein körperlicher Beweis für diesen Wahnsinn.

Karl wischte den Eindruck weg und schaffte es, die reinen Tatsachen aus dem Gesprochenen herauszukristallisieren, und zum Zweck einer späteren Analyse beiseitezulegen. Er vermied strikt, die Konsequenzen des Gehörten für sein zukünftiges Leben jetzt schon vorauszudenken, in ein Loch der Ohnmacht zu fallen. Noch hatte er sich unter Gewalt. Er ließ sich weiterhin nicht zu einer Antwort herab und hörte auf jedes Wort des Schwarzen, sich ständig ermahnend, seine gefühlsmäßigen Wahrnehmungen der eigenen Ratio unterzuordnen.

„Du willst wohl nicht mit mir sprechen? Dann eben nicht. Ich brauche deine Antworten nicht. Hör gut zu. Hier der ganze Plan. Über den Chip werden wir dich kontrollieren. Über Videocom werden wir dir Anweisungen zukommen lassen. Oder über andere Kanäle. Werden dir befehlen, was wir von dir erwarten. Was du tun sollst. Um unsere politischen Zielen nach vorn zu bringen.

Du wirst dich verändern. Wirst Dinge vollbringen, die dir niemand zugetraut hat. Wirst ein anderer werden. Wirst für neue

Denkansätze stehen. Kein Ideologiepapst mehr. Sondern ein Kämpfer. Ein Kämpfer für die gerechte Sache.

Und jetzt das Sahnehäubchen. Der Clou an der Sache.

Du könntest auf die Idee kommen, dich unseren Anweisungen zu widersetzen. Uns nur als Mitwisser zu dulden. Dich hinwegsetzen über unsere Anweisungen. Keine gute Idee. Auch da habe ich vorgedacht. Du musst nämlich wissen: Der Chip sendet nicht nur, was du gerade siehst oder hörst. Er kann auch Signale empfangen. Wir können so deine Nerven reizen. Aus der Ferne. Entschuldigung. Kann ich wieder nur laienhaft erklären. Wir können kleine Störungen bei dir hervorrufen. Aus der Ferne. Könnten beispielsweise deinen Arm lähmen, mit dem du ein Dokument in Kraft setzen willst. Mit deinem Daumensiegel. Oder wir können dir Schmerzen zufügen. Aus der Ferne. Wenn du etwa eine Diskussion führst, die uns missfällt. Dann können wir dir Schmerzen zufügen. Wir können dich sogar liquidieren. Aus der Ferne. Indem wir dein Herz stoppen. Ihm signalisieren: Arbeit einstellen. Wenn du nicht funktionierst.

Wenn du unsere Befehle ignorierst. Wird das Konsequenzen für dich haben. Dadurch wird unsere Kontrolle perfekt!

So. Jetzt weißt du alles. Was wir mit dir angestellt haben. Du siehst: du bist unsere Marionette. Wirst uns nicht mehr los. Nur der Tod schafft das. Dich von uns befreien. Und den wirst du dir selbst nicht beibringen können. Wir können nämlich alles unterbinden, was uns nicht in den Kram passt. Aus der Ferne. Unterbinden, was du dir selbst antun könntest. Du musst es zugeben: Ich habe an alles gedacht!"

Im Gefangenenraum herrschte langes Schweigen.

Dingo verlegte sich endgültig darauf, Karls Reaktion abzuwarten. Die ganze Zeit über hatte er wie ein Unbeteiligter seitlich zur Pritsche gestanden und gegen die Rückwand gesprochen. Nun drehte er sich zu ihrem Gefangenen um und sah ihm direkt in die Augen. Unter der schwarzen Kapuze wurde sein Gesicht ausdruckslos. Wie das eines Artisten, wenn der Applaus verklungen, und der Vorhang endgültig gefallen ist.

Zugegebenermaßen hatte Dingo die Möglichkeiten zur körperlichen Manipulation ihrer Geisel übertrieben. Es war noch keineswegs sicher, wie weit sie über den Chip Kontakt mit Karls Nervengeflecht aufnehmen konnten. Das aber brauchte ihr Gefangener nicht zu wissen. Um ihre Pläne war es umso besser bestellt, je mehr er ihnen zutraute.

Karls Gehirn arbeitete fieberhaft. Ab und zu konnte er ein wütendes Zähneknirschen nicht unterdrücken, wenn er sich sein zukünftiges Leben unter den geschilderten Bedingungen zu plastisch vorstellte. Seine Gedanken wirbelten in seinem Gehirn herum wie die Partikel einer Staubwolke.

Sollte er tatsächlich als lebende Marionette an den Strippen einer Einheit Terroristen geführt werden? Sollte er zukünftig kein eigenbestimmtes, sondern ein fremdbestimmtes Leben fristen, das ihm vielleicht gerade einmal erlaubte, sich eine Frühstücksmarmelade nach eigenem Geschmack auszusuchen?

Karls Vorstellungskraft war überfordert. Seine Überzeugungen, seine ganze Persönlichkeit, sollten mittels dieser Fernkontrolle überwacht und bestimmt werden. Er lebte, ja, er würde weiterleben. Aber es würde nicht mehr sein eigenes Leben sein, sondern ein fremdes Leben, ein Leben in einer äußeren Hülle, deren Seele, deren Mark, ihm nicht entsprach. In dem er seinem Anspruch an sich selbst nicht gerecht werden durfte.

Je intensiver er gedanklich in die möglichen Veränderungen seiner Zukunft eintauchte, desto mehr verzweifelte er und neigte zur Selbstbeschwichtigung, indem er die geschilderten technischen Möglichkeiten in Abrede stellte. Hatte der Schwarze vielleicht übertrieben und ihn nur einschüchtern wollen?

Nein, dieser Hoffnung, so verlockend sie war, durfte er sich nicht hingeben. Sie durfte ihn auf keinen Fall ablenken vom geradlinigen, verstandesmäßigen Vorgehen, wie er es sich vorgenommen hatte.

Benutze deinen Kopf, Karl!

Logik!

Er bemerkte, dass der Schwarze ungefragt nichts weiter sagen würde. Ein wahrhaft teuflischer Plan von einem teuflischen Phantom – konstatierte Karl. Nahezu perfekt ausgeklügelt, um einen Menschen unter Fremdkontrolle zu bringen. Eigentlich funktionierte das Ganze wie die von ihm so geschätzte Ideologieüberwachung: Belohnung von Wohlverhalten, Bestrafung bei Fehlverhalten. Was für ein abgetragener und doch stets wirkungsvoller Mechanismus, der zu allen Lebzeiten des Menschen immer wieder griff, den nur die Mutigsten durchbrochen hatten!

Aber dieser Plan besaß auch einen Schönheitsfehler, wie Karl freudig erregt feststellte. Wenn auch die Auswirkungen dieses Schönheitsfehlers für ihn selbst fatal waren. Seine Benennung gab ihm kurzen Auftrieb, nur seiner Entdeckung wegen, nur der Gelegenheit wegen, kurz mit seinem Scharfsinn zu brillieren.

„Wie wollt ihr mich denn lebenslang beobachten? Ist das nicht ein viel zu hoher Aufwand? Wer sollte das bewerkstelligen? Ihr werdet mich nicht rund um die Uhr lenken können. Dazu fehlt es euch an Kapazitäten. Oder sehe ich das falsch?"

„Ganz falsch", schoss Dingo ohne hörbare Pause zurück. „Wir haben viele Möglichkeiten. Viel mehr, als du ahnst. Wir könnten zum Beispiel eine Automatik in Gang setzen, die den Chip ansteuert. Dann, wenn du nicht gehorcht. Nicht in unserem Sinne funktionierst. Die in dem Fall das Signal gibt. Dir Schmerz zuzufügen. Oder wir tauschen dich reihum durch. Zwischen unseren Zellen durch. Und du wirst weiter beobachtet. Von Neuzugängen. Damit sie etwas lernen, die Neuen. Glaube mir einfach. Das, was ich gesagt habe. Verhältst du dich entsprechend unseren Instruktionen, okay. Dann darfst du weiterleben. Falls nicht …"

Er vollzog mit seiner Handkante eine eindeutige waagerechte Bewegung über den Kapuzenstoff unterhalb seines Kinns.

Endlich verlor Karl seine Selbstbeherrschung. Die ganze Zeit über hatte sich stiller Protest in ihm aufgestaut, ein explosives Gemisch aus Unglauben, Trotz und Selbstverteidigung. Was er gehört hatte, verunmöglichte ihm, seinen Vorsatz der nüchternen Selbstbeherrschung weiter durchzuhalten. Er verschaffte seiner bitteren Hilflosigkeit Luft, und sprudelte giftig ein paar Fragen heraus, wie sie ihm gerade in den Kopf kamen.

„Woher seid ihr euch eigentlich so sicher, dass ich das hier mitspiele? Ich habe einen Ruf zu verlieren, ein Leben zu verlieren, das ich mir hart erarbeitet habe, eine Zukunft zu verlieren. Warum sollte ich euren Drohungen glauben? Eine so umfassende Kontrolle, wie ihr sie mir hier androht, könnt ihr gar nicht gewährleisten. Wie habt ihr denn überhaupt diese ganze Technik beherrschen gelernt? Wer hat euch das Geld dafür gegeben?"

„Tss, tss. Zu viele Fragen auf einmal. Ich bin davon überzeugt, du willst leben. Jeder Mensch will leben. Schau dich im Dark Country um. Du wirst Milliarden Menschen finden. Milliarden, denen es viel schlechter geht. Im Vergleich dazu, wie es dir gehen wird. Trotzdem wollen diese Menschen weiterleben. Es kann sein wegen der Hoffnung. Dass du nur wegen der Hoffnung am leben bleibst, uns könnte etwas zustoßen. Oder wir könnten die Kontrolle über dich verlieren. Aus irgendeinem technischen Grund.

Für dich bleiben genügend Hoffnungen übrig. Irgendwelche Hoffnungen. Die werden dir ein Durchhalten ermöglichen. Natürlich wird es auch Verzweiflung geben. Stunden, in denen dich der Lebenswille verlässt. Wir werden auch diese Situationen kontrollieren. Werden sie begleiten. Werden dich vor Dummheiten bewahren. Dich vor dir selbst schützen.

Am besten tust du nur das, was wir anordnen. Was wir von dir erwarten. Am besten keine Spielchen mit uns. Wir sitzen am längeren Hebel. Du bist nur Werkzeug. Ein Hammer besitzt keinen Grips. Er fragt nicht danach, warum er ständig zuschlagen muss. Er schlägt zu. Er wird zum Zuschlagen benutzt. Werde zum Hammer. Schlage zu. Dann wirst du dich am ehesten darauf einstellen. Auf die neue Situation einstellen.

Und was das Geld betrifft: Darüber verfügen wir ausreichend. Am Geld fehlt es uns am allerwenigsten!"

Das alles klang so überzeugend, so skrupellos, so unbezweifelbar und bestimmt!

Karl musste sich stark zusammenreißen, um nicht laut aufzuheulen, und seinen wirklichen Gefühlen Luft zu machen. Was dieser Schwarze ihm eröffnet hatte, schien wahr zu sein. Seine Stimme hatte den vorhin noch deutlich hörbaren Sadismus im Tonfall überwunden. Sie stand jetzt klar und fest in der abgestandenen Luft dieses hässlichen Gefängnisses. Was er ausgesprochen hatte, hatte wie das Hersagen einer Bedienungsanleitung geklungen. Auf welche Art er, das Opfer, mit diesem ihm vor Augen geführten Schicksal umgehen würde, das konnte er noch nicht vorhersehen. Dass ihm genau dieses Schicksal bevorstand, daran bestand für ihn kein Zweifel mehr.

Ein Leben als beherrschte Marionette!

Die Ausweglosigkeit lähmte Karls Gehirn, und er fand nicht zur Sprache zurück. Die Staubwolke aus unsortierten Gedankensplittern kreiste weiter in seinem Kopf. Er war wirklich verwirrt, konnte seinen Denkapparat für den Moment nicht dazu zwingen, rein logisch zu funktionieren. Die Grausamkeit des Vernommenen durchdrang Karl wie Spiritus einen Docht. Es war einfach nur alptraumhaft.

Dingo hatte den Gefangenen weiter beobachtet. Er sah ihm an, dass seine Fassung zerbröckelt war. In seinem Minenspiel stand deutlich die aufsteigende Verzweiflung geschrieben. Wenn er sich selbst in die Opferrolle hineinversetzte, war es ein Wunder, dass dieser Mann seine Entführer nicht längst verunglimpfte und lautstark beschimpfte. Er bewies Haltung, das musste er ihm zugestehen. Möglicherweise war es an der Zeit, moderatere Töne anzuschlagen, damit sich der Gefangene nicht mental überanstrengte. Schließlich war er erst vor kurzem operiert worden und wahrscheinlich konstitutionell noch eher schwach.

„Ich möchte noch etwas deutlich sagen. Uns ist nicht an einer Konfrontation gelegen. Mit dir. Wir wollen dir nicht schaden. Es geht nicht um Chip und Kontrolle. Es geht um unsere politischen Ziele. Die Ziele, die wir in die Blessed Islands hineintragen wollen. Über ein angesehenes Mitglied. Aus der politischen Oberschicht. Ich würde dir unsere Ziele gerne erläutern …“

Auch das noch! Es reichte Karl!

„Ich verlange, dass ihr mir dieses Teufelsding wieder aus dem

Schädel schneidet und mich in irgendein Blessed Island bringt, von dem aus ich nach Hause zurückkehren kann. Euch eine Gegenleistung dafür zu versprechen, liegt nicht in meiner Macht. Wenn ihr euch geschickt genug anstellt, werdet ihr wenigstens nicht entdeckt. Meine Leute sind bestimmt schon auf dem Weg hierher und suchen nach mir. Lange werdet ihr mich nicht mehr gefangen halten können. Also gebt auf!"

„Mutig, mutig, großer Mann. Was denkst du? Wir hätten keine Vorsorge getroffen? Keine Maßnahmen getroffen, um unentdeckt zu bleiben?

Ein Double nimmt an der Konferenz teil. An deiner statt. Der Mann trägt deinen Sicherheitschip unter der Haut. Einen pfiffigen Helfer haben wir aufgetan. Der hat deine Sicherheitsdaten ausgetauscht. Auf der Datenbank. Unser Double kommt in ein paar Tagen zurück. Unerkannt. Von der Konferenz zurück. Wir werden dich dann wieder austauschen. Gegen unseren Mann austauschen. Dann schicken wir dich in die Heimat. Als sei nichts geschehen.

Komm herunter von deinem hohen Ross. Höre aufmerksam zu. Höre zu, was wir dir anbieten. Verliere dich nicht in Rettungsphantasien. Noch einmal: Unterschätze uns nicht!"

Keine Gefühle, nur keine Gefühle — rief Karl sich selbst zu. Dieses Terroristenpack war anscheinend hervorragend vorbereitet und hielt alle Trümpfe in der Hand. Es blieb kein noch so winziger Raum für ein Wunschdenken übrig. Alle weiteren Verhandlungen würde er im Bewusstsein der totalen Niederlage zu führen gezwungen sein.

Kriege dich wieder in den Griff! Du bist der Mann auf der richtigen Seite! Du darfst dich nicht hängen lassen! Kitzle alle Informationen aus diesem schwarzen Phantom heraus. Keine vorzeitige Niederlage!

Logik!

Wieder verdrängte Karl die Frage an sich selbst, ob er zu sterben bereit wäre. Diese Frage stand am Ende aller anderen Fragen. Es war entscheidend, mehr über die Ziele dieser Terroristen zu erfahren. Zunächst aber galt es, die eigene Konfusion zu überwinden und Zeit zum Nachdenken herauszuschinden.

„Ich brauche eine Pause. Ich habe Kopfschmerzen. Kann ich etwas zu essen und zu trinken bekommen?“

Bittend sah er den Schwarzen an.

Dingo interpretierte die erbetene Pause als Schwäche und ein erstes Nachgeben. „Gerne“, antwortete er triumphierend. „Einen Moment Geduld. Ich will sehen, was unsere Küche bietet.“

Er vergaß nicht, den Raum abzuschließen, als er ihn verließ.

Das Licht blieb diesmal eingeschaltet und Karl konnte sein Gefängnis in Ruhe inspizieren. Nichts erlaubte Rückschlüsse auf seinen Aufenthaltsort, und auch der erleuchtete Raum blieb der trostlose, zementgraue Kerker, der er schon im Halbdunkel gewesen war.

Unversöhnlich

Samira saß allein in der Nachrichtenzentrale. Susan fuhrwerkte noch im Labor herum, die Ärzte schliefen.

Sie nutzte die Gelegenheit, um Dingo im Gefangenenraum zu beobachten. Ihr Misstrauen, was seine Verfassung anging, war groß. Dingo war ein impulsiver Mensch, der für die Sache brannte. Vertrat man eine gegenteilige Meinung, wurde er oft cholerisch. Einen Menschen hatte er bereits auf dem Gewissen.

War der Damm gebrochen, der seine Skrupel zurückhielt?

Die Frage ließ ihr keine Ruhe. Auch deshalb, weil sie ihre Beziehung mit Dingo betraf.

Samira verfolgte aufmerksam die Monologe ihres Partners. Ihr missfiel der Ton, der Sadismus, mit dem er das Gesagte vortrug. Auch eine neue Seite an ihm.

Schnappte Dingo über, trunken vom Erfolg?

Im Gegenzug bewunderte sie den Gefangenen. Wie ruhig und unbeteiligt er blieb!

Größe oder Schockstarre?

Sie erwischte sich dabei, dass sie gefühlsmäßig auf der Seite des Blessed VIP stand. Samira vermutete, dass Dingo ihre technischen Möglichkeiten bewusst übertrieben darstellte – jedenfalls wenn sie sich richtig an die ellenlangen Vorgespräche zu ihrer Aktion erinnerte. Was er der Geisel um die Ohren klatschte, würde jeden noch so hartgesottenen Menschen in bittere Verzweiflung stürzen. Blessed Chief Karl zeigte darauf kaum eine Reaktion.

Als Dingo den Gefangenenraum verließ, schaltete sie mit flinker Handbewegung die Übertragung ab. Würde er sie dabei erwischen, wie sie ihm nachstellte, wusste sie nicht, was passieren würde. Sie traute ihm momentan alles zu.

Dingo kam zu ihr hereingeschlurft.

„Haben wir was zu essen da?“

„Du weißt, was da ist.“

„Kannst du ein Sandwich machen?“

Dingos Befehlsgewalt galt bestimmt für die Aktivitäten im Rahmen von „Morgensonne". Seine Küchenmagd war sie nicht.

„Das kriegst du bestimmt alleine hin."

Er sagte keinen weiteren Ton und ging in die Küche nebenan. Samira hörte die Kühlschranktür klappen. Ein paar Minuten später kam Dingo mit zwei lieblos geschmierten Sandwiches und einem großen Glas Eistee zurück.

Samira wollte den Anschein wahren. Scheinheilig fragte sie: „Für wen ist das?"

„Für ihn."

„Hast du ihn aufgeklärt über den Chip?"

„Habe ich."

„Wie hat er reagiert?"

„Er liegt am Boden."

Eine dreiste Lüge! Hielten langsam Machtfantasien bei Dingo Einzug?

„Nimm ihn nicht zu hart ran. Versetz dich in seine Lage!"

Dingos Stimme wurde hart. „Der hat nichts Besseres verdient. Die Sau!"

„Was hat er denn auf dem Kerbholz? Außer auf der anderen Seite geboren worden zu sein?"

Dingo winkte ab und verschwand im Flur.

Mit ihm war eindeutig etwas passiert. Mit Ausnahme seiner kleinen cholerischen Anfälle war er stets ein zuvorkommender, sanfter, vorsichtiger Mensch gewesen. Der Mann, in den sich Samira verliebt hatte. Ganz anders als die Testosteronmonster im Ausbildungscamp. Anders auch als die Schläger und Säufer aus dem Slum, in dem sie aufgewachsen war. Sie erkannte Dingo nicht wieder. Sie zweifelte zum ersten Mal nach all den Jahren an ihrer Beziehung.

Samira horchte auf den Schlüssel im Schloss der Stahltür zum Gefängnis. Als er sich drehte, schaltete sie die Übertragung wieder ein.

Dingo stellte den Teller mit den Sandwiches und den Eistee auf dem Boden ab, kramte ein Tablett aus einer Ecke, stellte beides darauf und setzte das Tablett, das links und rechts je einen Standbügel besaß, über Karls Bauch auf der Pritsche ab. Er fixierte das Kopfende der Liege in halbaufrechter Position, befreite den rechten Arm des Gefangenen von seiner Fessel und gab ihm mit einer einladenden Bewegung seiner Hand zu verstehen, dass er sich den linken Arm selbst losschnallen dürfe und dass das Buffet eröffnet war.

Karl kaute lustlos auf einem Käsesandwich herum. Eigentlich hatte er gar keinen Hunger, war aber jetzt gezwungen, wenigstens ein paar Bissen hinunterzuschlingen. Das Sandwich war durchgeweicht und besaß den abgestandenen Geschmack des Wassers.

Dingo bemerkte die Zähigkeit der Kaubewegungen des Gefangenen und amüsierte sich heimlich unter seiner Kapuze.

„Schmeckt nicht so wie zu Hause? Tut mir leid. Mehr kann das Dark Country nicht bieten!“

Karl nahm einen Schluck Eistee. Süße und künstliche Aromen überdeckten wenigstens halbwegs die faulige Note des Getränks. Er brachte es nicht fertig, das zweite Sandwich herunterzuwürgen und so reichte er das Tablett an den Schwarzen zurück, indem er es von seiner Pritsche hochhob.

„So viel Appetit hatte ich doch nicht. Mein Hungerempfinden leidet wohl noch unter der Narkose“, merkte er kleinlaut an.

„Tablett wieder abstellen. Das linke Handgelenk anschnallen“, kommandierte Dingo.

Widerwillig gehorchte Karl und legte den Riemen an. Nachdem er die Schnalle festgezurrt hatte, trat sein Bewacher an ihn heran, zurrte den rechten Arm fest und stellte Tablett und Geschirr neben der Eingangstür auf dem Boden ab.

„Womit fahren wir fort?“, fragte er die Geisel.

„Ich möchte etwas über eure politischen Absichten hören“, heuchelte Karl, innerlich brodelnd, denn diese Absichten interessierten ihn im Grunde kein bisschen. Doch nur über das Kontinuum aller Informationen hinweg würde es ihm möglich sein, die für ihn verbliebenen Handlungsspielräume auszuloten. Die Leute von

Polizei und Security interessierten sich bestimmt auch brennend dafür. So hatte er während der Abwesenheit des Schwarzen spekuliert.

Dingo wusste im ersten Moment nicht, wo er beginnen sollte. Mit einer Provokation?

„Eine Frage. Bevor ich unsere politischen Überzeugungen darlege. Vorher möchte ich von dir hören: Warum? Warum wurden sie damals ‚Dark People‘ getauft?“

Karl empfand keine Provokation. Fragen diesen Inhalts waren seine Profession. Also spulte er lehrbuchhaft, ohne vor dem Hintergrund der Situation, in der er sich befand, darüber nachzudenken, sein Programm ab.

„Man suchte einen griffigen Ausdruck, um unpolitischen Zeitgenossen die Unvereinbarkeit mit den Menschen außerhalb der Blessed Islands plastisch zu machen. Das ‚Dark‘ ist nicht abfällig gemeint, will nichts über Äußerlichkeiten oder Gesinnungen transportieren. Es bezeichnet schlicht die Menschen, die im Dark Country leben. Das Dark Country wiederum ist das Tabuland, das unberührbare, das zu meidende, denn dort können weder Wohlstand noch Sicherheit gewährleistet werden. Schon kleine Kinder sind in der Lage, diese plakativen Begriffe im Sinne der Ideologie zu verstehen. Warum fragen Sie?“

Diese Antwort hätte sich Dingo auch selbst geben können. Tölpelhaft, dieser Versuch, eine Art Schuldbewusstsein bei ihrem Gefangenen zu erzeugen.

Er entschloss sich, seine politischen Überzeugungen ohne irgendwelche Spielchen einfach darzulegen. Er wollte, dass Karl ihre Beweggründe für die Entführung verstand. Ihm war es jetzt gleichgültig, ob daraus ein Streit erwuchs. Er war hier, um eine Botschaft zu senden. Und er sendete sie.

„Ich glaube nicht daran. An die Gerechtigkeit unserer zweigeteilten Welt. Ich glaube nicht an eure Ideologie, die die Menschen zwingt. Zwingt, unter völlig unterschiedlichen Bedingungen zu leben. Die einen in Wohlstand. In Gerechtigkeit. Mit allen Möglichkeiten zur Fortentwicklung. Die anderen unter katastrophalen

Bedingungen. Die gerade das Leben erlauben. Oder auch nicht. Leben im Vakuum fehlender gesetzlicher Regelungen. Leben ohne eine echte Chance. Es muss einfach möglich sein. Gleiche Startbedingungen für alle Menschen. Im Vordergrund nicht die Frage: ‚Wo kommst du her?‘, sondern die Fragen: ‚Wer bist du?‘, ‚Was kannst du?‘, ‚Wo ist der richtige Platz für dich?‘

Warum ist es so weit gekommen? Mit uns Menschen? Dass wir wieder und wieder auf Trennung setzen? Nicht auf Annäherung?

Aus der Geschichte haben wir nichts gelernt. Vor der dunklen Zeit. Eine kurze Periode lang. Da hat es vielleicht einige Staaten gegeben, in denen ein Konsens gefunden worden ist. Ein gesellschaftlicher Konsens. Über alle Klassen hinweg. Weltweit ist es nie dazu gekommen. Weltweit hat es zu allen Zeiten Ausbeuter gegeben. Und Ausgebeutete. Gewinner und Verlierer. Blessed People. Dark People.

Wir wollen diese Einteilung nicht. Meine Mitstreiter und ich wollen diese Einteilung nicht mehr akzeptieren. Wollen die Grenzen niederreißen, die der Menschheit unwürdig sind. Wir fordern eine Gleichverteilung der Ressourcen. Auf unserem ganzen Planeten. Wir wollen alle Menschen rechtlich gleichstellen. Von der Führung gleichwertig behandelt. Wollen für alle Menschen Freiräume. In denen sie sich persönlich entwickeln können. Keine Freiräume beschränkt durch Herkunft. Durch Geburtsort. Durch Abstammung. Durch Rasse. Durch drinnen oder draußen. Im Blessed Island oder im Dark Country.

Mir sind keine Bestrebungen bekannt. Keine die auf die Zusammenführung hinzielen. Zusammenführung der zwei Welten. Nicht einmal auf wissenschaftlichem Boden. Das ist ein beklemmendes Zeugnis. Das ist eine Übermenschengesinnung. Reine Überheblichkeit. Ist menschenunwürdig. Verachtenswert.

Wir wollen keine neuen Begriffe. Begriffe, die von Betonköpfen wieder nur missbraucht werden. Um auf dem Siegertreppchen zu stehen. Wir fordern die Gültigkeit der Menschenrechte. Für alle. Eine Auflösung der Blessed Islands. Ihre wirtschaftliche und gesellschaftliche Integration ins Dark Country. Wir fordern eine

Umverteilung. Eine Neuverteilung aller Ressourcen. Um auch Dark People partizipieren zu lassen. An allen Gütern.

Wir fordern einfach eine gerechte Welt. Eine friedliche Welt. Ohne Leitsysteme. Ohne verlogene Ideologien!"

Dingos anfänglich suchende, tastende Sprache hatte in einem zündenden, begeisterten Tonfall geendet. Er hatte Zeit und Situation vergessen und berauschte sich, wie schon so oft, an den Leitlinien, die er für eine neue, gerechte Welt erträumte. Seine Terroreinheit hätte ihm applaudiert.

Aber nicht Karl. Der war peinlich berührt von der Naivität dieses Schwarzen. Heerscharen hochberühmter Intellektueller waren in der Geschichte mit ähnlichen Ideen gestrandet, hatten resigniert feststellen müssen, dass der Mensch nicht in der gewünschten Form beschaffen war, um Gleichheitsprinzipien durchzuhalten. Es war möglich, dass jeder rechtschaffene Jugendliche mit ein wenig politischem Interesse, diese Träume schon geträumt hatte. Aber für einen erwachsenen Mann, der die Dreißig höchstwahrscheinlich überschritten hatte, beurteilte er solche Phantasien als infantil.

Karl war verunsichert, wie er sich jetzt verhalten sollte, erahnte er doch die Kompromisslosigkeit seines Widersachers, was diese Themen anging. Immerhin hatten diese Ideale ihn zum Terroristen gemacht und er setzte sein Leben dafür aufs Spiel. Er lag hier gefesselt und war dem Schwarzen ausgeliefert. Es war wohl am gescheitesten, die Diskussion auf das Praktische zu lenken.

„Ein hoher Anspruch! Ich sehe allerdings noch nicht, welche Rolle ich bei der Verwirklichung dieser Welt einnehmen sollte."

Wie aus einem Rausch tauchte Dingo zurück in die Wirklichkeit des tristen Raums ein.

„Okay. Fangen wir viel kleiner an. Wie kannst du uns helfen?

Das fängt bei alltäglichen Dingen an. Stell dir vor, du erhältst einen Bericht. Eine ungenehmigten Versammlung von Dark People. In einer eurer Fabriken. Üblicherweise werden die Wortführer inhaftiert. Sie werden verhört. Ihnen wird die Arbeitsgenehmigung entzogen. Damit sind sie ihren Job los, den sie so dringend brauchen.

Du wirst es dir in Zukunft anhören. Das, was die Wortführer zu sagen haben, anhören. Möglicherweise haben sie Ideen, die zur Erreichung unserer Vision beitragen. Du wirst sie nicht der Willkür überlassen. Du wirst dich für ihren Verbleib im Betrieb einsetzen. Und du wirst ihnen Gehör verschaffen. Bei den Betriebsleitern.

Anderes Szenario. Du sollst einen Vortrag halten. Über Ideologie. Vor Studenten. Nutze diese Gelegenheit. Du kannst sie ermuntern, im Sinne unserer Vision mitzudenken. Vorschläge zu machen. Wie eine neue Welt entstehen kann. Eine Welt ohne Verteilungskämpfe. Gerade die jüngeren Generationen. Die, die nur ihre Blessed-Island-Welt kennen. Sie sind unvorbelastet. Sie gehen frei an solche Fragen heran. Sie sind ein wichtiges Pfund für unseren Kampf.

Was ich sagen will: Es gibt keine konkreten Aufträge für dich. Die Gelegenheiten werden die Mittel bestimmen. Du sollst die kleinen Schritte gehen. Sollst bei den kleinen Schritten andere mitnehmen. Schrittweise ein Umdenken initiieren. In deinem Einflussbereich. Mit deiner Hilfe werden wir den Samen ausstreuen. Den Samen, aus dem der Menschheit eine wunderbare Zukunft erwächst. Du bist die Tür. Die Pforte. Die uns Zutritt verschafft zu eurer Welt!"

„Was kann ein einzelner Mann in einem einzelnen Blessed Island bewirken? Wir sprechen hier von einer Weltveränderung!", warf Karl vorsichtig ein. Ihn widerte diese verklärte Ideensuppe an. Er hielt aber den Moment noch nicht für gekommen, argumentativ dagegenzuhalten.

„Wer weiß, wen wir noch einfangen. Wer weiß, wer noch unser Freund wird."

Das Wort „Freund" war es, das Karls Geduldsfaden endgültig durchbrennen ließ. Das hinhaltende Taktieren hatte seinen innerlichen Druck ins Unermessliche gesteigert. Er sah nur noch rot. Niemals würde er sich zum Narren dieser Terroristen machen und freiwillig auch nur eine Schrittlänge mit ihnen gehen!

Seine Situation völlig aus den Augen verlierend, brüllte er den Schwarzen lauthals an: „Freund? Sie sind wohl übergeschnappt!

Was sind das für Freunde, die einem so etwas antun? Ihr habt mich gefangen, operiert, eingesperrt, gefesselt, mit Drohungen gequält. Sie versuchen mich einzuschüchtern, blasen mir wirres Zeug über Ihre Wahnsinnsvision ins Ohr. Sie spinnen ja noch viel schlimmer, als ich befürchtet hatte! Sie sind verrückt, Mann. Sie haben jeden Sinn für die Realitäten verloren und stehen auf verlassenem Posten.

Millionen Spinner haben Träume geträumt, die den euren wie ein Ei dem anderen ähneln. Millionen Spinner sind an diesen Träumen gescheitert oder haben gemeint, sie mit Mitteln durchsetzen zu müssen, die überhaupt nicht zu ihren Träumen passten. Habt ihr mal durchgerechnet, was es bedeuten würde, allen Menschen den Lebensstandard eines Blessed Island zuzubilligen? Die Ressourcen der Erde geben das nicht her! Fünfzehn Milliarden sind wir heute. Außer Resten von Wäldern am Amazonas und in der Taiga ist alles abgeholzt. Die Tiere in den Naturschutzgebieten und Wildparks sind aufgefressen. Der Mensch verbraucht seine Umwelt selbst dann, wenn er sich damit zugrunde richtet. Das Heute ist ihm wichtiger, als seine Pläne für das Morgen. Es gibt nichts mehr zu verteilen! Die Blessed Islands sind ökonomisch so austariert, dass sie in sich bestehen können.

Eine Wiedervereinigung? Undenkbar! Das bringt die Menschheit als Ganzes um!

Kommen Sie endlich herunter von Ihrem Olymp und erkennen Sie den Menschen in seiner ganzen Selbstverliebtheit! Gesetzt den Fall, es lebten alle auf gleichem Niveau, würde es bald die ersten geben, die mehr sein wollen, mehr haben wollen. Schon stehen die Rudelführer parat, die die Meuten um sich scharen, die sich Vorteile verschaffen zu Lasten anderer.

Seid ihr etwa besser? Was macht ihr denn hier mit mir? Passt diese Aktion eigentlich in euer ach so humanes Menschenbild?

Ihr beraubt mich meiner eigenbestimmten Lebensführung, meines mir eigenen Rechts zur Selbstverwirklichung. Also handelt ihr genau entgegen eurer eigenen Schwärmerei! Ich bin das erste Opfer eurer Machenschaften. Ihr beginnt bereits mit der Zerstörung eurer Idealwelt, ehe sie überhaupt angebrochen ist.

Auf Trümmern wollt ihr sie errichten?

Das ist ja paradox!"

Dingo war nicht vorbereitet auf diesen Ausbruch. Er war zunächst verwirrt und eingeschüchtert. Ihm fehlten die Worte für eine Erwiderung. Zornesrot war dieser Karl geworden und sein Redeschwall glich einem Tsunami.

Dann regte sich Protest in DIngo. Er war der Vater von „Morgensonne". Der Plan war sein Kind, und seine Kameraden hatten in die Mittel des Kampfes eingewilligt. Das ließ er sich nicht kaputtreden. Dingo verteidigte in ihrer aller Namen die Ziele und Wünsche ihrer Organisation.

„Große Ideen erfordern immer Opfer. Kein erfolgreicher Staat, keiner. Keiner ist ohne Kampf durch die Geschichte gezogen. Wir konzentrieren uns auf wenige Opfer. Wir lehnen große Schlachten ab. Nun hat es dich getroffen. Es hätte auch einen anderen treffen können. Wir haben dich nicht persönlich ausgesucht. Dir werden weitere folgen.

Ich halte dagegen: Die Umstände formen den Menschen. Der Mensch gibt irgendwann Ruhe. Wenn für alle dieselben Bedingungen herrschen. Eure Isolierung in den Blessed Islands. Die schafft ein Feindbild für die Dark People. Nur eure ausgetüftelten Sicherheitsanlagen. Die verhindern Schlimmeres. Dass die Dark People über euch herfallen. Sind die Wälle erst eingerissen, sind gleiche Bedingungen für alle Menschen hergestellt. Wird sozialer Frieden herrschen. Die Menschen werden froh sein. Wenn ihre Gegensätze überwunden sind. Werden mehr und mehr Gemeinsamkeiten entdecken. Werden zufriedener sein mit ihrem Leben.

Ist das nicht ein angenehmer Gedanke für dich? Dass du dich nicht mit den Gegensätzen beschäftigen wirst? Gegensätzen der Menschen? Sondern mit ihren Gemeinsamkeiten?

Steckst du nicht auch in einem immerwährenden Kampf? Wegen des Ungleichgewichts zwischen den beiden Welten. Für eure Privilegien musst du kämpfen. Wäre es nicht viel angenehmer, Gemeinsamkeiten zu suchen? Und zu fördern? Wäre das nicht ein viel angemessenerer Erfolg deiner Arbeit? Was macht dir die miesen Auseinandersetzungen so lieb?“

„Sie stellen das Ganze völlig falsch dar. Was wissen Sie schon von der Bewahrung der Ideologie in den Blessed Islands und von der Notwendigkeit ihres Schutzes?

Sie sind ein politischer Mensch und kennen wahrscheinlich die Ereignisse, die die Abtrennung der Blessed Islands erforderlich gemacht haben. Sie kennen wahrscheinlich auch das Motto dieses Konzepts: ‚Kräfte sammeln im Rückzug‘. Die Blessed Islands sollen keine Einrichtungen auf Dauer sein. Sie sollen Rückzugsgebiete sein für Bevölkerungsschichten, die in Gefahr waren, vom Pöbel überrollt zu werden.“

„Hört, hört! Vom Pöbel!

Vor der Blessed Border kommen Menschen im Elend um. Weil es für ihre Krankheiten keine Medikamente gibt. Weil sie verseuchtes Wasser trinken. Weil es kein Brot gibt. Deshalb ist dort alles Pöbel?

Ihr gönnt euch eine Ideologiebehörde. Damit weiter ‚heile Welt‘ gespielt werden kann. Hinter dem Zaun. Eine einzige Aufgabe hat diese Behörde. Kritik aus den eigenen Reihen niederzuknüppeln. Sie mit klebrigem Zucker zuzukleistern. Dem Sirup einer kopfkranken Obrigkeit.

Nein. Das kann sie nicht sein, die menschenwürdige Gegenwart. Aus der in fernen Zeiten eine menschenwürdige Welt entsteht. Das sind die Trümmer. Trümmer einer alten Welt. Mit alten Ideen. Die als Fossil ausgestellt wird. In ihren streng bewachten Grenzen. Die durch Alarmanlagen vor Berührung geschützt wird. Berührung durch den sogenannten Pöbel. Eure Welt ist nicht der Anfang. Eure Welt ist das Ende! Das Ende einer Entwicklung!“

Jetzt waren beide Männer in Rage geraten und alle Vorsätze und Entwürfe einer Diskussionsführung waren dahin.

Dingo hatte sich verleiten lassen vom Verlangen danach, diesen Kerl, der ihn jetzt zornesfunkelnd aus seinen tiefen Augenhöhlen heraus maß, in seinen Einstellungen wanken zu sehen. Er war mit der Tür ins Haus gefallen und hatte sich vielleicht zu sehr darauf verlassen, dass sein Bild einer zukünftigen Gesellschaft allen Menschen erstrebenswert schien. Dabei war er darauf hereingefallen, ihm durchaus bekannte Gegenargumente außer Acht zu lassen. Er sah zerknirscht ein, dass er der Gelegenheit zur Selbstdarstellung zu euphorisch erlegen war. Niemals hätte er erwarten dürfen, diesen Hardliner aus seinem Betonmantel im Denken befreien zu können. Diese Versuche durfte er getrost einstellen. Das führte zu nichts.

Karl war nur noch aufgebracht gegen diesen Spinner. Soweit konnte er sich nicht verleugnen, dass er auf dessen Gefühlsduseleien einging und sich zum Werkzeug eines Weltverbesserungsprogramms missbrauchen ließ. Hier wurden die Fundamente seiner Überzeugungen angetastet. Seine Welt, deren ideologischer Schutz ihm anvertraut war, wurde hier beschmiert mit dem Schmutz haltloser Phantastereien, deren Kern ein verklärtes, falsches, weil idealisiertes, Menschenbild war.

Wie war seinerzeit gerungen worden um das Blessed-Island-Konzept, das wenigstens einer kleinen Elite erlaubte, in geschützten Bereichen ein würdiges, dem erreichten technischen Fortschritt entsprechendes Leben zu führen. Die größten Köpfe ihrer Zeit hatten keinen Ausweg gesehen aus der historischen Schieflage einer Bevölkerungsverdichtung und Verelendung, gepaart mit der Zerstörung intakter Gesellschaftsstrukturen, als eben diesen. Die exponierten Wissenschaftler jener Zeit, Ökonomen, Soziologen, Politologen, ja auch Philosophen und Theologen und sogar global denkende Mathematiker, Ingenieure und Naturwissenschaftler, waren schlussendlich einig darin gewesen, dass einer Gruppe Auserwählter Schutz gewährt werden musste, um die Menschheit vor ihrem endgültigen Untergang zu bewahren. Jede Gesellschaft benötigte Eliten.

Die Blessed Islands standen eben nicht als Endpunkt der Menschheitsgeschichte da. Natürlich war der Ideologiestab zum Teil auch eine Behörde, die Nebelkerzen warf. Wenn aber der erste Schritt, die Gründung der Blessed Islands der richtige gewesen war – und daran bestand für ihn gar kein Zweifel –, dann war genauso ihr Schutz mittels einer Ideologiebehörde richtig, wollte man ihren Zusammenbruch verhindern. Und er war und blieb der oberste Ideologe des Blessed Island Ruhr und niemand würde ihn von etwas anderem überzeugen!

Karl verspürte keinerlei Neigung, dieses unfruchtbare Gespräch fortzusetzen. Wie konnte er es beenden?

Seine politische Erfahrung sprang ihm zu Hilfe. Von hunderten Besprechungen wusste er, dass ihm nur eine Taktik blieb: das Thema wechseln. Und sein Instinkt riet ihm, ein Thema zu wählen, das den Schwarzen persönlich betraf. Der Fuchs in ihm fand genau das richtige.

„Erklären Sie mir bitte, warum Sie diese unerbittliche Position gegenüber uns Blessed People vertreten."

Enttarnung

Darf ich Sie bitten, mir zu folgen, Sir?"

Der uniformierte Sicherheitsbeamte fing ihn an der Tür der Toilette ab. Sofort wurde Wombat mulmig zumute. Ein bitterer Geschmack legte sich in seinen Mund.

Er war entdeckt!

„Gerne", brachte er eingeschüchtert hervor. „Worum geht es denn?"

„Eine reine Routineangelegenheit. Bitte folgen Sie mir in die Sicherheitszentrale. Dort werden wir Ihnen alles Weitere erklären."

Wombat verspürte spontan den Drang, zu flüchten. Er wusste andererseits ganz genau, dass dies die falsche Reaktion gewesen wäre. Wohin sollte er sich auch wenden? Die Sicherheitszellen waren der einzige Zugang zum Konferenzbereich und nochmal durchlassen würde man ihn nicht. Dafür hatte dieser Affe bestimmt gesorgt. War es ihm unter Einsatz der raffiniertesten, ihm immer noch unerklärlichen Tricks gelungen, bis in das Herz des Blessed Island Molonglo vorzudringen, würde es ohne Tricks und Unterstützung von außen niemals einen Weg hinausgeben. Wombat fügte sich in sein Schicksal und folgte dem Sicherheitsbeamten, der eng an seiner Seite blieb und ihm die Richtung mit den Händen wies.

Auf dem Weg zur Sicherheitszentrale, die über einen unterirdischen Gang mit dem Kongresszentrum verbunden war, spielte er gehetzt seine Chancen durch. Sollte er alles leugnen? Sollte er den Beamten entgegenkommen? Was durfte er ihnen sagen, was nicht? Was durfte er dazuerfinden, was weglassen? Fragen über Fragen, auf die er keine Antwort wusste.

„So, hier bitte."

Der Uniformierte bedeutete ihm, in eine Sicherheitszelle einzutreten. Er selbst ging in eine Zelle direkt nebenan. Die Eingangstüren verriegelten mit hörbarem Einrasten. Eine Zwischenwand, ganz aus Panzerglas, ermöglichte ihnen Blickkontakt. Die Ausgänge der beiden Zellen öffneten sich zur selben Zeit in den dahinter liegenden Raum. Dort wurden sie von einer Gruppe aus drei Männern und einer Frau erwartet. Zwei der Kerle trugen wie der Sicherheitsbeamte, der ihn hergebracht hatte, Uniform, einer war zivil gekleidet, wie auch die Frau. Im Pulk wurde Wombat in einen Nebenraum geführt.

Er trat als dritter ein. In der Mitte des Raums standen zwei hochlehnige Sessel. In einem davon saß bereits eine weitere Frau. Sie sah Wombat nicht an, sondern starrte auf den Boden.

„Bitte nehmen Sie auf diesem Sessel Platz. Sie erlauben, dass wir stehenbleiben?"

Es war der Mann in der stark dekorierten Uniform, der das Wort an ihn richtete. Körperlich fiel sein − gemessen am kräftigen Körperbau −, kleiner, glatt rasierter Kugelkopf auf, der auf breiten, waagerechten Schultern thronte.

Der Tonfall des Dekorierten ließ keinen Widerspruch zu, und so setzte sich Wombat auf dem angewiesenen Möbel neben der Frau mit dem gesenkten Blick nieder. Die Dame aus den Reihen des Empfangskomitees ging zu einem Tischchen, das seitlich angeordnet war. Ihre Aufgabe schien die einer Sekretärin oder Protokollführerin zu sein, denn sie machte sich sofort an dem dazugehörigen Computer zu schaffen.

„Stellen wir uns zunächst einmal vor", setzte der Dekorierte seine Einleitung fort. „Ich bin Chief Inspector bei der Polizei des Blessed Island Molonglo. Tinker, mein Name. Ich bin für die Sicherheit dieser Konferenz verantwortlich. Die beiden uniformierten Herren sind Mitarbeiter der Security. Mr. Croft ist Staatsanwalt und wird darauf achten, dass unsere Gesetze bei der bevorstehenden Ermittlung eingehalten werden. Neben Ihnen sitzt die Schichtleiterin der Flugsicherung unseres Airports. Mit ihr stand ihr Mach-3-Jet heute Morgen bei Ihrem − sagen wir einmal ‚kleinen Unfall' −, in Funkkontakt. Meine Sekretärin wird unsere Unterredung protokollieren. Würden Sie uns jetzt bitte Ihren Namen nennen?"

Was sollte Wombat darauf sagen? Dass er nicht Blessed Chief Karl war, hatte ihnen dieser unangenehme Zeitgenosse vom Buffet sicherlich schon gedrückt. Aber welchen Namen sollte er sonst nennen?

„Karl", antwortete Wombat trotz der ansehnlichen Machtdemonstration, der um ihn stehenden Männer, fest und kurz.

„Blessed Chief Karl?", fragte der Chief Inspector folgerichtig in unverbindlichem Plauderton.

„Nein, einfach Karl. Ich vertrete Blessed Chief Karl."

„Gut, Karl, fahren wir fort. Wir wollen uns zunächst einmal auf Ihren Unfall konzentrieren. Die Dame neben Ihnen hat uns die Umstände aus Sicht der Flugsicherung geschildert. Nun möchten wir gerne Ihre Version des Hergangs hören. Können Sie unsere Neugier stillen?"

Wombat dachte an die Ereignisse vom Morgen zurück. Es war nur zu deutlich, dass er seine Geschichte vor dem Absturz beginnen musste, um keinen Verdacht zu provozieren. Aber er wusste nichts von dem, was zuvor geschehen war. Also erfand er eine möglichst unverfängliche Version.

„Nun, ich habe geschlafen. Plötzlich ging ein Ruck durch die Maschine und ich wurde davon wach. Wir sind einfach so heruntergefallen. Mehr kann ich dazu nicht sagen."

„Können Sie uns erläutern, was Ihr Pilot unternommen hat gegen den Absturz? Was hat er zum Beispiel mit der Flugsicherung besprochen?"

„Daran kann ich mich beim besten Willen nicht erinnern. Ich war ganz mit mir selbst beschäftigt. Schließlich hatte ich den Tod vor Augen!"

„Nun gut. Ellen, was können Sie uns über diesen Vorfall sagen?"

Streng sah der Sicherheitschef die Frau im Nachbarsessel an, die aufgeschreckt den Kopf hob. Wombat konnte sehen, dass sie geweint hatte. Sie war also schon einmal durch die Mangel gedreht worden.

Die Frau begann stockend, über die Ereignisse zu berichten: „An den Geräten konnten meine Kollegin und ich erkennen, dass etwas nicht stimmte mit diesem Flug. Der Jet verlor rasch an Flughöhe. Das Steuermodul meldete sich von der Zentraleinheit ab. Wir besaßen also keine Kontrolle mehr über die Maschine. Kurz nachdem wir das bemerkt hatten, meldete sich der Pilot. Er bestätigte uns die Probleme.“

„Hat er irgendwelche Hinweise darauf gegeben, was nicht stimmte?“

„Nein. Er sagte nur, sein Flugzeug würde die vorgesehene Bahn verlassen. Er bat uns, die Steuerung für ihn freizugeben, dass er es manuell versuchen könnte. Es war ganz deutlich, dass er mit einem Absturz rechnete. Dann brach auch der Funkkontakt ab.“

„Wie haben Sie darauf reagiert?“

„Wir konnten gar nichts machen. Auf unseren Luftüberwachungs-Monitoren war die Maschine plötzlich verschwunden. Wir haben das Simulationsprogramm gestartet und berechnet, wie viel Zeit dem Piloten noch bis zum Aufprall blieb. Eine Kontaktaufnahme war nicht mehr möglich, weder durch die Automatik, noch per Funk. Unsere Bildschirme blieben schwarz. Komplett verschwunden, die Maschine. Wir haben alles versucht.“

„Hat der Pilot vielleicht noch etwas dazu gesagt, was er gegen den Absturz unternahm?“

„Nein, dazu blieb ihm keine Zeit. Der Funkkontakt bestand nur ein paar Sätze lang. Sie haben den Mitschnitt ja vorhin selbst gehört!“

„Gewiss, gewiss“, erwiderte der Dekorierte ärgerlich.

Hier hatte die Frau sicher mehr erzählt, als sie sollte. Für Wombat war nun klar, dass sie mit ihr eigentlich schon vor seinem Eintreffen fertig gewesen waren. Die ganze Show wurde nur für ihn inszeniert. Seine Alarminstinkte blieben hellwach.

„Wie haben Sie festgestellt, dass der Mach-3-Jet dann doch nicht abstürzte, sondern tatsächlich unbeschädigt gelandet ist?“, setzte der Sicherheitschef das Verhör fort.

„Nun, wieder über die Geräte. Natürlich haben wir zunächst an einen Absturz gedacht. Aber das habe ich doch schon alles …“

„Ich stelle hier die Fragen!“, fuhr ihr der Verhörleiter barsch über den Mund. „Da wir schon einmal bei dem Punkt sind: Protokollführerin, bitte noch einmal Band ab.“

Die Sekretärin setzte ihren Computer in Gang und bald darauf gab das Gerät den Funkverkehr vom frühen Morgen wider.

„Flugsicherung Australia ruft Flug KF3745. Unsere Computer meinen, bei Ihnen ist wieder alles in Ordnung. Können Sie bestätigen? – Flug KF3745 bestätigt. Konnte den Jet manuell auf einer alten Piste landen. Habe dann alles durchgecheckt. Nichts gefunden. Ich konnte starten. Übernehmt ihr jetzt bitte wieder die Steuerung? – Ihr habt uns einen ganz schönen Schrecken eingejagt. Okay, wir übernehmen.“

Man hörte ein paar Tasten klicken. Dann sprach wieder der Pilot.

„Habt ihr so etwas schon mal erlebt? – Ja, solche Störungen kommen vor. Aber das ist ganz, ganz selten und hat bisher nie länger als maximal drei Sekunden gedauert. – Muss bei uns was ganz Heißes gewesen sein. Wahrscheinlich habe ich zu panisch reagiert. – Die Fernanalyse besagt, eure Technik ist völlig intakt. Ihr wisst, dass eine Landung im Dark Country verboten ist? Und warum habt ihr euch erst jetzt wieder gemeldet? – Sorry meine Liebe, das war nicht professionell. Sorry, wenn ihr euch zu viele Gedanken um uns gemacht habt. Aber ihr könnt euch ja denken, was wir hier durchgemacht haben. Fallt ihr mal aus tausenden von Metern wie ein Stein auf die Erde!“

Damit endete der Mitschnitt des Funkgesprächs.

„Und jetzt bitte noch einmal die Aufzeichnung vor der Landung!“

Schon war eine vor Angst schrille Stimme zu hören. Trotz der für den Sprecher mit Sicherheit unnormalen, angstvollen Intonation war sofort deutlich, dass hier ein anderer Mann sprach als auf der Aufzeichnung von eben. Diese Stimme lag eine ganze Oktave höher.

Witterung aufnehmend, ritt der Dekorierte gleich auf diesem Umstand herum.

„Nun, Karl, Ihnen ist doch sicherlich etwas aufgefallen.“

„Nein“, log Wombat, um Zeit zu gewinnen.

„Aber ich muss Ihnen doch nicht erst die Ergebnisse der Sprachanalyse vorlegen, um Ihnen klarzumachen, dass vor dem Absturz ein ganz anderer Mann den Jet pilotiert hat als danach? Das haben Sie doch wohl gehört!“

„Unmöglich. Wo sollte der zweite Pilot denn hergekommen sein?“

„Genau das wollen wir von Ihnen wissen. Vielleicht von dort, wo Sie auch hergekommen sind?“

Der Tonfall des Polizeioffiziers hatte sich nur unmerklich geändert, aber seine Augen hatten den Ausdruck einer Raubkatze vorm Absprung angenommen.

Die wussten alles!

Wombat wurde siedend heiß in seinem Sessel. Seine Selbstbeherrschung zerschmolz in der Glut des Verhörs. Eine Antwort auf die Frage fand er nicht.

„Vielen Dank, Ellen“, wandte sich der Verhörführer an die Schichtleiterin der Flugsicherung. „Sie können jetzt gehen. Halten Sie sich aber bitte zu unserer Verfügung. Über das Disziplinarverfahren wegen unterlassener Sicherheitsmeldung bei ungeplanter Landung eines Hochsicherheitsfluges im Dark Country, werden Sie noch benachrichtigt.“

Wie eine verängstigte Maus huschte die Fluglotsin aus dem Zimmer. Wombat blieb als einziger Delinquent zurück.

„Nur zu Ihrer Information, Karl: Ihr Flug war als Hochsicherheitstransfer eingestuft. Ihre Landung war meldepflichtig, aber die beiden Fluglotsinnen haben gegen ihre Pflichten verstoßen. Nun aber wieder zu Ihnen, Karl. Hier haben wir fünf Bilder. Welches dieser Bilder zeigt Blessed Chief Karl?“

Wie nahe bin ich an der Erfüllung meines Auftrags vorbeigeschlittert –, dachte Wombat. Sogar die Flugsicherung hatte mitgespielt und nur diesem verdammten Kerl aus der Konferenz war es zu verdanken, dass er jetzt so in der Klemme saß.

Die Zeit zu Pokern war angebrochen. Er flüchtete nach vorn.

„Welchen Verbrechens werde ich eigentlich beschuldigt, dass man mir solche Fragen stellt? Ich mache diese Spielchen nicht länger mit. Ich verweigere die Aussage wegen unwürdiger Behandlung!"

„Nun gut. Dieses Verhalten macht Sie nicht unbedingt weniger verdächtig. Aber richtig, Sie haben ein Recht darauf zu erfahren, wie die Anklage lautet. Herr Staatsanwalt, bitte!"

Mit gönnerhafter Geste erteilte der Chief Inspector dem Mann in Zivil das Wort. Der räusperte sich vernehmlich, ehe er die Anklage vortrug.

„Sir, Sie werden beschuldigt, an der Entführung zweier Blessed People beteiligt zu sein, die bisher spurlos verschwunden sind. Ferner werden Sie beschuldigt, sich unerlaubt Zugang zum Blessed Island Molonglo verschafft zu haben. Sie werden außerdem beschuldigt, sich unautorisiert Zugang zu einer Geheimkonferenz verschafft zu haben, um für den Untergrund des Dark Country zu spionieren."

„Völliger Quatsch. Niemand wurde entführt."

„Und warum haben wir dann ein schlecht zugeschweißtes Loch im Rumpf Ihres Jets gefunden, das nach der Analyse unseres Materiallabors exakt zu dem Zeitpunkt geflickt worden ist, der ganz zufällig mit Ihrer Landung zusammenfällt? Davon haben wir übrigens bereits seit drei Stunden Kenntnis", lauerte der Dekorierte.

„Davon weiß ich nichts."

„Ach, auch davon weiß unser Mann nichts. Über was, frage ich mich, hat er überhaupt Kenntnis? Der Beweis, dass der Pilot, der die Maschine ins Blessed Island Molonglo geflogen hat, nicht identisch ist mit dem Piloten, der die Maschine hierher geflogen hat, ist einwandfrei erbracht. Wir haben ihn übrigens schon festgesetzt. Das Loch im Rumpf und die mangelhafte — man kann fast sagen: hastige — Reparatur, sind erwiesen. Dass Sie von beidem nichts wissen wollen, können wir als Lügen werten. Dass Sie nicht Blessed Chief Karl sind, haben Sie selbst zugegeben. Wer sind Sie dann?"

„Ich bin der engste Vertraute von Blessed Chief Karl im Ideologiestab."

„Und Sie heißen zufällig auch Karl? Wie ist eigentlich Ihr

Nachname?“

Wombat stutzte kurz. Dann fiel ihm etwas ein. Sein Nachbar zu Hause war deutscher Abstammung und hieß „Müller“. Da er von diesem Nachbarn wusste, dass dies ein im ehemaligen Deutschland weit verbreiteter Name war, log er weiter: „Karl Müller.“

Der Dekorierte grinste feist. Seine durchdringenden Augen taxierten Wombat. Dann gaben sie ihn für einen Sekundenbruchteil frei und richteten sich auf den Sicherheitsbeamten, der Wombat hergeführt hatte.

„Überprüfen Sie das bitte!“

Der Angesprochene hastete dienstbeflissen aus dem Raum.

Tinker bohrte seinen Blick nun wieder in den von Wombat, der ihm die ganze Zeit über nicht auswich. Er verhörte ihn weiter.

„Lieber Karl Müller, können Sie uns bitte sagen, wie Ihre Daten in den Datenbestand zur Personenüberprüfung unter die Identität von Blessed Chief Karl geraten sind? Können Sie uns ferner sagen, warum Ihr Sicherheitschip den Personencode von Blessed Chief Karl ausspuckt?“

„Nein, das kann ich nicht.“

„Weil Sie es nicht wollen, oder weil Sie doch etwas zu verbergen haben?“

„Weder, noch. Ich sagte bereits: Ich kann es nicht.“

Der Verhörleiter machte nun auf dem Absatz kehrt und spazierte eine Weile um den Sessel, auf dem Wombat saß, herum. Langsam und in völlig gleichmäßigem, exerzierartigem Takt, umrundete er ihn wie zum Zeichen, dass sein Opfer eingekreist war.

„Herr Staatsanwalt, ich stelle fest, dass der Angeklagte bereits zweimal gelogen hat und uns in diesem wichtigen Punkt betreffend seiner Personendaten keine Auskunft geben kann. Den Beweis, dass er ein Dark Man ist, konnten wir leider noch nicht erbringen, denn sonst hätten wir ihn bei seinem Aufgriff sofort unter Wahrheitsdrogen setzen dürfen. So sind wir gezwungen, ihn einer weiteren Lüge zu überführen. Belehren Sie Herrn Karl Müller bitte, wie es vorgesehen ist.“

Der Staatsanwalt kam der Aufforderung umständlich nach.

„Sir, ich muss Sie darauf aufmerksam machen, dass Sie bereits zweimal in diesem Verhör Aussagen gemacht haben, die wir als Lüge werten können. Sie haben Ihr Wissen um Ereignisse geleugnet, die bewiesen werden konnten und von denen Sie Kenntnis haben mussten. Sollten Sie ein drittes Mal der Lüge überführt werden, bin ich befugt, eine Befragung unter Wahrheitsdrogen anzuordnen. Für das Protokoll stelle ich fest, dass hiermit die Aufklärung gemäß Paragraph 3.17 unseres Sicherheitsgesetzes erfolgt ist. Chief Inspector Tinker, fahren Sie bitte fort."

Der Dekorierte unterbrach seine Runde abrupt und goss mit gespitztem Mund seine tiefe Genugtuung über Wombat aus.

„Tja, dann warten wir mal ab, ob die Existenz eines Karl Müller im Ideologiestab des Blessed Island Ruhr bestätigt wird!"

Übergangslos fiel der Chief Inspector daraufhin in seinen kreisrunden Marsch und das entsetzliche, lauernde Schweigen zurück.

Wombat machte sich auf seine endgültige Niederlage gefasst. Wenn es keinen Karl Müller in der Behörde des Blessed Island Ruhr gab, hatte er soeben nachprüfbar zum dritten Mal gelogen. Eine Wahrscheinlichkeit, maximal fünf Stellen hinter dem Komma. Sie würden ihn letztendlich überführen. Das Fallbeil der Wahrheitsspritze schwebte bereits über ihm.

Der Sicherheitsbeamte, der mit der Personenüberprüfung betraut worden war, kehrte zurück. Zackig baute er sich vor Tinker auf. Die Spannungskurve unter den Anwesenden stieg steil an.

„Im kompletten Ideologiestab des Blessed Island Ruhr existiert kein Karl Müller. Dort geht man nach wie vor davon aus, dass Blessed Chief Karl an der Konferenz teilnimmt."

Der Verhörleiter triumphierte.

„Aha. Ich hatte nichts anderes erwartet. Herr Staatsanwalt, geben Sie bitte auf Grund der Beweisführung Ihre Anordnungen bekannt."

„Gemäß Paragraph 11, Absatz 5 unseres Strafgesetzbuches ordne ich eine Befragung unter Wahrheitsdrogen für den aufgegriffenen, vorgeblichen Karl Müller, Herkunft unbekannt, an. Der Inhaftierte wurde gemäß Paragraph 3.17 unseres Sicherheitsgesetzes über die Folgen der dreimaligen Lüge aufgeklärt. Die Beweisführung im Verhör hat erbracht, dass der Tatbestand der dreimaligen Lüge erfüllt ist."

„Prima, prima", rieb sich der Dekorierte die Hände. „Holt bitte den Arzt." An Wombat gewandt, mit einem gefährlichen, mitleidlosen Ausdruck in den Augen, fügte er hinzu: „Wir werden dich mit Wahrheitsdrogen vollpumpen, mein Junge, bis du kotzt!"

Entgleisung

Dark People habt ihr sie genannt!"

Dingo war in die Hocke gegangen und sprach nun ruhig, fast abwesend, mit geneigtem Haupt, gegen den Fußboden, die Hände über den Knien verschränkt. Wie ein Büßer kauerte er da, die Stimme zu einem heiseren Flüstern gesenkt.

„Dark People. Ich sehe das anders als du. Dark People. Damit ja keine Missverständnisse auftreten. Darüber, dass diese Menschen der Abschaum sind. Dreck sind. Müll sind. Gerade noch zu gebrauchen in euren Fabrikhallen.

Ich weiß es ja. Ihr meint nicht die Äußerlichkeiten dieser Menschen. Ihr wollt damit etwas über ihre Qualität ausdrücken. Ihre mangelhafte Qualität als Menschen. Dass sie ‚ferner liefen‘ sind. Kaum beachtenswert. Minderwertig. Dass sie nicht für den Fortschritt relevant sind. Den Fortschritt der Menschheit. Dass sie vor die Klammer gehören. Vor die Blessed Border.

In diesem ‚Dark People‘ steckt eure ganze Scheinheiligkeit. Hinter diesem Ausdruck verbuddelt ihr sie, diese Menschen. Haltet sie im Verborgenen. Verborgen vor den Augen der Blessed People. Die ihre Mitmenschen hinter dem Zaun nur als amorphe Masse wahrnehmen sollen. Unkonturiert. Bloß kein Individuum erkennbar machen! Bloß keine Bilder von einzelnen Gesichtern zulassen! Dark People. Eine Masse, der keine Beachtung zu schenken ist.

Das ist mir schon während meiner Schulzeit aufgefallen. Im Ideologieunterricht. Angeblich existieren zwei Klassen von Menschen. Grundverschieden in ihren Bedürfnissen. In ihrem Intellekt. In ihrer Gefühlswelt. Das habe ich nicht verstanden. Damals schon nicht.

Zuerst habe ich mir dieses Leben romantisch vorgestellt. Das Leben der Dark People. Wie ein Abenteuer. Wie das Leben eines Trappers in der Wildnis. Später habe ich nach und nach begriffen. Begriffen, dass dieses Leben alles andere als romantisch ist. Mehr ein Kampf ums Überleben. Mehr das, als alles andere. Mir wurde auch die Verachtung klar. Die Hochnäsigkeit dieses Ausdrucks. Die Andeutung möglicher Gefahr. Nähert euch diesen Bastarden nicht! Das versuchte man uns beizubringen. Lass dich nicht mit denen da ein. Die sind dreckig. Haben Rotznasen. Haben lückenhafte Gebisse. Sind vielleicht krank. Wollen uns etwas wegnehmen. Wollen uns bestehlen. Bedrohen uns. Deshalb müssen wir sie uns vom Leib halten. Sie ausgrenzen. In Schach halten. Vor der Blessed Border.

Du merkst schon. Ich bin nicht hier geboren, im Dark Country. Ich bin ein Mann eurer Welt. Aber mich hat eure Welt nicht eingelullt. Ich habe mir die Binde von den Augen gerissen. Ich kann eure schändliche Ideologie genau erkennen. Die ihr zum Schutz eurer Welt als Waffe führt. Gegen unbeeinflusstes, klares Denken.

Aber der Reihe nach.

In der Schulzeit habe ich den Argwohn aufgefangen. Misstrauen gegen die ideologischen Lehren. Gegen das merkwürdige Weltbild, das mir meine Lehrer mit auf den Weg geben wollten. Ich entschloss mich, Physik zu studieren. Eine ideologiefreie Wissenschaft. Eine beweisbare Wissenschaft. Ich folgte damit dem Wunsch meines Vaters. Aber auch meinem eigenen Interesse. Übrigens kenne ich mich daher ganz gut mit Technik aus. Und war deshalb in der Lage, euer Luxusspielzeug zu pflücken.

Während des Studiums war es. Da bekam ich Kontakt zu Gleichgesinnten. Wie ich voller Zweifel. Über die Ideologie. Die wie ich nicht glauben wollten an die vorbestimmte Zugehörigkeit. Die Zugehörigkeit zu einer Herrenrasse. Durch die zufällige Geburt in ein System hinein. Wir diskutierten bis in die Nächte. Über Gerechtigkeit. Über Menschenrechte. Über historische Weltordnungen. Staatsphilosophien und dergleichen mehr. Wir gelangten immer wieder zu dem einen Schluss, dass man aktiv werden müsse. Gegen die bestehenden Verhältnisse angehen müsse. Außer ein paar Spam-Mails ist dabei nichts herausgekommen. Regelmäßig führten die zur Verhaftung der Verfasser. Sonst ist nichts passiert. Nichts Praktisches.

Im Grunde eine gute Zeit, die Studentenzeit. Wir lebten sorgenfrei. Unter angenehmen Bedingungen. Unsere Diskussionsabende waren zum Bauen von Luftschlössern da. Es floss reichlich Alkohol. Je mehr, desto mutiger wurden die Pläne. An solchen Abenden. Die erträumten Taten fanden ihr Grab im Brummschädel. Am nächsten Morgen. Regelmäßig.

Mein politisches Bewusstsein blieb jedoch wach. Deshalb suchte ich nach meinem Studium keine Stelle als Physiker. Ich meldete mich als Freiwilliger. Zwei Jahre Entwicklungsdienst.“

Karl hörte dem Schwarzen nur aus dem einzigen Grund zu, weiter Informationen zu sammeln. Er bemühte sich, die Fakten aus seinem Lebenslauf abzuspeichern, um sie für ein eventuelles Gespräch mit den Sicherheitsbehörden parat zu haben. Inhaltlich folgte er dem Gehörten kein bisschen. Für ihn war der Schwarze längst in einer Schublade gelandet, die er aus seinem Job kannte. Solche Menschen wurden auf Veranlassung seiner Behörde hin festgesetzt und hinter Gittern einer intensiven psychologischen Behandlung unterzogen. Ihn kümmerte die Lebensgeschichte solcher nichtsnutziger Ignoranten nur so weit, als dass er dadurch lernen konnte, was in ihrer ideologischen Erziehung falsch gelaufen war. Solches Anschauungsmaterial war dazu geeignet, seine Behörde nach vorne zu bringen.

Als Dingo vom Entwicklungsdienst sprach, hatte Karl dann aber doch aufhorcht. Dieser Freiwilligenverein, der außerhalb der Geborgenheit eines Blessed Island operierte, war ihm schon lange ein Dorn im Auge. Heutzutage ging es dabei hauptsächlich um die Verteilung von Lebensmitteln. In seinem Zuständigkeitsbereich hatte er die Gründung einer solchen Organisation bisher erfolgreich verhindern können. Nicht verhindern konnte er dagegen, dass sich junge Leute aus dem Blessed Island Ruhr für international operierende Institutionen meldeten. Dadurch wurde es Blessed People möglich, bis zu drei Jahre aus der Einflusssphäre der Ideologiestäbe zu verschwinden. Die wenigen Kontrollmechanismen, wie zum Beispiel die Auflage, regelmäßig Arbeitsprotokolle einzureichen, waren zu dürftig, um die Entwicklungshelfer wirksam unter Beobachtung zu halten. Kein Wunder, dass diese Nachlässigkeit im Umgang mit ideologiekritischen Elementen – denn nur diese gaben freiwillig die Geborgenheit eines Blessed Island auf –, direkt zu Terrorismus führte, wie hier und jetzt bewiesen.

Aus der Geschichte des Schwarzen hatte Karl außerdem entnommen, dass man durchaus schon vor der Genehmigung seines Entwicklungsdienstes auf ihn aufmerksam geworden sein musste. Ein Unding! Solchen Leuten durfte niemand eine Genehmigung erteilen, sich zum Entwicklungsdienst zu melden! Insgeheim verurteilte er die Ideologiebehörde als unfähig, die hierfür die Verantwortung trug.

Dingo hatte eine kurze Pause eingelegt. Jetzt fuhr er in gleichbleibendem Tonfall fort.

„In meinem Entwicklungsdienst wurde es plötzlich greifbar. Das bisher nur theoretisch Erörterte. Greifbar durch menschliche Schicksale. Schicksale, an denen ich teilhatte. Leibhaftig und brutal real.

Ich bin auf allen Kontinenten unterwegs gewesen. Habe überall genug Elend gesehen. Für ein ganzes Leben genug. Ich verabscheue sie alle. Die darum wissen und nichts dagegen tun. Ich habe Menschen gesehen. In frostigen Nächten unter Zeltplanen. Dahinvegetieren gesehen. Ich habe verhungernde Kinder gesehen. Menschen, von Infektionen heimgesucht. Kloaken neben halbverfallenen Hütten. Ich habe menschliche Kadaver gesehen, über denen die Fliegen kreisten. Die niemand unter die Erde geschafft hat.

Nicht überall sieht es so dramatisch aus. Zugegeben. Es gibt auch andere Gegenden. In denen die Behausungen akzeptabel sind. Die Versorgung einigermaßen intakt. Doch eines ist sicher: Dem Geringsten unter den Blessed People. Dem geht es doppelt so gut, als dem Ersten unter den Dark People. Wenn der Dark Man auf ehrliche Weise seinem Broterwerb nachgeht. Nur eine kriminelle Laufbahn. Die führt im Dark Country zu so etwas wie Wohlstand. Also wieder nur der Weg über Ignoranz. Und über Ausbeutung.

Die schrecklichsten Bilder, die ich mit mir herumschleppe?

Die stammen aus dem Osten Afrikas. Wo Menschen wirklich

vor dem Nichts stehen. Selbst ihre Bodenschätze luchst ihr ihnen zu Spottpreisen ab. Diese Menschen vegetieren nur noch dahin. In einem Dämmerzustand. Die vegetieren nur noch dahin. In den wenigen noch bewohnbaren Landstrichen. In den Trümmern ihrer dahingerafften Städte. Oder in Hüttensiedlungen auf dem verdorrten Land. Wenn die Aids-Seuche noch welche übriggelassen hat. Der Eigenantrieb dieser Leute ist zerstört. Sie sind ihrem Schicksal völlig ergeben. Was einmal geleistet worden ist an geringfügiger Aufbauarbeit – in vergangenen Epochen –, das ist mit dem Wasser verdunstet. Ist wie der Kontinent vertrocknet. Ist für alle Zeit verloren.

Während meines letzten halben Jahres in Ostafrika. Da ist mein Entschluss gefallen. Mein Entschluss, dass ich nicht in meine Heimat zurückkehre. Ich habe überall Gleichgesinnte getroffen. An meinen verschiedenen Einsatzorten. Mit denen ich die Diskussionen aus meiner Studentenzeit fortsetzte. Jetzt viel ernsthafter. Weniger kopflastig. Mit Tatsachen untermauert. Wir waren uns einig darin. Nur zwei Wege standen offen. Entweder ein abgeschottetes Leben in irgendeinem Blessed Island. Das nie mehr ein heiles Leben werden würde. Nie mehr ein frohes Leben. Nie mehr ein ungetrübtes Leben. Wegen der Bilder. Wegen der aufgesaugten Bilder aus der Entwicklungsdienstzeit. Oder ein Leben im Dark Country. Ein engagiertes Leben. Im Kampf gegen die Ungerechtigkeit.

Gewalt ist das einzige Mittel, um wirklich etwas zu erreichen. Das war uns allen klar. Doch dazu waren nur ganz wenige bereit. Ganz wenige meiner neuen Bekannten. Ein kleines Häuflein Freunde blieb. Konnte ich zum Schluss auf meine Seite ziehen. Sie sind gewalt- und opferbereit. Dark People unterstützen uns. Du solltest sie kennenlernen. Du wirst keinen Unterschied feststellen. Zu uns Blessed People. Menschen ticken alle gleich. Wollen alle dasselbe.

Meine Truppe folgt mir bedingungslos. Wir haben uns hierhin zurückgezogen, an dieses einsame Plätzchen. Hier haben wir auf unseren Einsatz gewartet. Auf dich!"

Das „Dich“ hatte der Schwarze so scharf betont, dass Karl zusammenzuckte.

Die aus seiner Erinnerung hervorgezerrten Bilder hatten Dingo die Feuchtigkeit in die Augen getrieben. Deshalb wagte er nicht, den Gefangenen anzusehen, wollte er ihm doch durch den verräterischen Glanz in seinen Augen auf keinen Fall eine Blöße zeigen.

Er riss sich zusammen und fuhr mit festerer Stimme fort.

„Verstehst du es nun? Dass ich etwas tun musste? Wenn du irgendwann einen Blick hinter den Zaun geworfen hättest, dann könntest du mich verstehen. Dann wärest du vielleicht einer unserer Unterstützer. Nicht unser Gefangener!“

„Niemals!“ Karl schrie seinen Protest in den Raum hinaus wie ein Alarmsignal. „Vergiss es. Lass mich allein. Ich kann dein jämmerliches Gesülze nicht länger ertragen. Verschwinde und lass mich endlich in Ruhe!“

Karl wusste genau, dass dieser Ausbruch unvernünftig war. Doch seine Beherrschung war endgültig dahin. Unmöglich für ihn, dieses Gestammel von einer besseren Welt länger zu ertragen. Er verfluchte diesen unfähigen Ideologiestab, der hier so jämmerlich versagt und ihn in letzter Konsequenz in die Hände der Terroristen gespielt hatte.

Etwas anderes war für Karl genauso deutlich: Nichts würde diese Verbrecher von ihrem Vorhaben abbringen. Nichts, was er vorzubringen hatte, würde sie von der Unrechtmäßigkeit ihrer Tat überzeugen. Diese Leute hatten sich eine eigene Welt zusammengezimmert, eine Welt zu ihren eigenen Bedingungen, losgelöst von irgendwelchen legalen Strukturen oder geltenden Regeln.

Dieses Pack frisst dich, so oder so −, dachte er. Du entkommst ihm nicht und du imponierst ihm nicht. Du bist in den Augen des Schwarzen ein Neutrum, ein Stück Unrat, mit dem er nach Belieben verfahren darf. Und noch etwas schoss ihm durch den Kopf: Du wirst den Rest deines Lebens in Opposition zu diesem Pack verbringen, wirst gerade einmal verhindern können, dass sie dich umbringen. Wenn überhaupt!

Hasserfüllt und zähneknirschend, mit wütenden, zu schmalen

Sehschlitzen zusammengekniffenen Augen, aus denen der Schimmer der Regenbogenhaut wie zwei blank gezogene Dolche in den Raum blitzte, funkelte er den Schwarzen an. Dieser Blick sprach Bände: Hätte er diese beiden Dolche in Händen gehalten, würde er unbarmherzig zustoßen!

Eine Welle der Wut überschwappte Dingo. Sie schwemmte die Bilder der Vergangenheit hinweg. Wie teilnahmslos dieser Kotzbrocken in seiner ganzen Haltung war. Wie arrogant selbst in seiner hilflosen, demütigenden Situation. Da lag er halbnackt, festgeschnallt auf seiner Pritsche, noch nicht lange aus der Narkose erwacht, und strahlte immer noch die ganze Überheblichkeit eines Blessed Man aus. Diesen Kerl klopfst du niemals weich −, resignierte er. Selbst unter der Knute des Chips würde dieser Mann nur gerade das tun, was er tun musste, um zu überleben. Er erkannte, dass sie diesen Kerl mit den wenigen Mitteln, die ihnen wirklich gegeben waren, niemals in den Griff bekommen würden. Die Todesdrohung war das einzige Pfand, mit dem sie den Kampf gegen ihre Geisel führen konnten. Was zunächst wie ein gutes, brauchbares Opfer ausgesehen hatte, entpuppte sich als schwieriger Kandidat. Einmal in die Freiheit entlassen, würde der Mann alles daran setzen, ihre Aktionen zu behindern. Er würde nur so weit kooperieren, wie es ihm sein Überlebenswille anempfahl.

Dingo steigerte sich − gepusht durch den Erfolgsdruck, unter dem er stand −, so sehr in seine Wut hinein, dass er die Kontrolle über sich verlor. Er sprang auf, legte seine Fäuste um Karls Kehle und drückte zu.

„Du Schwein. Du miese Ratte. Warum haben wir dich nicht gleich umgebracht? Wie deinen Piloten. Dann lägest du jetzt neben ihm. Neben ihm im Wüstensand. Du würdest schon trocknen!"

Er drückte fester zu. Die gelbe Kontrolllampe am medizinischen Überwachungsgerät leuchtete auf. Zwei Kurven auf dem Display wurden unregelmäßig.

Karl wand sich in seinen Riemen wie ein Regenwurm nach einem Sommergewitter. Ihn befiel nackte Lebensangst. Er röchelte, bekam keine Luft mehr. Ihm wurde schwarz vor Augen. Die Bilder seiner Familie traten aus den Tiefen seines Restchens Lebens vor ihm auf. Das war er, der Schlusspunkt!

Irgendein Winkel in Dingos Gehirn war noch empfänglich für den plötzlichen Fingerzeig der Vernunft.

Was tat er hier?

Sie brauchten diese Missgeburt doch noch!

Erschrocken über seine Gewaltattacke, löste er den Griff um Karls Hals, der in einen heftigen Hustenanfall verfiel. Dingos Hände fingen an zu zittern. Entsetzt schaute er auf diese Mordwerkzeuge, spreizte die Finger, schaute durch sie hindurch auf sein Opfer, schaute wieder auf seine Hände, ratlos den eigenen Empfindungen gegenüber.

Karl war dieses Mal dem Tod entronnen. Er hatte an der Schwelle gestanden, das Bewusstsein zu verlieren. Nur die wieder verfügbare Atemluft hatte ihn knapp daran vorbeigeschleust. Die ganze Gefahr, in der er sich befand, war ihm beklemmend nahegetreten. Die ganze Ausweglosigkeit seiner Gefangenschaft und seiner Zukunft. Er wünschte sich nur noch einen segensreichen Schlaf, der ihn gnädig in seinen Schoß aufnahm, ihm eine Pause schenkte.

Die Kontrolllampe am medizinischen Apparat verlosch, die Kurven auf dem Display wurden wieder gleichmäßiger.

Dingo nahm davon keine Notiz mehr, denn er war Hals über Kopf aus dem Gefangenenraum gestürzt und hatte sogar vergessen, abzuschließen.

Risse

Samira hatte in der Nachrichtenzentrale alles mitgehört und angesehen. Entsetzt hatte sie Dingos Attacke gegen den Gefangenen mitverfolgt. Sie traute ihm in diesem Moment durchaus zu, ein zweites Mal zu morden.

Das musste sie verhindern!

Sie rannte los, den Gang zum Gefangenenraum entlang. Als Samira ihn fast erreicht hatte, trat Dingo gerade aus der Tür. Beinahe wären sie zusammengeprallt.

Dingo riss sich die Kapuze vom Kopf. „Spionierst du mir nach?"

„Wie geht es ihm?"

„Wem? Dem Arsch?"

„Unserer Geisel."

„Bestens."

„Lebt der Mann noch?"

„Leider. Ich hätte es zu Ende bringen sollen."

„Wie du nur aussiehst!"

Entgeistert starrte Samira in Dingo schweißnasses Gesicht. Seine Stirn war noch blasser als sonst.

„Ich hätte ihn fast umgebracht. Dieses Ekel. Dieses widerwärtige Schwein!"

Samira wusste nicht, ob sie Mitleid oder Abscheu empfand. Eines musste sie ungeachtet dessen loswerden.

„Wächst dir die Sache hier über den Kopf? Wirst du zum Ripper der Blessed People oder was ist mit dir los?"

„Dieses widerwärtige Schwein hat mich provoziert. Weicht keinen Zentimeter zurück. Er bleibt stur. Einfach nur stur. Diese miese Ideologieratte. Ich würde sie am liebsten schlachten!"

„Dingo, reicht dir ein Toter nicht? Reicht dir ein Mord denn nicht? Unter welchem Zwang stehst du, dass du töten musst? Besinne dich auf die Ziele der Aktion. Es hat doch bisher alles so wunderbar geklappt!"

Dingo konnte Samiras forschenden Blick nicht mehr ertragen und wendete sich von ihr ab. Er wusste selbst nicht mehr, was in ihm vorging. Anscheinend musste er Samira Recht geben und die ganze Aktion wuchs ihm tatsächlich über den Kopf. Es war etwas völlig anderes, einen Plan zu schmieden und Luftschlösser zu bauen oder diesen Plan Realität werden zu lassen. Es war viel einfacher, einen Kreuzzug auf dem Schachbrett nachzustellen, als an der Front zu kämpfen.

Wie oft hatte er „Morgensonne" überdacht, verfeinert, perfektioniert. Aber es war eben nicht damit getan, einen Aktionsplan einfach abzuhaken, sondern es kamen Menschen ins Spiel. Und diese Menschen handelten natürlich nicht unbedingt so, wie vorgesehen. Sie waren unberechenbar. Menschen eben.

Samira schmiegte sich an Dingos Brust.

„Du machst mir Angst. Du bist nicht mehr der, den ich kenne und den ich liebe. Du hast dich so in die Sache verbissen, dass du deine Grundsätze aufgibst, zum Schlächter wirst, wenn Widerstände auftreten. Das geht nicht gut. Glaube mir, das geht nicht gut!"

Samira begann zu schluchzen. Sie krümmte ihren Rücken. Ihre Körperhaltung sprach Bände. Sie dachte an ihre Mädchenjahre zurück, an die Ausflüge auf die Glatze.

Hatte sie das alles wirklich gewollt? Oder waren ihre Träume einfach darauf gerichtet gewesen, auf die helle Seite der Welt hinüberwechseln zu dürfen, Elend und Schmutz des Slums hinter sich zu lassen? Hatte sie die Träume des Mädchens in ihrem Innersten bewahrt? Lag ihr der Altruismus überhaupt, der Einsatz für andere, deren Dank sie niemals erreichen würde? Oder war sie bloß hineingeschlittert in diesen Kampf, von Rabea hineingeschubst in den Untergrund, von Dingo geblendet?

In Samira barst etwas, das mit großer Enttäuschung verbunden war. Nicht nur ihre Beziehung, die ihr auf Dauer als sicherer Halt erschienen war. Ein ganzer Lebensinhalt löste sich in Unbestimmtes auf.

Dingo hatte seiner Partnerin noch nie etwas vormachen können. Er hatte ja selbst Veränderungen an sich registriert, wie etwa diese Lust, sein Opfer zu quälen, oder seine aufbrausende Art, die sich innerhalb dieser wenigen Stunden in ihn hineingemogelt hatte, und ihn der nüchternen Kontrolle seines Verstandes entriss. Anscheinend war etwas mit ihm geschehen, das er nicht steuern konnte, dem er einfach ausgesetzt war, ohne es in den Griff zu bekommen.

Auch jetzt war er nicht fähig zur Selbstbeherrschung und reagierte nicht mit Trost und entschuldigenden, beschönigenden Worten, wie es angezeigt gewesen wäre, sondern schrie Samira an: „Alles wird gut! ‚Morgensonne' ist perfekt. Wir haben keine Fehler gemacht. Wir werden auch in Zukunft keine Fehler machen. Du glaubst nicht mehr an die Sache. Das ist es."

Trotz ihrer Verzweiflung erwachte ihr Widerstand. Sie richtete sich auf, trat einen Schritt zurück und musterte Dingo mit wütenden Augen. Samira spuckte Dingo ihren Groll, ihre Enttäuschung, vor die Füße.

„Du verwechselst hier etwas: Ich glaube nicht mehr an dich!"

Susan kam aus dem Labor, das auf demselben Gang lag. Offenbar war ihr die Auseinandersetzung nicht verborgen geblieben.

„Was ist denn hier los? Was giftet ihr euch so an?", fragte sie verständnislos, aber auch mit einer gehörigen Portion Neugier.

„Dingo schnappt über. Wusstest du schon, dass er den zweiten Mann, den Piloten, umgebracht hat?"

„Ja, sicher. Schließlich hat er von Jack und Laurent die Giftspritze dafür erhalten."

„Das wird ja immer toller. Alle haben von diesem Mordplan gewusst, nur ich nicht. Bin ich denn hier nur die dumme Dark Woman? Das Häschen von der dunklen Seite, das als nützliches Anhängsel ausgenutzt wird?"

„Dingo hat gemeint, du würdest das nicht verstehen. Tust du ja auch nicht."

Susan hatte so arglos gesprochen, als wenn sie ein Mittagessen bestellt hätte.

Dingo war die Rivalität der beiden Frauen, die sie über die einsamen Wochen in der Wüste kultiviert hatten, nicht entgangen.

Jetzt war ein denkbar schlechter Augenblick dafür zuzulassen, dass sie offen ausgetragen wurde. Doch es war zu spät zum Eingreifen. Die beiden Frauen standen bereits mitten im Ring.

„So, du hast also Geheimnisse mit Dingo, Geheimnisse, die mich betreffen. Ihr seid euch also einig und Lieschen darf nichts vom bösen Onkel erfahren. Interessant, was du da händchenhaltend unterm Wüstenmond mit meinem Kerl besprichst!"

Dingo startete einen Schlichtungsversuch.

„Ich bitte euch. Keinen Streit jetzt …"

Weiter kam er nicht, denn Samira fiel ihm aufbrausend ins Wort.

„Halt du dich da mal schön raus. Du hast mich hintergangen! Du weißt ganz genau, dass ich immer gesagt habe, ich mache alles mit, nur keinen Mord. Auf meinen Wunsch hin habt ihr ausgeschlossen, diesen Blessed Chief Karl umzubringen, wenn er sich widersetzt. Ihr habt versprochen, die Tötungsfunktion aus der Steuerungssoftware des Chips auszubauen. Oder habt ihr hinter meinem Rücken doch etwa vor, ihm mit Ermordung zu drohen? Darf das dumme Lieschen aus dem Dark Country auch davon nichts wissen? Verflucht nochmal: Ehrlich sollst du zu mir sein!"

„Wir werden ihn nicht umbringen …"

„Das hättest du ja gerade fast schon besorgt. Etwas früher als geplant, aber der liegt da nun einmal so hübsch hilflos in seinem Gefängnis herum, da kann man ja mal in Versuchung geraten. Was ist eigentlich mit uns? Sind wir sicher vor dir oder murkst du uns alle ab, wenn wir hier fertig sind und du uns nicht mehr brauchst?"

„Samira, jetzt gehst du aber zu weit", mischte sich Susan ein.

„Man darf ja wohl noch fragen, was der Herr der ‚Morgensonne' alles geplant hat. Wir arbeiten schließlich zusammen – dachte ich jedenfalls. Was mache ich hier eigentlich? War ich denn die ganze Zeit blind?"

„Samira", setzte Dingo zu einem erneuten Schlichtungsversuch an, „beruhige dich doch. Wir dürfen jetzt nicht die Nerven verlieren."

„Wer verliert denn laufend die Nerven? Du bist doch gerade

bleich wie der Tod hier herausgeschneit und hast gesagt, du hättest ihn beinahe umgebracht. Du bist doch derjenige, der fast die Nerven verloren hätte. Weißt du was, du kotzt mich an, Dingo! In deiner Selbstherrlichkeit, in deiner unnachahmlichen Art, mit zweierlei Maß zu messen. Du kotzt mich einfach nur noch an!“

„Soll ich dir eine Tablette geben, Samira?“, kochte Susan die Stimmung weiter hoch.

Samira rastete komplett aus. Sie ohrfeigte zunächst Susan, anschließend Dingo. Dann bearbeitete sie die Betonwand des Gangs mit ihren Fäusten.

Hysterisch schrie sie die beiden anderen an: „Wollt ihr mich auch vergiften? Bin ich im Weg? Bei was eigentlich? Habt ihr ein Verhältnis, von dem ich auch nichts weiß? Kanaillen! Ich hau ab!“

Gehetzten Schrittes lief Samira tiefer in das Labyrinth aus Gängen hinein.

„Lauf ihr nicht nach.“ Susan legte ihren Arm um Dingos Hüfte. „Die beruhigt sich schon wieder. Lass uns lieber weiterarbeiten. Willst du hören, wie weit ich gekommen bin?“

Dingos Gefühlswelt fuhr Achterbahn. Einerseits kannte er sich selbst nicht wieder und mochte sich selbst auch nicht sadistisch und jähzornig, andererseits empfand er Samiras Ausbruch als ungerecht. Er respektierte ihre Abneigung gegen Mord als Mittel in ihrem politischen Kampf, hatte sie nur schonen wollen. Susans unbedachte Anmerkung über die Giftspritze riss den Graben zwischen ihnen natürlich weiter auf.

Dingos Wut auf den Gefangenen war verraucht und der Wut auf sich selbst gewichen. Einen Seufzer ausatmend, wandte er sich Susan zu und bat sie um Auskunft über den Stand ihrer Arbeiten.

„Nun, ich habe alle Gewebeproben präpariert und in die Kühlung geschoben. Wir haben auf jeden Fall genug Material, um auf alle Eventualitäten vorbereitet zu sein. So, und jetzt gönne ich mir endlich Bettruhe. Ich war schließlich genau wie ihr den ganzen Tag auf den Beinen. Hast du nicht auch das Bedürfnis, dich ein wenig hinzulegen?“

Sie fuhr mit der Handfläche leicht über Dingos Brust. Der verstand nicht.

„Ja. Das wäre wohl das Beste. Ich werde nur noch die Zugangscodes verschicken. Die Zugangsdaten seines Chips zum Horchposten da oben. Damit die schon mal üben können, den Kontakt zu ihm herzustellen. Die sollen die Überwachung übernehmen. Wenn er wieder ausgetauscht ist.“

„Okay. Bis später“, flötete Susan und verließ mit übertriebenem Schwung ihres Beckens den Gang in Richtung Schlafunterkünfte. Was Dingos ebenfalls entging.

In der Nachrichtenzentrale herrschte wohltuende Stille. Alle für den Horchposten notwendigen Informationen waren schnell in eine Nachricht verpackt und verschickt.

Dingo verschränkte die Hände hinter dem Kopf. Sollte er Samira nachlaufen und noch einmal mit ihr sprechen?

Nein, sein Bedarf an Diskussionen war gedeckt. Ruhe wollte er finden, nur Ruhe. Ruhe vor ihrer Geisel, Ruhe vor dem Plan, Ruhe vor Samira, Ruhe vor dem andersartigen Dingo, der momentan alles vermasselte.

Er ging in sein und Samiras Schlafzimmer, um endlich etwas Schlaf zu finden. Im Geiste ging er noch einmal das Gespräch mit Karl durch. Er konnte nicht leugnen, tiefe Enttäuschung über den Gang der Dinge zu empfinden. Er hatte sich nicht vorstellen können, dass jemand nicht seiner Auffassung war, was das Ziel der gesellschaftlichen Entwicklung der Weltbevölkerung anging, sogar das unselige Konstrukt der Blessed Islands als richtig verteidigen könnte. War er denn wirklich naiv? War er verblendet?

Wie bitter war diese Erfahrung für ihn!

Damit nicht genug. Auch um Samira machte er sich Sorgen, kannte er doch ihre Neigung zu spontanen, unüberlegten Entschlüssen. Sie war ein prima Mädchen, auf das man jederzeit setzen durfte. Manchmal gingen ihr jedoch die Pferde durch und sie handelte dann rein emotional, wie man so schön sagte: aus dem Bauch heraus. Dingo beschlich das ungute Gefühl, dass es wieder an der Zeit für eine solche Reaktion war.

Seine Erschöpfung war nun so endgültig, dass er trotz dieser trüben Gedanken in einen, wenn auch unruhigen, flackernden Schlaf verfiel, begleitet von Träumen voller unwirklicher Zerrbilder.

Kurz nachdem ihn einer der Uniformierten an seinem Sessel festgeschnallt, und der herbeigerufene Arzt ihm die Spritze verpasst hatte, plauderte Wombat alles aus, was er wusste. Durch die Schleier in seinem Kopf hörte er sich darüber berichten, wie er für die Terroreinheit rekrutiert worden war, wie ihm von Dingo der Teil des Plans erläutert worden war, für den er eingesetzt werden sollte, wie schwierig es für ihn gewesen war, im Dark Country einen Anzug für seinen Auftrag zu beschaffen, der nicht gleich wegen seiner Billigkeit auffallen würde, und wie er über Funk zum Einsatzort gerufen worden war. Er hörte sich über den Hergang der Entführung, den Austausch der beiden Blessed People und der Sicherheitschips berichten, hörte sich alles ausplaudern, wofür er Zeuge geworden war.

Seine Zunge hatte sich von seinem Körper abgetrennt, ging ihre eigenen Wege. Die Droge betäubte seinen Widerstand, beraubte ihn der Fähigkeit, Gedanken zurückzuhalten, zwang ihn ganz in die Hände des Chief Inspector, der das Verhör weiter leitete, und die des Staatsanwalts. Wie Donnergrollen prasselten die präzise formulierten Fragen auf ihn ein, hallten wider in seinem aufgepumpten, willenlosen Schädel, pressten sein Wissen heraus auf diese fremde Zunge, die alle gewünschten Auskünfte erteilte.

Manchmal biss sich Tinker an Punkten fest, zu denen er wirklich nichts sagen konnte. Er gab aber trotzdem keine Ruhe. So stellte er immer wieder die Frage, wo die Terroristen Quartier bezogen hätten, und wie viele dort ständig anwesend waren. Auch nach dem fünften Anlauf verstummte die fremde Zunge bei diesen Fragen, hing schlaff neben Wombats Mund körperentfremdet in der Luft, selbst enttäuscht darüber, dass sie nicht ihren liebgewordenen Redeschwall fortsetzen durfte. Im geheimsten Eckchen seines Verstandes triumphierte der Delonquent in diesen Momen-

ten, war froh darüber, von Dingo nicht in alle Einzelheiten einge-
wiesen worden zu sein.

Wenn es gar nicht weiterging mit dem Verhör, spritzte der Arzt
ihm noch mehr von dieser Droge in die Adern, wovon ihm jedes
Mal spontan schlecht wurde. Einer der Uniformierten hielt ihm
dann eine Nierenschale unter das Kinn. Zuletzt spuckte er nur
noch Galle in dieses Symbol für Krankheit und Verletzlichkeit.
Anschließend benötigte er viele Atemzüge, bis er überhaupt wieder
zur Sprache fähig war. Dann aber plapperte diese fremde Zunge
umso erfreuter von vorne los, gerade so, als wolle sie die zur be-
reitwilligen Auskunft verpassten Minuten wieder aufholen.

Nach endlosen, qualvollen Zeiteinheiten – gefühlsmäßig war
für ihn die ganze Nacht vergangen –, beendete Tinker das Verhör.
Wie durch eine geschlossene Tür hindurch hörte Wombat ihn
sagen: „Können wir ihm noch eine verpassen?“

Die Stimme des Arztes antwortete.

„Nein, das war sowieso schon zu viel. Unter normalen Umständen würde ich nicht so weit gehen mit der Dosis. Aber wo
doch der Herr Staatsanwalt …“

„Schon gut, schon gut. Vielen Dank für Ihr Kommen. Die
Rechnung geht an meine Dienststelle, wie immer. Bitte lassen Sie
uns jetzt allein.“

Nach einigem Geklapper mit der Instrumententasche hörte
Wombat die Schritte zweier Personen, das Aufgleiten zweier Sicherheitszellen, und direkt darauf das entgegengesetzte Geräusch.
Dann drangen die Schritte des Chief Inspector an sein Ohr, der
ihn wohl wieder in seinem militärisch korrekten Takt umkreiste.

„Was liegt jetzt an? Von der Flugsicherung kennen wir die ge-
naue Absturzposition des Mach-3-Jets. Ich vermute, der Unterschlupf der Terroristen befindet sich nicht weit davon entfernt.
Haben wir mittlerweile ein Satellitenbild von dem Gebiet?“

„Schon lange, Sir“, meldete die Sekretärin von ihrem Computer
aus.

Die im Raum verbliebenen Personen gingen zu ihr herüber.

„Wo könnte hier das Versteck dieser Bande liegen? Ich sehe

nur Sand, nichts als gelben Wüstensand. Vergrößern sie das Bild doch bitte. Auf Planquadrate von hundert Metern Kantenlänge. Und dann bewegen Sie die Einstellung zeilenweise über das Gebiet hinweg."

Eine Zeit lang herrschte wohltuende Stille im Zimmer, die Wombat regelrecht genoss. Endlich keine Fragen mehr, keine fremde Zunge mehr, die pausenlos daherquasselte, die endlos dieselben Details ausposaunte. Die Stille währte jedoch nicht allzu lange.

„Was ist das? Näher heran, bis wir es groß auf dem Bildschirm haben!", hörte Wombat Tinker anordnen.

Die Stimme des Staatsanwalts: „Das scheint ein altes Farmgebäude oder so etwas zu sein. Da finden wir bestimmt niemanden."

„So? was macht Sie da so sicher?"

„Wie sollen die es da aushalten, in der Wüste?"

„Wollen wir nicht vergessen, dass dort die Entführung stattgefunden hat. Im Umkreis dutzender Kilometer wohnt kein Mensch und die nächstgelegene kleine Oase wird nur von einer Handvoll Dark People bewohnt. Die Leute, die an der Entführung teilgenommen haben, müssen meilenweit herbeigeeilt sein. Oder sie haben einen Unterschlupf in der Nähe. Nein, nein, ich tippe auf einen Radius von maximal hundert Kilometern, in dem wir fündig werden.

Aber, was ist denn das? Vergrößern!"

Die Stimmlage des Chief Inspector war in einem Sekundenbruchteil von konzentriert zu erregt umgeschlagen. Die Männer steckten die Köpfe über dem Bildschirm zusammen und stießen Laute der Verblüffung aus. Einer rief: „Eine alte Farm. Sehen Sie da: eine Antenne!"

„Männer, wir haben sie!" Tinker stellte das im Ton absoluter Selbstzufriedenheit fest. „Packt den da in die Zelle und sobald es morgen früh hell wird, lassen wir den Hornissenbau ausräuchern! Ich informiere die Blessed Forces. Die Jungs und Mädels haben lange nichts mehr zu tun gehabt."

Befindlichkeiten

Karl blieb verstört auf seiner Pritsche zurück. Alle Energie, aller Protest war aus ihm gewichen und er spürte, wie die Ereignisse der letzten paar Stunden seinen Kräften zusetzten. Hätte ihn irgendjemand aus seiner Heimat in seiner erbärmlichen Lage gesehen, hätte er geglaubt, einen anderen Menschen vor sich zu haben. Das wusste er, ohne einen Spiegel zur Hand zu haben, um diesen Eindruck visuell zu überprüfen.

Ausweglos war seine Lage. Die Tür stand offen − das hatte er bemerkt −, aber die Riemen hielten ihn trotzdem gefangen. Außerdem wusste er nicht, was ihn hinter dieser Stahltür erwartete. Von draußen hörte er vages Geraune. Standen da bewaffnete Wachen? In was für einem Gebäude wurde er gefangen gehalten? Wie sollte er den Weg hinausfinden?

Er konstatierte, dass das ein ganz anderer Blessed Chief Karl war, der hier niedergerungen lag, als der, der gestern euphorisch mit Karriereplänen im Kopf im fernen Europa gestartet war. Mit Genugtuung hatte ihn gestern erfüllt, der Auserwählte zu sein, dem ein so wichtiger Auftrag übertragen worden war, quasi für ein paar Tage die rechte Hand des Blessed Mayor zu sein. Mit Freude und Tatendurst war er aufgebrochen, mit dem festen Willen, eine gute Figur zu machen und seine Heimat und seinen Chef würdig zu vertreten.

Und stattdessen?

Heute steckte er tief in seinem persönlichen Elend, war nicht nur physisch Gefangener dieses Phantasten, sondern auch psychisch. Der Rest seines Lebens war vernichtet. Er war nicht mehr Protagonist der großen Politik, sondern das Werkzeug dunkler Mächte, deren Klauen zu entfliehen anscheinend unmöglich war.

Was sollte er tun?

Das war der Gedanke, der ihn jetzt bis zum Rand ausfüllte. Fliehen kann ich nicht, SOS funken kann ich nicht, schlafen kann ich nicht. Was sonst?

Es widerstrebte Karls Naturell, in wachem Zustand bewegungslos und beschäftigungslos herumzuliegen. Er war gewohnt, immer irgendetwas Sinnvolles, Zielgerichtetes zu tun. Hier blieb ihm nichts. Hier lag er und besaß nur seinen Kopf, mit dem er nachdenken konnte über das vergangene Gespräch, oder über seine Zukunft, oder mit dem er seinem Gejammer und irgendwelchen Sentimentalitäten nachhängen konnte.

War er bereit, zu sterben?

Wieder drängte diese Frage in sein Innerstes, umkreiste ihn wie ein lauernder Teufel. Er fürchtete sich vor diesem Teufel, denn das war der letzte Ausweg, wenn er auch Befreiung von allen drückenden Sorgen versprach. Fast wäre er gerade gestorben, fast hätte ihn der Schwarze umgebracht. Nur ganz knapp war er dem Tod entgangen.

In diesem Moment selbst, die zupackenden Fäuste fest um seinen Hals geschlossen, in diesem Moment an der Schwelle, das Bewusstsein zu verlieren, war ihm der Gedanke ans Sterben gar nicht gekommen. Irgendwie hatte die Situation auf ihn wie der Showdown zu einem billigen Film gewirkt. Hätte er nicht die Atemnot und den Schmerz an seinem Hals körperlich empfunden, wäre es für ihn in gerade diesem Moment ein willkommenes Hinübergleiten in den ewigen Frieden gewesen, nichts Großartiges, nichts Gewaltiges, sondern eine Erlösung von dem Horror, der ihm angedroht worden war.

Es wäre so einfach gewesen!

So war es nicht gekommen. Er war gezwungen, weiter den Weg der Qual zu gehen, zu kämpfen, seine Route durch den Sumpf zu suchen.

Karl ertappte sich bei diesen törichten Gedanken und erschrak. Das bin doch nicht ich, der ich mir solche Dinge einrede –, fuhr es ihm durch den Sinn. Ich will doch leben, will mein Amt, meine Lebensaufgabe ordentlich ausüben. Will für meine Familie sorgen, meinen kleinen Harald aufwachsen sehen, will weiter Karriere machen, habe doch noch Ziele. So schnell bringt man doch keinen Blessed Chief Karl zur Aufgabe!

Die Spekulation über das, was den Entführern noch schief gehen konnte, schlich mit leisen Schritten in sein Denken. Der Teufel flüsterte ihm zu: Wer sagt denn, dass sie die Technik so virtuos beherrschen, wie es der Schwarze behauptet hat? Wer sagt denn, dass alles glattgeht? Bisher sind das nur Behauptungen dieses Wahnsinnigen. Warte ab. Warte einfach ab!

Der miese Schwarze hatte Recht: Die Hoffnung, den Entführern könne eine Panne unterlaufen, sie könnten etwa den Chip nicht aktivieren oder verlören den Kontakt zu ihm oder …, die Hoffnung, dem aufgezeigten Schicksal zu entrinnen auf irgendeine preiswerte, einfache Art, das würde ab jetzt sein Lebensnerv sein. Diese Hoffnung würde ihn auch in verzweifelten Augenblicken vor dem letzten Schritt bewahren. Er würde nicht fähig sein, das Schwert des Märtyrers gegen sich selbst zu führen.

Ich sehe meine Familie, mein Haus, meine Mitarbeiter wieder! Ich werde Auswege finden, mit der Bedrohung klarzukommen, werde die Situation beherrschen lernen! Ich bin Blessed Chief Karl! Ich bin ich! Ich habe einen Namen zu verlieren! Man schaut auf mich und erwartet Leistung von mir! Ich will diese Leistung erbringen! Reiß dich zusammen, Blessed Chief Karl!

Die stummen Zurufe ans eigene Ich bewirkten, dass ihm etwas wohler wurde. Karl hatte ein erstes der langen Reihe Tiefs, die wahrscheinlich noch vor ihm lagen, durchschritten. Genau dieser Mechanismus würde seine Zukunft bestimmen, das erneute Hochrappeln, das Anlehnen an seine Stellung im Blessed Island, an seine Herkunft und sein Versprechen an seine Herkunft. Er würde den Käfig seiner Bestimmung, seiner Einstellung zum Leben, nie durchbrechen können, besaß kein Veränderungspotenzial, war abonniert auf den für sein Leben festgelegten Leitfaden. Abonniert auf die Palette an Farben, die er nun einmal für sein Lebensbild gewählt hatte.

Nichts, weder Einsicht noch Bedrohung, weder gutes Zureden noch Todesgefahr, hatten ihn bisher weichgespült. Nach Lage der Dinge würde ihn auch in Zukunft nichts weichspülen. In ihm war der Welt ein Hardliner geboren, der unter allen Bedingungen nur seinem eigenen, unumstößlichen Leitbild verhaftet war.

Das war seine Stärke.

Und das war seine Schwäche.

Hannah saß auf ihrem Lieblingsplatz, einen Reader auf dem Schoß. Sie blätterte in den Ergänzungsunterlagen zur Unterrichtsanweisung des Ideologiestabs. Sie fand, was sie suchte: Die Antwort auf Yasemins Frage. In umständlicher Sprache wurde lang und breit erklärt, wie und warum die „Dark People" zu dieser Bezeichnung gekommen waren. Was Hannah nicht wusste: Vor nicht einer Stunde hatte Karl die Erklärung für einen gewissen Dingo in wesentlich einfacheren Worten zusammengefasst.

Beruhigt legte Hannah den Reader beiseite. Jetzt wusste sie, was sie der Klasse auseinanderzulegen hatte. Bis zur nächsten Frage, die sie aus der Bahn warf.

Warum stand sie der Ideologie so fern? Warum war sie unfähig dazu, sie zu inhalieren, wie ihr Mann?

Die Materie war einfach zu trocken. Sie interessierte sich schlicht nicht dafür. Die Bedingungen für das Funktionieren ihres Gemeinwesens, die einschlägige Publikationen aufgriffen, waren ihr zu schwülstig, zu überfrachtet mit Parolen. Das war nichts für sie. Hauptsache war doch, dass die Grenze zum Dark Country sicher war und sie den Wohlstand behielten, der ihnen ein wunderbares Leben ermöglichte. Und dies alles zu erhalten für zukünftige Generationen.

Hanna schreckte auf. Sie musste los, Harald vom Kinderhort abholen!

Schnell verließ sie das Haus. Sie vergeudete keinen weiteren Gedanken an ihre nächste Ideologiestunde. Das würde sich alles fügen.

Wombat hockte auf dem eisernen Bettgestell in seiner Gefängniszelle, das Kinn auf die Hände gestützt. Er grübelte über das nach, was ihm in so kurzer Zeit widerfahren war.

Die Übelkeit hatte sich endlich gelegt. Er verspürte Hunger.

Das Abendessen war für ihn ausgefallen und so sah er mit Appetit dem Frühstück entgegen. Das allerdings würde noch einige Zeit auf sich warten lassen.

Hier im Gefängnis des Blessed Island Molonglo war die Welt der Blessed People nicht ganz so sauber und aufgeräumt wie die draußen auf den Boulevards. Gefangene hatten die Wände mit Schmierereien bedeckt, Ausdruck ihrer gähnenden Langeweile. Strichlisten standen in direkter Nachbarschaft zu zotigen Sprüchen und ordinären Zeichnungen. Für Wombat erstaunlich, dass Blessed People anscheinend genauso tickten wie Dark People. Die Unterschiede bestanden wohl hauptsächlich in Äußerlichkeiten — jedenfalls, was die Klientel betraf, die hier einsaß. Die Wände legten darüber Zeugnis ab.

Aber so schlecht war die Unterbringung in dieser Einzelzelle nun auch wieder nicht, zwar beengter, aber nicht wirklich schlechter als seine Hütte im Dark Country. Das Bett jedenfalls war ordentlich und komfortabel und mit ungeflicktem Leinen bezogen, das einen frischen Geruch nach Meeresbrise verströmte. Ein solches Bett besaß er zu Hause nicht.

Ihn erwartete mit Sicherheit ein Prozess. Er kannte das übliche Strafmaß nicht. Darüber hatte er sich bei seiner Zusage an Dingo keinerlei Gedanken gemacht. Zimperlich würden die Blessed People wohl kaum mit ihm umgehen. Es war schon verrückt, dass man allein für die Tatsache, das Territorium eines Blessed Island betreten zu haben, bestraft werden konnte. Mit schlichtem Rauswurf. Aber Wombat hatte sich mehr auf sein Kerbholz geladen. Nicht mit allem war er einverstanden. Der Spionagevorwurf ging ja noch an. Als aktiver Entführer war er aber ganz bestimmt nicht anzuklagen.

Wombat schüttelte den Kopf und seine Ellenbogen übertrugen die Bewegung auf seine Knie. Da hatte er wohl die Gefangenschaft der Lebensumstände im Dark Country mit der Gefangenschaft im Gefängnis der Blessed People getauscht. Welche Art von Gefangenschaft war nun die bessere? Das konnte er noch nicht beurteilen. Hier würde es jedenfalls regelmäßige Mahlzeiten geben, kontrollierte Lebensmittel, sauberes Wasser und er würde nicht um sein Einkommen kämpfen müssen. Dem stand die Einschränkung der Bewegungsfreiheit gegenüber. Ob er hier Kontakt zu Frauen bekäme, das stand in den Sternen.

Er grübelte über die Schicksale seiner Mitstreiter nach. Das andere Double, der Pilot, war schon vor ihm festgesetzt worden. Seine Spur hatten die Häscher am leichtesten aufnehmen können. Auch Dingo und seine Truppe wurden sicherlich bald aufgestöbert.

Vielleicht würde er sie irgendwann im Gefängnishof treffen? Oder setzten sie sich zur Wehr und fielen im Kampf?

Der Gedanke war ihm zu düster für diesen düsteren Ort und er ließ ihn schnell fahren. In seinem Herzen war im Moment kein Platz für Mitleid. Er hatte seine eigenen Probleme – mochten die anderen die ihren lösen!

Großartig verschlechtert hatte sich seine persönliche Lebenssituation jedenfalls nicht. Einen halben Tag lang hatte er ein Abenteuer erleben dürfen, ein großes Abenteuer, das durch kein Erlebnis in seiner eigenen, bescheidenen Welt hätte übertroffen werden können. Er zehrte von diesem Abenteuer, ließ die Aussicht aus seinem Hotelfenster Revue passieren, spürte den Wohlgerüchen der Welt der Blessed People nach, sah all diese korrekt gekleideten, gepflegten Politiker im Konferenzsaal vor sich. Wie lange er von solchen Eindrücken zehren würde, wusste er nicht. Das interessierte ihn auch nicht. Es zählte das Erlebnis, das ihm niemand mehr nehmen konnte, und er stilisierte es zum Großereignis seines Lebens hoch.

Wombat war von seiner Natur her Optimist. Ein Gegenwartsmensch, dem das Jetzt und Heute ganz nahe, das Morgen unendlich fern schien. Er war kein systematischer Planer, der seinem Leben feste Leitplanken verpasste, sondern der Tagträumer, der Negatives unter seinem Optimismus begrub, Positives seinem Optimismus als Nahrung zuführte. Er würde nicht trübsinnig werden in seiner Zelle, würde jedem Tag das abringen, was ihn am Leben erhielt. Er würde anderen Sträflingen tausendfach von seinem Abenteuer erzählen, das ihn für einen halben Tag groß gemacht hatte. Seine Zuhörer würden sich gelangweilt von ihm abwenden, weil sie die Geschichte längst nicht so großartig fanden, wie ihr Erzähler. Wombat aber würde nichts davon merken, würde immer neue Details ausschmücken, würde andere hinzudichten. Seine Gabe zur Selbsttäuschung versprach ihm ein zufriedenes Dasein hinter Gefängnismauern.

Rabea kam an diesem Tag nicht zum Nachdenken. Robin hatte gleich am Morgen eine heftige Unruhe erfasst. Er wälzte sich in seinem Bett hin und her, schrie, verkrampfte die Hände im Betttuch. Niemand konnte sich vorstellen, welche Kämpfe er ausfocht. Litt er Schmerzen? Waren es Albträume? Rabea verzweifelte darüber, dass keine Kommunikation mehr mit ihrem Mann möglich war.

Wieder und wieder tupfte sie Robin den Schweiß von der Stirn. Er fasste sich glühend heiß an. Mit einem feuchten Tuch benetzte sie Robins rissige Lippen und seine Mundhöhle. Mehr konnte sie nicht tun. Schluckreflexe zeigte er seit Wochen nicht mehr. Nur die künstliche Nahrung über einen der Tropfer hielt sein bisschen Leben noch in dieser Welt fest.

„Rabea, schau! Die haben mir die Zugangsdaten zu einem neuronalen Chip geschickt. Hier steht, den haben sie diesem Blessed Chief Karl implantiert. Oh, wir sollen ihn von hier aus kontrollieren! Hammer! Sieh dir das an.“

Sie seufzte. Hier das Elend, hinter dem Vorhang die Begeisterung.

„Ich kann nicht, Jungchen. Du wirst es schon machen. Ich muss bei Robin bleiben.“

Der Knabe drüben kam einfach nicht zur Ruhe. Ganze drei Stunden hatte er zwischendurch geschlafen. Jetzt daddelte er wieder an seinem Computer herum. Woher nahm er dieses Durchhaltevermögen, diesen Eifer?

Rabea dachte an Samira. War sie wenigstens glücklich geworden? Wo sie bloß steckte?

Nicht im Entferntesten hätte sie geglaubt, welches düstere Tal ihre Nichte gerade durchschritt.

Samira hockte in irgendeinem der unterirdischen Gänge und heulte, bis sie keine Tränen mehr besaß. Irgendwo in seinen Gedärmen hatte sie den Teil des Bunkers verlassen, in den ihre Leute Strom gelegt hatten. Zum Glück führte jeder von ihnen ständig eine Taschenlampe mit sich – so auch sie. Für den Fall, dass die Stromversorgung streikte. Um die Akkus zu schützen, hatte sie ihren einzigen Lichtspender ausgeknipst. Jetzt saß sie völlig im Dunkeln auf dem Boden, den Rücken an eine Betonwand gelehnt.

Als sie der Terrorzelle im australischen Outback zugeteilt worden war, hatte sie geglaubt, dass alle Wunden ihrer Herkunft verheilt seien. Natürlich waren die beiden Ärzte Blessed People, genau wie die Biologin Susan und Dingo. Sie war die einzige Dark Woman im Team. Niemand ihrer Kameraden hatte ihr bisher diesen Unterschied unter die Nase gehalten. Ihre anfängliche Schüchternheit war dem Stolz darauf gewichen, als Gleichberechtigte in die Reihen der strahlenden Sieger aufgenommen worden zu sein.

Hatte sie sich etwas vorgemacht? Und wie stand es um ihre Liebe zu Dingo?

Samira hatte ihren Lebensgefährten bewundert, zu ihm aufgeschaut. Er war ihr so klar sortiert erschienen in seinen Zielen, seinen Ansprüchen. Und er war ihr offen und ohne Standesdünkel entgegengetreten – vom Anfang ihrer Beziehung an. Das hatte sie sich nicht etwa vorgemacht. Dingo hatte sie kein bisschen missachtet wegen ihrer Herkunft. Natürlich hatte sie kein Studium absolviert, wie die anderen alle. Sie war nur in irgendwelchen Verstecken auf ihre Aufgaben vorbereitet worden, war ausgestattet worden mit notwendigem Wissen, hatte keine akademische Bildung genossen.

Ihr war die Chance nicht in den Schoß gefallen, wie ihren Kameraden. Für sie war der Gegensatz der beiden Seiten, der hellen und der dunklen, kein intellektuelles Gedankenspiel gewesen, sondern täglich am eigenen Leib erfahrene Realität. Auf der Mülldeponie der Blessed People hatte sie als Kind geschuftet, von ihren

Überbleibseln gelebt. Weil nur das ihr ein Überleben auf bescheidenem Niveau gesichert hatte. Das wussten hier alle. Samiras Gedanken wurden bitter, wenn sie über die Duldung durch die Mitstreiter in der Zelle nachgrübelte. Die Borniertheit der Blessed People steckte fest in ihren Köpfen, ließ eigentlich keine Öffnung zu. Ein Käfig, aus dem heraus es sich herrlich über humanere Bedingungen für die Menschheit diskutieren ließ.

Der Gefangene kam ihr in den Sinn. Auf welche der beiden Seiten gehörte er nach der Operation? War er dadurch nicht zum Spielzeug der eigenen Leute geworden, herausgeschubst aus dem Herrenleben? Verachteten die Kameraden ihn nicht genauso wie sie, die Dark Woman?

Auf irgendeine Weise war dieser Blessed Chief Karl jetzt tatsächlich ein Dark Man. Keiner, der auf Samiras Seite der Blessed Border geboren worden war und deshalb dazugehörte, sondern einer, den sie zum Fußabtreter degradieren wollten.

War sein Leben in Gefahr?

Uneingeschränkt: Ja!

Samira war selbst verblüfft von der Klarheit ihres Urteils. Dass Dingo ihn beinahe schon getötet hätte, war das Eine. Dass er sein Versprechen halten würde, den Blessed Chief zu verschonen, auch wenn er nicht mitspielte, kaufte sie ihrem Partner nicht mehr ab. So wie er sie im Fall des Piloten hintergangen hatte, würde er nicht zögern, sie noch einmal zu hintergehen. Am Ende musste der Mann sterben, denn nach allem, was sie in der Nachrichtenzentrale aus dem Gefangenenraum mitgehört hatte, war er ein unbeugsamer Mensch.

Sie wollte und konnte das nicht akzeptieren. Am Beispiel ihrer Mutter hatte sie als Kind miterleben müssen, was Mord bedeutete. Nicht für den, der getötet wurde, sondern für die, die er hinterließ. Hatte in den Unterlagen über den Gefangenen nicht gestanden, dass er Familie besaß? Frau und Sohn.

Ein Kind, wie sie damals!

Die Narben, die ihre Seele vom Tod der Mutter immer noch trug, wollte sie niemandem angetan wissen. Für keine noch so angeblich edlen Motiven!

In Samira reifte in dieser Nacht ein Entschluss.

Befreiung

Vom langen Liegen schmerzte Karls Rücken. Die Riemen an den Gliedmaßen ließen ihm nur einen knappen Bewegungsspielraum. Außerdem schrie sein Darm nach Erleichterung. Er schob es auf das faulige Wasser. Das körperliche Bedürfnis verdrängte fürs Erste seine Probleme, schob sich in seinem Bewusstsein wie ein Riegel vor alle anderen Gedanken, denen er nachgegangen war.

Was einen der eigene Körper quälen konnte!

Er versuchte, seine Empfindungen von dem steigenden Druck in seinem Unterleib abzulenken. Es gelang ihm nur mangelhaft.

Sollte er rufen? Sollte er dem Druck einfach nachgeben?

Karl entschloss sich, zu rufen. Erst in Zimmerlautstärke. Dann lauter. Nichts. Schließlich brüllte er sein Bedürfnis hinaus, wütend über die Missachtung.

Sollte er hier ganz verkommen? War die Erniedrigung Kalkül?

Außerhalb seines Gefängnisses herrschte absolute Ruhe. Oder eventuelle Geräusche drangen nicht durch die Stahltür.

Sehnsüchtig starrte Karl auf den Toiletteneimer, der keine zwei Meter von ihm entfernt auf ihn wartete. In was für einer erbärmlichen Lage steckte er, die es ihm nicht einmal erlaubte, seine einfachsten Bedürfnisse zu befriedigen. Er ruckte an seinen Fesseln. Die gaben erwartungsgemäß keinen Deut nach.

Plötzlich kam Bewegung in die Klinke der Zellentür − zaghaft, nicht kräftig, nicht entschlossen. Zuerst gewahrte er die langen Haare, die durch den Türspalt geschoben wurden, dann das schmale Gesicht einer jungen Frau mit einer auffälligen Hakennase. Endlich huschte die Gestalt vollends in sein Gefängnis hinein, den Zeigefinger der rechten Hand auf ihre schmalen Lippen gelegt zum Zeichen, er möge sich ruhig verhalten.

„Ich muss mal", begrüßte er sie trotz ihrer Aufforderung zu schweigen.

Die Frau verschloss die Tür sorgfältig. Dann trat sie, immer noch ohne ein Wort zu sagen, an seine Pritsche heran, löste zuerst die Riemen an seinen Fußgelenken, anschließend die an seinen Armen. Mit geübten Fingern zog sie die Kanüle aus seinem Arm und klebte ein Pflaster, das sie aus ihrer Hosentasche zog, auf die kleine Wunde. Anschließend löste sie die Kontakte von seiner Brust und warf die Strippen, die ihn mit der medizinischen Apparatur verbunden hatten, achtlos zu Boden. Zum Schluss zog sie mit einem Ruck den Katheder aus seiner Harnröhre. Ein kurzer Schmerz durchzuckte seinen Unterleib.

„Aua!"

Die Frau sah ihn ermahnend an.

Endlich von allen Fesseln befreit, sprang Karl auf, den Stich in seinem Rückgrat kaum wahrnehmend. Er fegte das Laken, das ihn hüftabwärts bedeckte, zur Seite, stürmte auf den Toiletteneimer und erleichterte sich. In seiner Not hatte Karl gar nicht bemerkt, dass er völlig nackt war. Erst jetzt wurde ihm das peinlich.

„Haben Sie etwas zum … nun ja, reinigen?"

Samira reichte ihm ein paar Lagen Gaze, die neben dem Monitor herumlagen.

„Drehen Sie sich bitte um!"

Samira gehorchte.

Karl verrichtete, was zu verrichten war.

„Haben Sie etwas für mich zum Anziehen?", fragte er.

Die Frau rupfte das Laken von der Pritsche und hielt es ihm hinterrücks hin. Mit einer wohltönenden Altstimme beschied sie ihn: „Das muss reichen."

Karl nahm den Stofffetzen an und schlang ihn um seine Mitte.

„Sie können sich gerne wieder umdrehen."

Er stand der Frau nun direkt gegenüber. Sie war fast einen Kopf kleiner als er und wirkte in ihrer ganzen Erscheinung zerbrechlich. Mit Leichtigkeit hätte er sie packen und an seiner Stelle auf die Pritsche schnallen können, aber er war immer noch zu verblüfft, um irgendwelche Beschlüsse zu fassen.

Stattdessen fragte er knapp: „Und nun?"

„Sie müssen hier weg! Dingo wird Sie umbringen. Er wird unzurechnungsfähig. Er hält die Anspannung nicht aus."

Dingo hieß dieser Schwarze also. War das eigentlich ein Name? Völlig belanglos!

„Gerne. Und wie?"

„Folgen Sie mir. Ganz leise. Ich bringe Sie fort von hier. Vorher klauen wir noch den Computer aus unserer Nachrichtenzentrale. Darauf sind alle wichtigen Daten gespeichert, die unsere Leute für die Ansteuerung Ihres Chips brauchen. Sie werden frei sein!"

Ein Wechselbad der Gefühle überfiel Karl. Durfte er dieser Frau vertrauen, oder stellte sie ihm eine Falle?

Alles war besser, als auf dieser Pritsche gefangen zu liegen und auf den schwarzen Bastard und seine Almosen zu warten. Er besaß keine andere Option. Karl vertraute dieser schmächtigen Person zwar kaum mehr als dem Schwarzen, doch sie versprach ihm wenigstens die Rückgewinnung seiner Freiheit. Wer konnte schon wissen, ob ihm noch einmal so unverhofft eine Gelegenheit zur Flucht in den Schoß fiel.

Samira ging zur Tür. Hatte sie vor dem Eintreten in das Gefängnis noch gezweifelt, war sie jetzt ganz Tat. Vorsichtig spähte sie durch den Türspalt hinaus. Der Weg schien frei zu sein. Mit einem Handwedeln lotste sie Karl herbei. Sie betraten den Gang.

Karl hatte nach dem langen Liegen Mühe, seiner Befreierin im angeschlagenen Tempo zu folgen. Sie huschte flink und lautlos vor ihm über den Flur, während er steif hinterherschlurfte. Durch mehrere Windungen des Ganges, von dem hier und da weitere Räumlichkeiten abzweigten, gelangten sie in ein etwas größeres Zimmer, in dem ein paar Möbel und etwas Technik untergebracht waren. Wie überall herrschte hier die bedrückende Bunkeratmosphäre. Die Stille war zum Anfassen.

Zielstrebig packte sich die Frau einen der herumstehenden Computer unter den Arm und schlich unverzüglich weiter. Das alles hatte keine Minute gedauert. Bald standen sie vor einer massiven Pforte, die durch eine vertikale Eisenstange verriegelt war.

„Jetzt wird es heiß", warnte ihn Samira und öffnete das Tor.

Karl duckte sich, weil er die Vokabel „heiß" irrtümlich als Vorwarnung auf irgendeine Gefahr auffasste. Gleich nach dem

Aufspringen des Tors wurde ihm klar, was tatsächlich gemeint gewesen war. Erbarmungslos nahm ihm die flirrende Wüstenluft den Atem. Gleichzeitig wurde er von dem gleißenden Sonnenlicht so geblendet, dass er unwillkürlich die Augen schloss. Er fühlte, wie die Frau sein Handgelenk ergriff, und folgte ihr blind in das Hitzeinferno hinein. Kaum berührten Karls nackte Füße den Sand, wäre er am liebsten wieder zurück in den Bunker geflüchtet. Unvorbereitet traf seine Hornhaut auf das kochende Quarz.

Er versuchte, das Brennen unter seinen Fußsohlen durch einen Stakkato artigen Trippelschritt zu mildern. Es war nicht einfach, in dieser Art der Fortbewegung Anschluss an seine vorwärts stürmende Retterin zu halten. Vorsichtig öffnete Karl die Augen zu winzigen Sehschlitzen. Durch die glitzernden Wimpern hindurch erkannte er schemenhaft die Ruinen eines Gebäudes, halb unter Wüstensand begraben. Seine Führerin kämpfte sich mit ihm auf eine halbwegs erhaltene Hausecke zu. Reste eines Daches spendeten hier einem kleinen Fleck bescheidenen Schatten. Dort hielt die Frau an.

Samira betätigte den Fernschlüssel. Die Drohnen waren mehrere Kilometer entfernt in einem Versteck abgestellt, damit sie niemandem einen Hinweis auf ihren Unterschlupf gaben. Ängstlich schaute sie immer wieder zur Eingangspforte des Bunkers zurück. Zum Glück folgte ihnen niemand.

Eine Weile geschah nichts. Endlich hörte Karl den Antrieb einer Drohne am Horizont. Das Geräusch kam rasch näher. Es wurde durch eine verbeulte Drohne älterer Bauart verursacht. Karl begriff: Mit dieser Blechbüchse würden sie den Vorhof der Hölle verlassen. Den Sand aufwirbelnd, landete das Fluggerät keine fünfzig Meter von ihnen entfernt.

Samira winkte der Geisel.

„Das Ding sieht zwar nicht so aus, ist aber unsere Schnellste. Wenn wir zehn Minuten Vorsprung haben, kann uns keiner mehr einholen!"

Sie rannte los und Karl folgte ihr. Wieder biss die Hitze in seine Füße, aber er rang den Schmerz nieder. Unbehelligt erreichten sie die Drohne und stiegen ein. Wieder wäre es Karl möglich gewesen, das Leichtgewicht zur Seite zu stoßen und die Flucht alleine fortzusetzen. Erneut brachte er den Mumm dazu nicht auf. Seine Retterin warf den Computer achtlos auf den Rücksitz und gab Gas. Senkrecht erhob sich die Maschine in die Freiheit.

Hier drin war die Hitze noch unerträglicher als draußen. Samira betätigte den Knopf der Klimaanlage. Von allen Seiten strömte gekühlte Luft in den Innenraum der Drohne. Kurze Zeit später herrschten angenehme Temperaturen.

Karl rieb sich mit dem Spann seines rechten Fußes die schmerzende linke Fußsohle. In regelmäßigem Rhythmus wechselte er die Füße ab. Heftige Stiche zeigten ihm an, dass er eine regelrechte Verbrennung erlitten hatte, die er wohl noch ein paar Tage aushalten müsste.

Samira hielt die Drohne auf niedriger Flughöhe. Jetzt, wo es beinahe geschafft war, kroch die Angst in ihr hoch. Gleichzeitig eine tiefe Befriedigung über ihren entschlossenen Schlussstrich — unter was auch immer.

Karl, der noch immer nicht recht begriff, was gerade mit ihm geschah, versuchte ein Gespräch mit seiner Retterin anzufangen.

„Wer sind Sie eigentlich?"

„Tut nichts zur Sache."

Schon wieder so eine Geheimniskrämerei —, dachte Karl und merkte laut an: „Habt ihr denn hier alle keine Namen? Ich heiße jedenfalls Karl. Blessed Chief Karl."

„Ich weiß", lautete die lakonische Antwort. Samira verspürte wenig Lust darauf, sich ein Gespräch aufzwingen zu lassen.

Karl ließ nicht locker. „Warum haben Sie mich befreit? Ist dieser Dingo Ihr Freund?"

„Er war es", gab Samira heftiger zurück, als beabsichtigt.

„Und Sie? Sind Sie auch einer von den Weltverbesserern?"

„Guter Mann, wer ich bin und was ich bin, das geht Sie einen Scheiß an! Ich bringe Sie jetzt in Sicherheit, und dann sind wir geschiedene Leute. Ich werde einfach wieder verschwinden und gut ist."

Kaum war er der Freiheit ein Stück näher, verfiel Karl wieder in typische Denkmuster. Nüchtern versuchte er aufs Neue, fast schon mechanisch, Informationen zu sammeln, um seine Situation zu überblicken.

„Aber Sie werden doch verstehen, dass ich ganz gerne wüsste, warum mich der eine umbringen will und der andere befreit. Da hättet ihr doch diese ganze Entführungsgeschichte nicht zwischenzuschalten brauchen. Ihr verlangt meiner Geduld schon eine Menge ab!"

Samira schwieg. Warum hätte sie auch mit diesem Mann sprechen sollen? Über was? Sie hatte beschlossen, ihn zu retten. Sie hatte nicht vor, zur Verräterin zu werden.

Es wurde still in der Drohne, die mit Höchstgeschwindigkeit über den endlosen Wüstensand, nur unterbrochen von ein paar Felsformationen, dahinsauste. Karl blieb seinen eigenen Gedanken überlassen. Ab und zu spähte er vorsichtig zu seiner Befreierin herüber, die wie erstarrt hinter den Kontrollinstrumenten saß. Im Profil war ihre Hakennase noch deutlicher zu sehen.

Was mochte wohl in ihr vorgehen? Hatte es Streit unter den Terroristen gegeben? War er wirklich in Sicherheit?

Jedenfalls fasste Karl Vertrauen, denn er wollte vertrauen, war müde von den Bedrohungen. Das Gefühl, gerettet zu sein, erfüllte ihn wie ein gemütlicher Abend nach einem anstrengenden Arbeitstag. Er stellte sich Hannahs Gesicht vor, wie sie mit ihm vor dem Kamin saß, sie einen Tee vor sich, er einen Cognac. Bald würde er wieder einen solchen Abend verleben dürfen, bald war die Gefahr überwunden.

Die Verkrampfung wich aus seinem Körper. Nur der von der unglücklichen Liegeposition schmerzende Rücken, der anhängliche Kopfschmerz, und die brennenden Fußsohlen störten sein Wohlbefinden. Abwesend schaute er über die glitzernde Sandfläche hinweg, die sie in rasendem Tempo überquerten, und über der eine weiße Sonne in einem tiefblauen Himmel stand.

Sein Kopf wurde leer.

„Rabea, jetzt musst du aber kommen. Das ist mega!"

Sie hörte, wie ihr Untermieter unruhig auf seinem Hocker hin und her rutschte. Der Junge stand unter Spannung, seit er die Identität des Blessed Chief geknackt hatte. Nur ihrer Engelsgeduld war es zuzuschreiben, dass sie ihn nicht schon längst wütend zurechtgestaucht hatte.

Dieser Kindskopf! –, dachte sie liebevoll.

Robin hatte sich zum Glück wieder beruhigt. Er schlief seinen typischen Dämmerschlaf. Da konnte sie ohne schlechtes Gewissen hinübergehen. Sie schob den Vorhang beiseite und warf einen Blick in die Ecke, in der ihr quirliger Mitbewohner residierte.

„Was gibt's?", fragte sie.

„Die haben mir doch den Zugangscode geschickt. Den zu dem Chip im Kopf von dem Macker. Und eine Menge Daten, die dazugehören. Ich habe es geschafft! Jetzt können wir online gehen, ausprobieren, was alles funktioniert!"

Rabea war abgehängt.

„Ich verstehe nix davon, was du mir gerade erzählst. Fang doch bitte ganz in Ruhe von vorne an."

Der Hacker war nicht begeisterte davon, von seinem Computer abzulassen. Trotzdem erklärte er Rabea in groben Zügen, worum es ging. Und was seine Aufgabe dabei war.

„Ah. Jetzt bin ich wenigstens etwas im Film."

„Magst du ihn sehen?"

„Was?"

„Na, den Film natürlich."

Konzentriert trat er in Kommunikation mit seinem Computer.

Rabea spürte ganz andere Bedürfnisse als der Junge.

„Möchtest du etwas essen?"

„Nee. Lass mal. Ich will nur noch eins: auf Sendung!"

Schulterzuckend schlurfte Rabea zur Küchenanrichte hinüber. Sie schmierte Margarine auf Schwarzbrote – etwas anderes war gerade nicht im Vorrat –, und servierte dem Jungen die bescheidene Mahlzeit auf einem abgewetzten Brettchen. Der nahm sich nicht die Zeit, zu essen.

„Warte. Ich hole noch Tee."

Als sie mit zwei Tassen zurückkam, staunte sie zum wiederholten Male nicht schlecht über das Talent des Computerfans. Auf dem Bildschirm sah sie, aus der Perspektive eines Menschen, den Innenraum einer Drohne und die unwirkliche Aussicht durch die Drohnenfenster: eine Wüste!

„Was ist das?", rutschte ihr heraus.

„Das weiß ich auch nicht. Der, der kuckt, ich meine, der, den wir kucken lassen, das muss der Macker sein, auf den wir gestern gestoßen sind."

„Und zu wem gehören die langen Haare, von denen immer wieder eine Strähne ins Bild gerät?"

„Keine Ahnung. Ist seine Pilotin oder so was."

„Wo will die denn mit ihm hin? Ich dachte, die wollten den Macker austauschen. Kannst du nicht mal mit denen da unten Kontakt aufnehmen und nachfragen?"

„Ist wohl besser."

Der Junge setzte die entsprechende Nachricht ab. Kurz darauf erhielt er eine Fehlerbenachrichtigung.

„Rabea, is nix. Die sind abgestöpselt."

„Wie, abgestöpselt?"

„Guck auf die Meldung, ich übersetz dir das: ,Der Kontakt kann nicht hergestellt werden'. Die sind vom Netz heruntergegangen."

„Warum das denn?"

„Weiß ich auch nicht. Ob es da unten Schwierigkeiten gibt?"

„Verdammt. Das will ich nicht hoffen. Beobachte die beiden mal gut. Wenn wir nur etwas hören könnten!"

„Ich pass auf wie ein Lux. Und das mit dem Hören schaffe ich auch noch!"

Der junge Mann vertiefte sich wieder in seinen Computer. Rabea kannte diesen Ausdruck in seinem Gesicht genau und wusste, er würde nicht eher Ruhe geben, bis er den Sprung vom Stummfilm zum Tonfilm bewerkstelligte. Und währenddessen würden die Schwarzbrote trocken und sich ihre Ecken hochbiegen.

Vernichtung

Es krachte im gesamten Bunker. Von überall her.

Dingo fiel beinahe aus dem Bett, als die Explosionen ihren Unterschlupf erschütterten. Kurz darauf stieg ihm ätzender Rauch in die Nase. Er hustete. Seine Augen brannten fürchterlich. Dann hörte er das Stampfen schwerer Stiefel im Gang und wusste: sie waren entdeckt!

Über den Flur hinweg gellte Susans Schrei. Ein Kreischen des Entsetzens, des tiefen Erschreckens. Kurz danach stöhnten Laurent und Jack auf. Dingo hörte Schmerzenslaute, Wutgetöse, Beschimpfungen.

Wo war Samira?

Dingo erwartete ihren Hilferuf. Seine Augen tränten, so dass er den Raum wie durch einen Schleier wahrnahm. Die Stiefelträger würden jeden Moment hereinstürmen. Wehren war in dieser Situation sinnlos. Warum hatten sie nicht daran gedacht, Waffen in ihren Schlafräumen zu deponieren?

Schon stand jemand im Türausschnitt. Durch den Tränenschleier hindurch konnte er ihn nur schemenhaft erkennen, notierte aber Kampfanzug, Gasmaske und eine Pistole, die auf ihn gerichtet wurde.

Das ist das Ende –, schoss es ihm durch den Kopf. Das war mein Traum von einer besseren Welt!

Ein zweiter Stiefelträger erschien. Auch er legte mit seiner Waffe auf Dingo an.

„Aufstehen", befahl der Erste.

Als Dingo nicht schnell genug reagierte, trat ihn der Zweite in die Seite. Er zuckte unter dem Schmerz zusammen, rappelte sich trotzdem hoch, und hielt seine Arme schützend über den Kopf.

„Hände auf den Rücken", wurde er angefahren.

Diesmal folgte er der Anweisung schneller. Er fühlte Metall um seine Handgelenke zuschnappen. Dann trieben ihn die beiden Uniformierten in den Labortrakt, der weniger vernebelt war. Dort standen schon Susan, Laurent und Jack, ebenfalls mit auf den Rücken gefesselten Armen.

Wo war Samira? Lebte sie noch?

„In einer Reihe an der Hinterwand aufstellen, das Gesicht zur Wand."

Um ihrer Forderung Nachdruck zu verleihen, stupsten sie die Angreifer mit ihren Waffen an. Dingos Gedanken versanken in Funkstille. Die körperliche Bedrohung und das Ende aller Pläne besetzten sein Gehirn. Mehr gefühlsmäßig, denn als Tatsache.

Langsam füllte sich der Labortrakt mit Menschen. Weder Samira noch ihr Gefangener wurden hereingeführt.

„Sind das alle?", fragte einer der Stiefelträger.

„Ja, Captain. Sonst keiner da."

„Wo ist Blessed Chief Karl?"

„Die Basis meldet, dass er diese Katakomben vor etwa zwei Stunden gemeinsam mit einer Frau verlassen hat. Unsere Leute verfolgen ihre Drohne und warten auf Ihren Befehl, Sir."

„Gut. Beobachtet sie noch eine Weile. Sobald die Gelegenheit günstig ist: Zugriff! Jetzt werden wir erst mal diese armseligen Pfeifen zum Singen bringen. Wer ist euer Anführer?"

Keiner der Festgenommenen gab Antwort.

Dingo dachte an Samira. Wenn er das eben richtig verstanden hatte, war sie mit diesem Kotzbrocken zusammen geflüchtet. Irgendwie hatte er gewusst, dass sie schlapp machen würde. Ausgerechnet sie, die einzige von ihnen, die den Blessed People wirklich etwas zu vergelten hatte, den Mord an ihrer Mutter. Dass sie ihn so hinterging, versetzte ihm einen Stich.

„Na los. Wer ist euer Anführer?"

Wieder blieben alle stumm. Dingo wurde heiß. Er registrierte überrascht, dass ihn keiner verriet.

„Na gut, wenn keiner antworten will … Dann werden wir uns eben an den Schwächsten von euch halten. Bringt mir die Frau in den Nebenraum. Sie wird schon zwitschern. Wir können uns keinen Zeitverzug leisten."

Dingo spürte, dass er sich jetzt melden musste. Sonst würde er seine Autorität vollends verlieren. Er war der Anführer, war die ganze Zeit als solcher aufgetreten. Er war der Vater von „Morgensonne“. So sehr ihm das Herz in die Hose rutschte, er durfte nicht zulassen, dass Susan etwas angetan wurde.

„Ich bin der Leiter dieser Zelle.“

„Da schau her. Doch ein guter Hirte anwesend, der seine Herde nicht im Stich lässt. Packt den Kerl und bringt ihn in diesen merkwürdigen Raum, der nach Scheiße stinkt. Holt den Doc her. Der kann schon mal die Spritze aufziehen.“

Dingos Beine zitterten, als er von zwei Uniformierten in den Teil ihres Unterschlupfes geführt wurde, der früher wahrscheinlich einmal zur Tierhaltung benutzt worden war. Auf dem kurzen Weg dorthin flitzten ihm tausend Gedankensplitter durch den Kopf, doch in dem Chaos, das dort herrschte, versickerten sie einfach. Er würde sich diesen Militärs in allem fügen müssen. Ihn packte die nackte Angst um sein Leben und um die von Samira und seinen Mitstreitern.

Der Captain betrat unmittelbar hinter ihnen den ehemaligen Stall. Er trug keine Gasmaske mehr und rümpfte die Nase.

„Uuuuh. Scheiße zu Scheiße, das kommt gut.“ Zu Dingo gewandt setzte er hinzu: „Du bist also nach eigenem Bekunden der Verantwortliche für das alles hier?“

Er konnte nur nicken. Der Pfropfen in seinem Hals schwoll von Minute zu Minute weiter an.

Zwei Uniformierte schleppten einen Stuhl mit Armlehnen herbei, an deren Enden zwei aufgeschnittene Stahlringe befestigt waren. Dingo erkannte sofort den Zweck dieser Ringe. Schon wurden ihm die Handschellen abgenommen. Die Häscher stießen ihn zum Stuhl und ihm wurde bedeutet, er solle darauf Platz nehmen, und die Handgelenke in die Stahlringe legen. Irgendein Verschlussmechanismus klickte. Ein Weißkittel erschien.

„Hallo Doktor. Verpassen Sie ihm sofort eine Dröhnung, die an seine Grenzen geht. Wir sind ja nicht im Blessed Island und der Staatsanwalt hat hier nichts zu sagen. Und Sie“, der Befehlshaber zeigte auf einen seiner Untergebenen, „Sie sorgen dafür, dass das, was unser Wüstenpapagei zu plappern hat, mitgeschnitten wird. Das werden wir später noch brauchen."

Der Arzt stieß die Nadel grob in Dingos Oberarm. Der Stich kam für ihn unerwartet. Was würde nun folgen? Was würde dieses Medikament bewirken?

Dann bemächtigte sich das Zeug auch schon seines Bewusstseins, und er trat aus seinem Körper aus. Freiwillig beantwortete seine Zunge die gestellten Fragen. Mit einer ihm fremden Geschwätzigkeit.

„Wer bist du?"

„Seit wann seid ihr hier?"

„Wer fehlt noch?"

„Wie habt ihr den Mach-3-Jet heruntergeholt?"

„Wer hackt unsere Computer?"

„Was habt ihr mit Blessed Chief Karl gemacht?"

„Was kann der Chip, den ihr ihm eingesetzt habt?"

„Habt ihr Blessed Chief Karl gezielt ausgesucht?"

„Was sollte das? Was hattet ihr mit ihm vor?"

„Wer führt euch international an?"

„Mit wem arbeitet ihr noch zusammen?"

„Wo liegt dieser Horchposten?"

„Wer hat euch dieses Quartier gezeigt?"

„Woher habt ihr das Geld für all das?"

„Womit …"

Die Fragen prasselten wie die Schläge eines Dampfhammers auf seinen Kopf ein, quetschten seinen Schädel aus und nötigten seine Zunge zu endlosen Antworten. Das Gefühl für Raum und Zeit kam ihm gleich zu Anfang der Befragung abhanden. Zu allem Überfluss wurde ihm schlecht, speiübel. Von seinem Magen aufwärts fühlte sich seine Speiseröhre an, als würde sie mit Sandpapier traktiert.

Das interessierte den Verhörleiter kein bisschen. Er ließ einfach geschehen, was geschehen wollte, sah über die besudelte Kleidung seines Opfers hinweg. Der Captain senkte nicht einmal die Frequenz seiner Fragen, wenn es geschah. Er presste alles aus Dingo heraus – buchstäblich alles.

Endlich schien der Verhörmarathon ein Ende zu nehmen, denn der Truppführer wies seine Leute an, den Befragten zu befreien. Wie ein nasser Sack wurde Dingo aus dem Stuhl emporgehoben, und mit über den Boden schleifenden Fersen zu einer der kotbespritzten Wände geschleppt. Dort ließen ihn die Schergen achtlos fallen. Er besaß keinerlei Kräfte oder gar Körperbeherrschung mehr. Als Haut- und Fleischsack ohne Skelett stürzte er auf den Boden nieder, schlug mit dem Hinterkopf hart an die Betonmauer, wo er gekrümmt liegenblieb, mit Übelkeit und dem Schmerz des Aufpralls im Vordergrund seiner Wahrnehmung.

„Bringt mir jetzt die Frau."

Dingo registrierte kaum, dass nun Susan auf dem Stuhl fixiert wurde. Der Arzt gab auch ihr eine Spritze. Susan stieß ein schrilles „Ahh" aus, als der Weißkittel mit der Nadel zustach. So heftig konnte der Piekser nicht geschmerzt haben. Es waren wohl eher ihre Nerven, die sie zum Aufschreien brachten. Ein Ausdruck der Angst vor dem, was kommen würde.

Auch Susan redete und redete, kotzte und kotzte. Haarklein beschrieb sie den Vorgang der Präparierung der Gewebeproben, jeden ihrer Handgriffe. Der Verhörleiter gab einem seiner Untergebenen den Auftrag, die Laboreinrichtung mit allem, was sonst noch im Laborraum zu finden war, sicherzustellen. Dann befragte er Susan weiter, die jedoch keine Aufforderung zu benötigen schien, um ihr komplettes Wissen auszuplaudern. Als sie mit Susan fertig waren, schmissen sie sie genauso achtlos auf den Boden, wie zuvor Dingo.

Dann kam Laurent an die Reihe. Ihr Chirurg wurde nach Verabreichung der Droge über das Vorgehen der Ärzte bei der Chipoperation befragt. In sein Verhör mischte sich ab und zu der Weißkittel ein, der ein Interesse an den medizinischen Aspekten zu besitzen schien. Der Captain ließ ihn gewähren. Er fragte den Arzt zum Abschluss der Befragung sogar, ob er aus seiner Sicht mit dem Kandidaten fertig wäre.

„Ja, Sir. Ich habe ein komplettes Bild. Von meiner Seite aus gibt es keine weiteren Aspekte zu klären. Ich werde einen Bericht über diese Operation schreiben. Interessante Sache, das. Haben Kollegen von mir bisher nur an Tieren ausprobiert. Wird die Fachwelt begeistert diskutieren!"

„Gut. Danke, Doktor. Den Bericht im Duplikat bitte an mich. Der kommt zu unseren Unterlagen. Jetzt haben wir wohl alles. Sind die Tonaufzeichnungen gesichert?"

Eine Stimme von irgendwo: „Jawohl, Sir."

„Dann möchte ich Sie bitten, Doktor, mit einem meiner Leute in den Operationsraum zu gehen und dort alles sicherzustellen, was Ihrer Meinung nach zur weiteren Untersuchungen erhalten bleiben sollte. Sie haben eine Viertelstunde Zeit."

„Wird gemacht."

Der Arzt entfernte sich mit einem der Uniformierten, ein anderer Uniformierter betrat den Stalltrakt.

„Sir, wir haben Nachricht von unserem Beobachtungstrupp. Die Flüchtlinge haben einen Zwischenstopp eingelegt. Was sollen unsere Leute tun?"

„Sind menschliche Siedlungen in der Nähe?"

„Nein, Sir. Das scheint nicht der Fall zu sein."

„Also keine Zeugen?"

„Es wurde nichts davon berichtet."

„Okay. Fragen Sie noch einmal ganz exakt nach. Falls wirklich keine Zeugen zu erwarten sind: Zugriff! Sie wissen, was das bedeutet. Die Kleine von dem da brauche ich nicht mehr. Die scheint nur eine unbedeutende Nebenrolle gespielt zu haben."

„Jawohl, Sir. Ich veranlasse das Notwendige."

Der Uniformierte verschwand wieder.

Dingo hatte durch den Teppich hindurch, in dem seine Denkzentrale eingerollt war, begriffen: Es ging um Samira. Was hatte sie dazu veranlasst, zu fliehen?

Er brach ab. Er war zu müde, zu geschlaucht, um die Anstrengung des Nachdenkens zu bewältigen. Dingo ersehnte die Bewusstlosigkeit, der er so nahe war, die ihn aber nicht erlösen wollte.

„Packt die ganze Bande in dieses Gefängnis. Auch den zweiten Chirurgen. Ich komme gleich nach und verabschiede sie.“

Je zwei Mann schnappten Susan, Laurent und Dingo, und schleiften sie in den Gefangenenraum. Keiner von ihnen schien mehr in der Lage zu sein, eine Bewegung aus eigenem Antrieb zu bewerkstelligen. Mittels der Droge hatte sie der Arzt zu willenlosen, unbeseelten Menschenwracks gespritzt, die nur noch nach Ausruhen verlangten. Angst verspürte Dingo keine mehr. In diesem Punkt zeigte die Droge Erbarmen.

Als letzten brachten die Uniformierten Jack in den Gefangenenraum. Er war noch bei klarem Verstand und beschimpfte die Soldaten grob. In seiner Wut leistete er Widerstand, der aber wegen der stählernen Fesseln an Armen und Füßen eher aberwitzig als gefährlich wirkte. Trotzdem mussten ihn vier Männer niederdrücken, um ihn neben seinen Kameraden zu Fall zu bringen. Jack gab erst Ruhe, als sie seine Fußfesseln hinterrücks mit den Handschellen zusammenschlossen. In Form einer Banane, deren Wölbung der Bauch darstellte, blieb er endlich bewegungslos liegen und verstummte.

Der Captain trat in den Raum und besah sich zufrieden das Ergebnis des Einsatzes.

„So. Da seid ihr also alle hübsch beisammen. Ein friedliches Bild gebt ihr ab, wie ihr so daliegt. Wäret ihr nur schon in eurem früheren Leben so friedlich gewesen. Friedliche, ideologisch spurtreue Blessed People. Jetzt ist es zu spät!“

Jack, der einzige, den die Droge nicht herunterdämpfte, wurde zum natürlichen Wortführer.

„Zu spät? Wofür?“

„Zu spät zur Läuterung. Oder was meinst du, was jetzt geschieht?“

„Ihr wollt uns doch wohl nicht …“

„Doch, genau das wollen wir. Im Dark Country machen wir keine Gefangenen, wenn keine Zeugen anwesend sind. Niemals.“

Das Gesicht des Offiziers zeigte ein widerliches Grinsen. Es war genau das Grinsen, das Blessed People immer schon den Dark

People gezeigt hatten, dachte Dingo in einem kurzen, klaren Augenblick. Nur hatte dieses Grinsen den Schönheitsfehler, dass es soeben Blessed People gezeigt wurde. Welch schönes Bild für die Menschenverachtung seiner eigenen Kaste: Ein hämisches Grinsen dem Verlierer gegenüber!

Jack verfiel erneut in eine Schimpfkanonade. Er tobte die Empfindungen aus, die seinen Mitstreitern weggespritzt worden waren.

Der Captain hielt sich gespielt die Ohren zu und donnerte über Jacks Ausbruch hinweg: „Wir installieren jetzt eine Bombe vor der Tür dieser Zelle. In zehn Minuten wird das hier alles Schutt und Asche sein. Nutzt die Zeit gut und nehmt Abschied voneinander. Ich wünsche gute Reise!"

Er befahl den Uniformierten, die um ihn herumstanden, den Ort mit ihm zu verlassen. Die Stahltür des Gefangenenraums klappte mit dumpfem Schlag zu. Die vier Terroristen blieben allein zurück.

Jack begann, lauthals zu wimmern. Mit einem letzten Schuss Energie beschimpfte er ihren Anführer.

„Du bist Schuld an allem, Dingo! Du hast uns zu diesem Kommando verführt. Du hast uns beschwatzt, uns in diesen Wahnsinn einzubringen. Ich weiß es noch wie heute, Dingo, wie du mich in Afrika an einem Lagerfeuer mit deinen Ideen gefangen hast. Wie ein Bazillus ist das damals in mich eingedrungen. Du hast von einer besseren Welt geträumt und diesen Traum in mich hineingepflanzt. Das hörte sich alles so gut an, so richtig, so gescheit. Ein Trugbild, das Ganze. Ein Trugbild, das uns hierhergeführt hat, das uns in dieser Wüste ein ganzes Jahr gekostet hat. Und jetzt unser Leben als letzten Preis kosten wird.

Ich hasse dich dafür, Dingo! Du sollst in der Hölle schmoren, du mit deinen teuflischen Einflüsterungen. Du Verführer! Du Bauernfänger!

Samira hat das einzig Richtige getan. Sie hat dich rechtzeitig erkannt. Sie hat den Teufel in dir erkannt. Ich verachte dich, Dingo! Du bist nichts als ein Träumer, ein gefährlicher Träumer. Wir hätten nichts geändert durch unsere Aktion. Gar nichts hätten wir geändert. Pfui! …" Jack gab nicht nach in seinem Selbstmitleid und sprach in einem fort.

Dingo verletzten die Beschimpfungen nicht. Die Betäubung machte ihn immun für die Kritik und den Hass, die aus Jack heraussprudelten. Er dachte mit dem letzten bisschen Verstand, das der Teppich nicht dämpfte, an Samira, und wünschte sie widersinniger Weise herbei. Ihre Wärme war es, die ihm fehlte, ihr Trost und ihre Zärtlichkeit.

Mit Samiras Bild vor Augen starb er in dem Moment, als die Stahltür, mit einem ohrenbetäubenden Schlag und in eine Staubwolke gehüllt, aus den Angeln riss, und direkt auf ihn zuschoss.

Hinrichtung

Wüste, nichts als Wüste.

Es war schon niederschmetternd, was die Klimaerwärmung mit diesem Kontinent angestellt hatte. Karls Augen waren den Sand und die Steinformationen müde, die gefühlt ewig am Drohnenfenster vorbeizogen. Nur ganz selten waren sie über eine kleine Kolonie Wüstenpflanzen hinweggefegt, die wenigstens in bescheidenem Rahmen eine Geschichte vom Leben erzählte. Er sehnte sich nach den bewaldeten Höhen seiner Heimat, nach frischgrünem Buchenlaub und blühenden Wiesen.

Nach Hause!

Wann würde er diese traurige Episode endlich zurücklassen, zu seiner geliebten Heimat aufbrechen dürfen?

Seine Retterin wechselte nach wie vor kein Wort mit ihm. Sie war vollauf mit ihren eigenen Gedanken beschäftigt, saß abwesend in ihrem abgenutzten Drohnengestühl und stierte seitlich nach draußen.

Karl unternahm noch einmal einen Anlauf, ein Gespräch mit ihr anzufangen.

„Wohin fliegen wir eigentlich?“

Keine Antwort. Sie nahm einfach keine Notiz von ihm.

„Hallo! Wohin wir fliegen?“

Karl sprach gekünstelt akzentuiert und deutlich.

Samira sah ein, dass es unfair wäre, ihren Begleiter länger über ihre Absichten im Dunkeln zu lassen.

„An die Grenze zum Blessed Island Molonglo. In für mich sicherer Entfernung werde ich Sie dort absetzen. Dann müssen Sie alleine klarkommen!“

„Warum tun Sie das?“

Karl erntete einen erstaunten Blick für diese Frage.

„Weil ich einen Mord verhindern will?“

„Aber dieser Schwarze hat doch behauptet, ihr wolltet mich nicht töten.“

„Was Dingo schon so sagt. Hat er Sie nicht gewürgt? Er hat keine Kontrolle mehr über sich. Irgendwann hätte er Sie umgebracht. Spätestens dann, wenn keine Verwendung mehr für Sie besteht. Im Sinne des Plans, meine ich."

„Er hat mir versprochen, mich bei kooperativem Verhalten zu verschonen. War das gelogen?"

„Wer weiß das schon. Wer weiß schon, was in diesem Menschen vorgeht. Jetzt sind Sie jedenfalls in Sicherheit."

Er sah in ihrem Gesicht die Bereitschaft zum Gespräch. Ihr Tonfall war nicht mehr so abweisend wie nach ihrem Start. Er erahnte die günstige Gelegenheit, mehr herauszubekommen.

„Warum haben Sie denn überhaupt mitgemacht?", wechselte Karl das Thema, nach außen unschuldig, aber innerlich lauernd.

Er erntete wieder Schweigen.

Gespielt verständnisvoll, beinahe vertraulich, fügte er leutselig an: „Reden hilft manchmal."

Seine Befreierin starrte weiter aus dem Drohnenfenster auf ihrer Seite und wendete ihm die Schulterpartie zu.

In Samira arbeitete es. Sollte sie mehr preisgeben? Was schadete das jetzt noch?

Sie war eine Fahnenflüchtige, würde nie mehr in die Reihen des Untergrunds zurückkehren können. Ihr Leben war ab jetzt in Gefahr. Ständig und überall.

Anscheinend hatte Karl auf den richtigen Knopf gedrückt. In einer Flut von Worten erleichterte sich seine Pilotin von ihren aufgestauten Enttäuschungen. Er konnte die tiefe innere Bewegung der jungen Frau zwar nicht sehen, sie dafür aber deutlich in ihrer Stimme hören.

„Ich habe ihn geliebt. Ich liebe Dingo immer noch. Diesen Dreckskerl.

Zuerst war da gar keine Liebe. Irgendwo habe ich ihn in einer schmuddeligen Kneipe getroffen, als ich mit meiner Clique um die Häuser zog. Er diskutierte mit irgendwelchen Leuten heiß und innig über Gott und die Welt. Damals gab es noch keinen Zorn in Dingo. Damals, da war er nur ein Kindskopf. Da hat er nur von einer besseren Welt geträumt, ohne jemals an eine Aktivistenkarriere zu denken.

Ich war von Anfang an fasziniert von seinen Gedankengängen. Im Untergrund haben sie uns nur mit Parolen gefüttert. Unreflektiert. Hier war jemand, der seine Motive erklären konnte, der das Bessere versinnbildlichte.

Ich verstand Dingo. Er hat mir in vielen Dingen die Augen geöffnet. Über dieses Verständnis sind wir uns gefühlsmäßig nähergekommen und ich habe angefangen, ihn zu lieben. Er war immer ein guter Kumpel. Der Dingo jener Zeit war ein Schwärmer, ein Träumer, den ich einfach liebhaben musste. Aber dann veränderte er sich – seit er in Afrika war."

Samira unterbrach ihren Redefluss mit einem Schluchzen. Ihr Gesicht hielt sie immer noch vor Karl verborgen. Dann sprach sie weiter gegen das Fenster.

„Afrika hat ihn verändert. Dingo hat mich geködert, mitzukommen. Meine Ausbildung im Untergrund hatte ich da gerade beendet und wartete auf ein Kommando. Wir haben tatsächlich eine gemeinsame Zeit in der Entwicklungshilfe verbracht. Er, ein Blessed Man, ein Entwicklungshelfer, und ich, eine Dark Woman, eine aus dem Untergrund.

Meinen Leitoffizieren war zu Ohren gekommen, dass eine Handvoll Entwicklungshelfer unsere Themen vertrat. Von meiner Liebe ahnten sie nichts. Sie versprachen sich damals von meinen Kontakten, dass ich Leute anwerben könnte für unsere Sache. Blessed People haben einfach die bessere Ausbildung und können sich besser in andere Blessed People hineinversetzen. So ist es dann gekommen. Später.

Nachts, wenn die Glut aus den spärlichen Überresten der Savanne wich, haben Dingo und ich gemeinsam mit den anderen Entwicklungshelfern am Lagerfeuer gesessen und philosophiert. Wir mussten zuerst die schrecklichen Bilder des Tages verarbeiten, bis unsere Köpfe frei für angeregte Gespräche waren. Afrika bedeutet heutzutage nur noch Elend und Grauen. Das waren keine schönen Anblicke, das dürfen Sie mir glauben!

Dingos Ansichten wurden in diesen Monaten immer radikaler. Er hatte nicht die Kraft, mit dem Gesehenen und Erlebten umzugehen. Sein Unrechtsgefühl wandelte sich schleichend in Hass. Irgendwann predigte er zum ersten Mal Gewalt.

Ich bin immer gegen Gewalt gewesen, weil ich glaube, sie erzeugt Gegengewalt, verstellt den Verstand. Gewalt verhindert Verhandlungslösungen, blockiert friedliche Kooperation. Dingo aber wurde in dieser Zeit so fanatisch, dass er kein Mittel ausschloss, um Veränderungen in der Welt zu erreichen. Mord schloss er damals noch aus. Darin waren wir uns einig: Egal was zu tun war, auf dem Weg zum Ziel durfte kein Mord geschehen.

Schließlich habe ich mich, mit dem Einverständnis meines Leitoffiziers, den Entwicklungshelfern gegenüber als Mitglied des Untergrunds zu erkennen gegeben. Zu meinem Erstaunen bejubelten sie mich. Nach der Entwicklungshilfezeit bin ich Dingo dann in die Wüste nach Australien gefolgt. Wir haben hier einige lähmende Monate miteinander verbracht, in denen er an seinem Plan für eine Entführung herumdokterte. Die anderen, die er von seinen Ansichten überzeugt hatte, machten sich jeweils auf ihren Gebieten für die Umsetzung des Plans schlau: die Ärzte über Operationsmethoden, Susan über das Isolieren von Zellmaterial.

Dingo wurde durch den neuen Kontakt zum Untergrund immer mehr zum Profi. Plötzlich war Geld da und wir schafften die ganzen Apparate und Maschinen an, die wir benötigten. Das veränderte ihn endgültig. Er verhielt sich einfach anders, wurde noch radikaler in seinen Ansichten und stellte sich als Leiter der Zelle über uns.

Zu diesem Zeitpunkt kam es wahrscheinlich von meiner Seite aus zu den ersten Rissen in unserer Beziehung. Die waren aber eher unterbewusst. Meine Liebe trug noch genug, um Dingos Veränderung wegzulächeln. Der Fehler war, dass ich mir seine Planungen, an denen er ständig Veränderungen vorgenommen hat, irgendwann nicht mehr angesehen habe. Und so traf es mich völlig unvorbereitet, als er mir gestand, den Sicherheitsingenieur, Ihren Piloten, ermordet zu haben.“

Ein Heulkrampf schüttelte die zierliche Frau und Karl spürte einen Anflug von Mitleid. Sie war aufrichtig zu ihm und nahm ihren verlassenen Partner nicht in Schutz. Dass sie ihm, einem Wildfremden, so ehrlich und rückhaltlos über ihr Verhältnis erzählte, imponierte ihm.

Karl bohrte nicht weiter, sondern wartete geduldig darauf, dass sich die Frau beruhigte. Als sie wieder flacher atmete, fuhr sie mit dem, was sie zu sagen hatte, fort.

„Ich habe nicht wahrhaben wollen, wie weit es mit Dingo gekommen war. Ich habe die Veränderung seines Charakters ignoriert. Fragen Sie mich nicht, wie ich das alles übersehen konnte. Ich bin zu einem großen Teil mitschuldig an dem, wie es gekommen ist. Vielleicht hätte ich ihn schon vorher auf seine Fehler aufmerksam machen müssen, mich vielleicht schon längst von ihm trennen müssen. Ich hätte ahnen können, dass er zu weit gehen würde. Er durfte nicht morden, und durfte auch vieles andere nicht, wie die Entführung oder die Chipoperation. Ich war blind, wollte es nicht wahrhaben. Bin Dingos Realitätsverlust aufgesessen. Die Entführung selbst war eine Art Sport für mich. Wie konnte ich nur so naiv sein!

Als mir Dingo den Mord an Ihrem Piloten gestanden hat, ist mir erst klar geworden, wie niedrig seine Hemmschwelle mittlerweile liegt. Er ist in eine Welt der Gewalt abgedriftet. Als er mir den Mord gestand, begriff ich den Ernst des ganzen Plans. Das war kein Spiel, kein intellektuelles Sandkastenmanöver, was da abging. Das war blanker Terrorismus!

Jetzt, nachdem der Plan gezündet worden ist und eine eigene Dynamik entwickelt hat, sehe ich Dingo mit anderen Augen. Ich habe bitter dazugelernt. Er ist unberechenbar geworden, wahrscheinlich auch mit der ganzen Verantwortung gegenüber den Bossen der internationalen Terroristenorganisation, die auf ihm lastet, überfordert. Er war fähig zu töten und damit ist der letzte Damm gebrochen: Er wird wieder fähig sein, zu töten. Und das, das hätte ich ihm niemals zugetraut. Damit hat er mich endgültig an seine Pläne verraten!

Seit der Ermordung meiner Mutter durch die Blessed Forces bin ich Waise. Zehn Jahre war ich damals alt. Der Untergrund hat mich rekrutiert, mir eine Heimat gegeben. Eigentlich müsste ich alle Blessed People hassen, weil sie mir die Mutter genommen haben. Aber wo soll das hinführen? Gewalt führt zu Gegengewalt. So sieht meine Welt nicht aus. Ich will das nicht!"

Samira drehte sich zu Karl um und sah ihn mit ihren verweinten Augen an. Darin fand er viel Kummer und Enttäuschung. Anders als das schwarze Phantom, das ihm spontan allein durch seine abgehackte, gehetzte Sprechweise unsympathisch gewesen war, fand Karl die zerbrechliche junge Frau mit ihrer angenehmen, angesichts ihres Körperbaus überraschend vollen Stimme, eher beschützenswert und anziehend.

Samira setzte ihrem Bericht hinzu: „Ich habe mich schuldig gemacht, Blessed Chief Karl. Ich habe Dingo nicht gestoppt. Vielleicht hätte ich es tun können, aber ich habe es nicht einmal versucht. Durch seinen Mord hat er meine Chancen, in ein geordnetes Leben zurückzufinden, vernichtet. Denn auf gewisse Weise bin ich mitschuldig daran.

Ich hätte nicht mitmachen sollen, hätte nicht an der technischen Umsetzung dieses Wahnsinns mitwirken dürfen. Als Dingo Sie beinahe auch umgebracht hat, war mir klar: Mit dem Wissen um diese Gefahr bleibt mir nur die Flucht. Und um wenigstens ein bisschen wieder gutzumachen, habe ich Sie mitgenommen. Dort hinten liegt der Computer. Sie werden nicht überwacht. Wenn Ihnen jemand den Chip wieder aus dem Gehirn entfernt, wird für Sie alles so sein wie vorher.

Verzeihen Sie mir bitte, Blessed Chief Karl. Verzeihen Sie mir bitte, was ich Ihnen angetan habe! Ich wünsche mir, dass Sie mir verzeihen!"

Es war ein glücklicher Umstand, dass die Drohne automatisch gesteuert wurde, denn Samira barg ihre Stirn an Karls Schulter und heulte hemmungslos. Die letzten Stunden hatten ihren Lebensinhalt erdrutschartig zusammenstürzen lassen. Karl war stummer Zeuge dieses Erdrutsches und fand sich in die Tröster-Position gedrängt.

Er reagierte ein wenig hilflos auf die soeben vernommene Beichte. Die Rolle des Trösters lag ihm nicht. Ihm fiel zur Beschwichtigung nur ein: „Weinen Sie nicht. Ich werde ein gutes Wort für Sie einlegen."

Die Frau nickte heftig, ohne ihren Kopf zu heben. Ihre Tränen benetzten seine nackte Schulter und liefen an ihr in glänzenden Striemen hinunter auf den Saum des lose um seine Hüften geschlagenen Betttuches.

Karl widerstand dem Reflex, Samira zu umarmen. Die Partnerin dieses Dingo blieb eine Terroristin und er durfte sich nicht von Sentimentalitäten einlullen lassen. Nur der Verstand war hier als Richter zugelassen, nicht eine spontane Gefühlsregung. Gefühle waren immer ein schlechter Ratgeber im Umgang mit solchen Elementen, wenn ihm die Frau auch sympathisch war.

Er fand, es war an der Zeit, sich für seine Rettung zu bedanken.

„Egal, was Ihre Beweggründe waren: Danke, dass Sie mich gerettet haben."

Samira schluchzte so sehr, dass sie Karl kaum verstand.

„Unter den gegebenen Umständen war das die einzige Möglichkeit. Ich durfte Sie doch nicht abschlachten lassen!"

Zuerst bemerkte niemand von ihnen, dass die Drohne ihren Flug verlangsamte. Erst, als sich die Fluggeschwindigkeit deutlich reduzierte, warf Karl einen Blick auf die Instrumente.

„Mist. Wir haben ja keine Energie mehr!"

„Was? Haben die Deppen die Tanks nicht aufgefüllt?"

Mit angeschwollenem Gesicht blickte Samira auf die Energieanzeige.

„Tatsächlich. Warum habe ich das nicht kontrolliert? Das war's erst mal mit unserer Flucht."

Die Automatik brachte die Drohne zur Landung. Neben der Energieanzeige blinkte ein rotes Lämpchen auf.

Sie standen in einem Dünental mitten in der australischen Wüste. Am Fuß der Düne vor ihnen malte die Sonne einen scharf geschnittenen Schatten in den Sand. Darüber der azurblaue Himmel.

Wie lange spendete die Klimaanlage noch gekühlte Luft? Gab es Wasser oder Nahrung an Bord? Wie weit war es noch bis zum Blessed Island Molonglo? Sollte dies nach all den Schwierigkeiten ihr Grab werden?

Sie kamen aus dem Nichts. Drei Drohnen mit den Hoheitsabzeichen des Blessed Island Molonglo. Sie stürmten über die Dünen herbei, wirbelten den Wüstenssand auf, umzingelten das betagte Fluggerät der Terroristen und landeten. Die silbernen Rümpfe, die strahlend in der Sonne glänzten und die Landschaft widerspiegelten, öffneten ihre Luken. Aus jedem der drei ergoss sich eine kleine Einheit Blessed Forces. Ehe Karl begriff, was geschah, umstellten die Soldaten ihre Drohne.

Ein Mann, der das Kommando zu führen schien, befahl: „Holt mir die Frau da raus!“

Seine Untergebenen öffneten die Drohne von der Pilotenseite her und zerrten Samira achtlos von ihrem Sitz. Sie wehrte sich nicht. Was auch immer jetzt mit ihr geschah: Samira akzeptierte es als folgerichtig.

Der Befehlshaber trat an die Einstiegsluke auf der Gegenseite, entriegelte sie und wandte sich an Karl.

„Sind Sie Blessed Chief Karl? Alles in Ordnung, Sir?“

Begriffsstutzig bedankte sich Karl für die prompte Hilfe.

„Ja. Der bin ich. Das ist ja ein Zufall. Sie kommen zur rechten Zeit. Unsere Energiereserven sind aufgebraucht.“

Inzwischen hatten die Uniformierten Samira die Augen verbunden und ihre Hände hinter ihrem Rücken mit Handschellen gefesselt. Sie stand jetzt etwas abseits reglos im Sand. Ein Abbild purer Hilflosigkeit.

„Liquidieren!“, bellte der Befehlshaber.

Erst jetzt begriff Karl, dass dies keine humane Rettungsaktion war. Entsetzt protestierte er.

„Halt! Stopp! Nicht die Frau. Sie hat mir geholfen!“

Es war zu spät. Die Waffen des Kommandos sprachen dumpf bellend ihre tödliche Sprache. Seine Befreierin, von der er nur wusste, dass sie ein irregeleitetes Herz besaß und eine Dark Woman aus dem Untergrund war, knickte merkwürdig verdreht ein und fiel seitlich in den Sand. Ihre braunen Locken breiteten sich wie ein Leichentuch über ihr Gesicht.

Ungerührt steckten die Uniformierten ihre Waffen ein und marschierten zurück zu ihren Fluggeräten.

„Im Dark Country machen wir keine Gefangenen, wenn keine Zeugen anwesend sind", erklärte der Befehlshaber mit völlig neutralem Ausdruck.

Karl war aufrichtig empört. Die Unerbittlichkeit des Einsatzes überstieg seinen Vorstellungshorizont. Noch nie während der ganzen Entführung war er so gelähmt gewesen, so willenlos und geschockt. Die ganzen Stunden über war er mit Denken ausgefüllt gewesen, hatte den Bedrohungen mutig getrotzt, hatte seine Gefühle erfolgreich bezwungen, hatte immer wieder zur Selbstbeherrschung zurückgefunden. Das hier überstieg alles, was er bisher ertragen hatte. Hier war er Zeuge der Ausübung unnötiger Gewalt geworden, seitens einer Macht, für die er als Chef eines Ideologiestabs im Ende stand, für die er Mitverantwortung besaß, deren Repräsentant er war. Zum ersten Mal während der ganzen Entführungsgeschichte kamen ihm Zweifel an seinen Überzeugungen, spürte er deutlich, dass irgendetwas nicht rund lief. Zu einem Mehr an Deutung war er im Moment des Schocks nicht fähig.

Bis jetzt war Karl in der Drohne sitzengeblieben. Als der Befehlshaber ihm seinen Arm als Hilfe beim Aussteigen anbot, verpasste er ihm eine schallende Ohrfeige. Es ging ihm nicht besser dadurch. Aber er hatte etwas gegen die Ungerechtigkeit unternommen.

„Hey, Mann, was soll das? Sie sind doch Blessed Chief Karl? Oder nicht? Wir haben Sie gerettet!"

„Meinen Retter habt ihr gerade umgebracht."

„Sie sind undankbar. So lautet unsere Dienstvorschrift: Keine Gefangenen im Dark Country, wenn keine Zeugen anwesend sind. Bitte folgen Sie mir."

„Aber ich bin doch ein Zeuge."

„Sie sind kein Zeuge. Sie sind Opfer."

„Und Opfer haben im Zeugenstand nichts zu suchen?“

„Quatsch, Mann. Was haben die mit Ihrem Gehirn gemacht? Kommen Sie jetzt endlich mit!“

Karl gab seinen verbalen Widerstand auf. Der Uniformierte reichte ihm nicht wieder den Arm. Karl verfiel auf eine kleine Querköpfigkeit, um seinen Protest auszudrücken.

„Ich habe keine Schuhe. Ich möchte mir die Fußsohlen nicht noch mehr verbrennen. Ich steige nicht aus ohne ein Paar Schuhe.“

Der Befehlshaber kratzte sich vernehmlich am Kopf.

„Hey, McDonald, bring ein Paar Schuhe.“

„Schuhe?“, kam die ungläubige Frage aus einer der Drohnenluken zurück.

„Ja, Schuhe, verdamm nochmal“, echote sein Vorgesetzter und fragte Karl: „Welche Größe, Sir?“

„Ach, blast mich doch“, vergaß Karl seine perfekte Blessed-Island-Erziehung. „Nur keine Mühe. Es kommt nicht mehr darauf an.“

Er stieg aus und lief im erlernten Trippelschritt auf die am nächsten stehende Drohne zu.

Keine Sekunde ließ der Hacker den Bildschirm aus den Augen. Rabeas Untermieter war gefesselt von der Verfolgung dessen, was Karl eine halbe Erdkugel entfernt erlebte. Knisternde Spannung lag in der stickigen Luft um seinen Arbeitsplatz herum. Ständig rief er Rabea irgendwelche Details zu, die er für erwähnenswert hielt, berichtete ihr überschwänglich durch den Vorhang hindurch, was sie gerade verpasste. Er strapazierte ihre Geduld zusätzlich mit technischen Informationen, von denen sie keinen blassen Schimmer hatte und auch nicht haben wollte.

Parallel zur Verfolgung der Geschehnisse versuchte der Spezialist, Kontakt zu Karls Gehör herzustellen. Dies gelang ihm trotz pausenloser konzentrierter Arbeit nicht. Zur Terrorzelle Australien bestand nach wie vor kein Kontakt, sodass er seine Fragen nicht geklärt erhielt. Er war ganz auf sich allein gestellt.

„Rabea, Rabea komm, komm", hörte Rabea den Hacker wieder einmal quer durch die Baracke rufen.

„Was ist denn jetzt schon wieder los?"

„Die landen mitten in der Wüste!"

Das schien wirklich eine Veränderung der Situation zu sein. Geduldig, wie schon so oft, schlurfte Rabea in den Nebenraum. Sie stützte ihren massigen Körper neben dem Computergestell mit der Hand an der Wand ab und schaute dem Burschen über die Schulter. „Bitte nicht stürzen" stand neben ihrem Daumen in blassblauer Schrift geschrieben.

Reglos starrten sie beide auf den Bildschirm und konnten nicht deuten, wofür sie da gerade Zeuge wurden. Am Horizont tauchten drei silberglänzende Drohnen auf. Sie landeten ebenfalls. Männer in Kampfanzügen stiegen aus, wahrscheinlich ein Trupp der Blessed Forces. Aus den Augen von Karl betrachtet stürzten sie auf ihn und die Frau zu.

Rabea schluckte. „Guck dir die Weihnachtsmänner an! Was haben die vor?" Kurz tauchte das Bild der Pilotin auf. Im Profil. „Das gibt es doch nicht! Das ist ja Samira! Wie kommt die nach Australien?"

Ihr blieb die Luft weg. Jahre hatte sie ihre Nichte nicht gesehen und auch keinerlei Nachricht über ihren Verbleib erhalten. Und nun pilotierte sie diesen Drecksack durch die Wüste. Wie hing das zusammen?

Die Luke auf der Seite des Führerstandes wurde aufgerissen. Sie sahen mit an, wie Samira unsanft aus ihrem Sitz gezerrt wurde. Was machten die Soldaten mit Samira, die jetzt mit verbundenen Augen und gefesselt abseits im Wüstensand stand?

„Können wir inzwischen auch hören?", fragte Rabea.

„Nee. Klappt immer noch nicht. Was zum Teufel …"

Mit einer Bewegung, als hätte ihn ein Stromschlag getroffen, spritzte der Junge von seinem Hocker hoch. Seine Augen waren weit aufgerissen und auch Rabea wollte nicht glauben, was sie eben mit angesehen hatten.

„Die haben Samira abgemurkst. Einfach abgemurkst. Rattenpack!“

„Wer bitte ist Samira?“

„Meine Nichte. Die ich an den Untergrund vermittelt habe. Nein, das wollte ich nicht! Mein Mädchen!“

„Du kennst die Pilotin?“

„Ja …“

Totenbleich, stumme Tränen der Trauer auf den Wangen, standen Rabea und der Hacker im Schrecken vereint vor dem Bildschirm und sahen mit an, wie die Uniformierten die Leiche einfach im Wüstensand liegen ließen. Aus der Perspektive von Karl sahen sie die Ohrfeige, die er dem Befehlshaber verpasste. Dann erlebten sie mit, wie ihr Beobachtungsobjekt in einen der Silbervögel einstieg, der sich unverzüglich in die Luft erhob.

„Typisch Blessed People. Einfach drauf. Ist ja nur im Dark Country. Da kannst du ungestraft die Wildsau abgeben. Jetzt ist Samira wie ihre Mutter gestorben. Durch Kugeln der Blessed Forces. Wenn ich einen von euch in die Finger kriege …!“

Rabea zischte ihre Drohung schluchzend zwischen den Zähnen hervor, und erhob die geballte Faust des freien Arms. Eine ganze Weile verharrte sie in dieser Geste vor dem Monitor. Ihre gerade noch entsetzten Augen erhielten einen gefährlich entschlossenen Glanz, den Glanz der Wut und Verachtung, den Glanz der Rache. Mit ihr war zu rechnen, so zuverlässig, wie ihr Mann mit ihrer Pflege rechnen durfte. Sie war zu allem bereit.

Der Junge brauchte länger, um sich zu fassen.

„Rabea, meinst du, die sind alle so?“

„Da kannst du einen drauf lassen! Meinen Robin haben sie krank gemacht und dann rausgeschmissen. Ohne mit der Wimper zu zucken. Samirs Mutter haben sie abgeknallt, weil sie ab und zu Versammlungen des Untergrunds besucht hat. Haben wir denn kein Recht, uns zu wehren? Und nun teilt Samira ihr Schicksal. Was für eine beschissene Welt. Wenn es gegen uns geht, sind sich die Blessed People einig. Wir sind für die nur Schrott. Brauchen die uns nicht mehr: Weg mit uns. Wehrt sich jemand: Weg damit. Gibt ja genug!“

„Rabea, ich will das nicht. Ich will nicht, dass die uns kaputtmachen. Ich will nicht, dass wir die kaputtmachen. Wo soll das denn enden, wenn wir uns alle gegenseitig kaputtmachen?“

„Wir haben nicht angefangen, Jungchen. Die haben sich das Recht genommen, die Zampanos auf unserem Planeten zu spielen. Wir tragen dafür keine Schuld. Siehste doch. Hauen einfach meine kleine Samira in den Sand. Fertig. Wieder einer weniger. Gut so. Erzähl mir nix von den Blessed People und ihrer ach so feinen Gesinnung. Schweine sind das. Alle zusammen. So richtig dreckige Ferkel.“

Unmerklich mit dem Kopf nickend, setzte sich der junge Mann wieder auf seinen Hocker. Wie er zu ihrer Meinung stand, war für Rabea nicht zu erraten. Sie erkannte aber, dass sein Spieltrieb wieder die Oberhand gewann. Das miterlebte Grauen zeichnete nur noch kurz Wirkung in seinem Gesicht. Dann wich es der angespannten, ermüdungsfreien Konzentration, der jugendlichen Energie, eine Herausforderung zu meistern.

Rabea machte sich darauf gefasst, noch oft von ihrem Untermieter herbeigerufen zu werden. Sollte er! Der Junge würde zu ihrer Waffe werden. Eine andere besaß sie nicht. Sobald er eine Möglichkeit zur Rache ausklügelte, wäre sie dabei.

Zweifel

In Karl war der Zweifel erwacht.

Er saß auf einem üppig gepolsterten Einzelsessel zwischen zwei Soldaten in einer der Drohnen des Blessed Island Molonglo. Sie legten gerade die letzten Wüstenkilometer zurück. Am Horizont waren bereits vage erste grüne Höhenzüge zu erkennen.

In der Kabine lief Musik. Gerade wurde „Lost Century" gespielt. Auch hier war der Song also populär. Der Titel sprach Karl diesmal jedoch überhaupt nicht an. Heute fiel ihm eher die Plattheit des Textes auf, der seine eigene Bedrückung zu spiegeln schien. Die Brutalität, die Emotionslosigkeit, die mechanische Selbstverständlichkeit bei der Exekution dieser sympathischen jungen Frau, waren für Karl schwer zu verdauen.

Keine Gefangenen im Dark Country, wenn keine Zeugen anwesend sind.

Natürlich kannte er die Dienstvorschriften der Blessed Forces. Doch in Konsequenz real miterlebt, wog dieser Grundsatz schwerer, als aus der abgehobenen Distanz eines Schreibtischs. In seinem Beritt hatte er es mit Aktenlagen zu tun, mit gefilterten Informationen desjenigen, der eine Situation einschätzte und sie aus seiner Warte beschrieb. Natürlich hatte Karl des Öfteren von Tötungen erfahren, nüchtern abgefasste Tatsachenberichte darüber vorgelegt bekommen. Gerade war ein Mord passiert – das gestand sich Karl still und unumwunden ein. Wie anders war das Gefühl, der Schilderung eines solchen Mordes vorm Videocom zu lauschen, gegenüber dem für ihn neuen Gefühl, Zeuge einer ungerechtfertigten Exekution geworden zu sein.

Karl spürte, da war etwas falsch in ihrer Blessed-People-Welt. Seine Befreierin war ihm nicht verbohrt oder gewaltbereit vorgekommen. Sie hatte sich ein wenig verirrt – gewiss.

Aber hatte sie ihre etwaigen Verfehlungen nicht dadurch gutgemacht, dass sie ihn dem Zugriff des Schwarzen entzogen hatte? Hatte sie nicht einen Teil ihrer Schuld abgetragen? Hätten die Blessed Forces das nicht erfragen, bewerten, erkennen müssen? War es richtig, ihnen solche Befugnisse, das Auslöschen eines Lebens, zuzugestehen, ohne die Justiz einzuschalten?

Die Militärs beriefen sich auf die eine Vorschrift: Keine Gefangenen im Dark Country, wenn keine Zeugen anwesend sind. Ein Freibrief für ihre Aktionen außerhalb der Blessed Border.

Die Worte des Schwarzen, diese besserwisserischen, weltfremden Träumereien, erhielten durch das Geschehene mehr Gewicht. Karl wünschte sich, der Anblick dieses Mordes und die damit einhergehenden Zweifel wären ihm erspart geblieben. Während des Flugs fand er noch nicht die richtige Einstellung zum Ganzen, stand er noch zu sehr unter dem Eindruck der Ereignisse. Karl hatte sein Leben seit der Entführung mehrfach aufgegeben. Nun war er fast so weit zu glauben, es wäre ihm wiedergeschenkt worden um den Preis des Zweifels, den er bezwingen oder dem er Zutritt in seine Gedankenwelt gewähren musste. Das Rennen war offen.

Langsam wurden aus der Drohnenkuppel heraus Veränderungen der Landschaft erkennbar. Die dünengewellte Wüste und die steinigen Abschnitte wurden abgelöst von kleineren Hügelketten, deren Felsformationen kahl in den Himmel ragten. Im Grün am Horizont erkannte Karl zum ersten Mal in Australien Hochwald. Eine Wohltat für seine Augen, denen die Wüste missfiel.

Unmittelbar hinter der deutlich in die Landschaft einschneidenden Blessed Border, die sie mit unverminderter Geschwindigkeit überquerten, glitten sie über geschlossenen Wald hinweg. Erste kleinere Siedlungen waren hineingesprenkelt. Freistehende, eingeschossige Häuser, umgeben von blühenden Gärten. Dazwischen hier und da öffentliche Gebäude, wie etwa Schulen. Es war fast wie zu Hause.

Hannah!

Harald!

Zwischen den Bäumen erkannte Karl den Grund für das plötzlich aufblühende Grün. In regelmäßigen Rechtecken durchzogen Kanäle den Wald. Irgendwo hatte er aufgeschnappt, dass Australiens Wasser vor den Küsten in riesigen Entsalzungsanlagen gewonnen wurde. Ohne diese Maßnahme wäre wahrscheinlich die letzte nennenswerte Vegetationsoase auf dem Kontinent längst verschwunden.

Nach weiteren Flugminuten schwenkte die Drohnenstaffel auf eine Kreisbahn über zwei Bebauungsinseln ein, die in ihrer Struktur deutlich von den bisher überflogenen Siedlungen abstachen. Drei Runden später nahmen sie Kurs auf das Flachdach eines fünfeckigen Gebäudekörpers, auf dem Landeplätze markiert waren. Die Drohnen senkten sich ab. Unmittelbar nach dem Bodenkontakt und dem Andocken der Sicherheitsrüssel, gab ihm der Befehlshaber das Zeichen zum Hinausklettern.

Karl betrat die Röhre zur Sicherheitszentrale des Blessed Island Molonglo in betont aufrechter Haltung, barfuß und immer noch hüftabwärts in das Bettlaken gehüllt. Zwischen all den Uniformträgern gab das bestimmt ein unwirkliches, komisches Bild ab. Unbeeindruckt davon, schritt er hinter dem Befehlshaber der Einsatztruppe her, ganz Karl, ganz Würde, ganz Repräsentant seiner Administration.

An der Sicherheitszelle am Ende des Rüssels musste er vorbeigeschleust werden, denn ohne seinen Chip unter der Haut hätte sie ihn natürlich nicht passieren lassen. Sie durchschritten stattdessen eine Panzertür, die unmittelbar vor ihnen die Flügel aufklappte. Dahinter wurden sie von einer korrekt gekleideten Dame reiferen Alters und einem Mann mit asiatischen Gesichtszügen, der in einem weißen Kittel steckte, empfangen.

Die Frau begrüßte Karl mit einem geschäftsmäßigen Lächeln.

„Willkommen im Blessed Island Molonglo, Blessed Chief Karl.

Darf ich mich vorstellen: Tilda Auckland. Ich bin die stellvertretende, zivile Leiterin unserer Security. Und das hier", die Dame wies mit dem Kinn in Richtung des Asiaten, „ist Doktor Wong. Wenn Sie erlauben, wird Sie Doktor Wong zunächst gründlich untersuchen. Wir wissen bereits von Ihrer Operation. Später möchte unser Chef noch mit Ihnen reden. Ich kümmere mich um neue Kleidung für Sie. Sie sehen ja aus ..."

In ihrem Tonfall konnte man deutlich das gedankliche Naserümpfen hören.

Karl nickte den beiden Zivilisten als Erwiderung der Begrüßung zu. Dann folgte er ohne weitere Umschweife dem Arzt, während die Uniformierten hinter ihm in verschiedene Richtungen davondrifteten, und Tilda Auckland in einem Seitengang verschwand.

Wong führte ihn in eine regelrechte Praxissuite, die anscheinend ohne jedes weitere menschliche Personal funktionierte. Während der ganzen Untersuchungs-Prozedur wurde Karl durch endlose Räume geschleift, die anscheinend jeweils nur für eine ganz spezielle Untersuchungsreihe eingerichtet worden waren. Der Arzt beherrschte den Maschinenpark dieser Räume virtuos.

Die Untersuchungen nahmen einige Zeit in Anspruch. Wong bat Karl mit knappen, geflüsterten Worten oder gar nur Gesten um das, was er von ihm erwartete. Karl war es ganz recht, nicht mit Fragen zugeschüttet zu werden, und folgte den Anweisungen des Arztes willig. Er war äußerst gespannt darauf, was dieser zu der Chipoperation sagen würde.

Die aufwändigste Untersuchung bestand in einer Schichtaufnahme seines Gehirns. Dazu wurde Karl eine Art ringförmiger Helm übergestülpt, der ein paar Sekunden leise vor sich hin zirpte. Dieser Ton war Gift für seinen Kopfschmerz und er war heilfroh, als er den Helm wieder loswurde. Das fertige Bild auf seinem Computermonitor, äußerte Wong zum ersten Mal eine menschliche Regung, indem er durch die Zähne pfiff.

„Gute Arbeit, gute Arbeit", murmelte er sichtlich beeindruckt. „Ich bin fertig. Alles Okay. In der Umkleide am Flurende sind neue Sachen für Sie. Sie können sich anziehen."

„Ist denn wirklich alles in Ordnung?"

„Ja. Ja. Alles in Ordnung. Gesund, vollkommen gesund. Bitte anzuziehen!", flüsterte Wong ungeduldig.

„Kann man die Operation rückgängig machen?"

„Ja, ja, rückgängig. Kein Problem."

Durch die Knappheit der Auskunft nur unwesentlich beruhigt,

betrat Karl die Umkleidekabine. Ärzte waren doch überall auf der Welt gleich. Nur den medizinischen Aspekt im Auge, nie den Patienten. Er wollte für sich das Beste hoffen.

Die bereitliegende sportliche Bekleidung passte perfekt. Anscheinend waren sogar Kleidergröße und Körpermaße international über das Netz verfügbar. Solcherart vom altägyptischen Sklaven zu einem Blessed Chief der Gegenwart mutiert, trat Karl vor die Ankleidekabine und wurde gleich von einer jungen Frau in Empfang genommen.

„Der Chef der Security möchte mit Ihnen sprechen. Folgen Sie mir bitte, Sir.“

Karl ging der Frau durch etliche Flure und Stockwerke hinterher, bis sie an eine doppelt ausgeführte Sicherheitszelle gelangten.

„Nehmen Sie die Linke“, warf ihm seine Begleiterin zu.

Sie betraten die Zellen gleichzeitig. Durch die gläserne Trennwand sah er, wie die junge Frau seine Tür mittels eines Hebels manuell betätigte.

Die Ausgänge der beiden Zellen sprangen auf und gaben den Weg in ein großzügig geschnittenes Zimmer frei. In der Mitte standen zwei hochlehnige Sessel etwas seltsam arrangiert vor einem Schreibtisch herum. Ansonsten gab es, seitlich platziert, noch einen Tisch mit vier unbequem aussehenden Stühlen. Die üblichen künstlichen Lichtflächen sorgten für Helligkeit. Karl hatte nicht darauf geachtet, in welches Stockwerk sie gefahren waren, als sie vorhin einen Aufzug benutzt hatten. Das Büro lag anscheinend unterirdisch. Es erinnerte in allem an das von Blessed Mayor Timothy.

Hinter dem Schreibtisch erwartete ihn ein mittelgroßer Mann in der Uniform der Blessed Forces. Er schritt um das Möbelstück herum auf Karl zu.

„Guten Tag, Sir. Willkommen im Blessed Island Molonglo. Blessed Chief Anthony, mein Name. Und Sie sind nach allem, was wir wissen, Blessed Chief Karl, Chef des Ideologiestabs im Blessed Island Ruhr?“

Karl erwiderte den Gruß. „Ja, der bin ich. Guten Tag.“

„Die Genanalyse unseres Arztes bestätigt das. Ich hatte ganz kurz Zeit, die ersten Ergebnisse seiner Untersuchung per Videocom anzuhören. Haben Sie irgendeinen Wunsch? Vielleicht etwas zu trinken?“

„Gerne. Ein Fass mit Mineralwasser wäre nicht schlecht.“

Blessed Chief Anthony lachte trocken auf. Dann gab er der noch wartenden jungen Frau die Anweisung, das Nötige zu veranlassen. Sie ging, um den Wunsch zu erfüllen.

„Aber setzten wir uns doch. Vielleicht am Besuchertisch? Da sitzen wir gemütlicher.“

Karl nahm auf dem angebotenen, knarrenden Ledersitz Platz. Ächzend ließ sich auch sein Gastgeber nieder und streckte seine Füße aus. Ihm behagte die Situation sichtlich.

„Da haben wir Sie also herausgehauen! Ich würde lügen, wenn ich das als schwierig darstellen würde. Wie geht es Ihnen jetzt?“

„Nun, den Umständen entsprechend. Ich fühle mich ein wenig schlapp. Eine Mütze Schlaf wäre ganz nett.“

„Dazu sollen Sie noch Gelegenheit haben. Jetzt würde ich gerne von Ihnen wissen, wie diese ganze Entführungsgeschichte aus Ihrer Sicht abgelaufen ist. Aber vorher dürfen Sie natürlich Fragen stellen. Sie haben lange genug unter Ihrer Geiselhaft gelitten.“

Karls erste Frage lag nahe.

„Haben meine Frau und mein Sohn irgendetwas von der Sache mitbekommen?“

„Nein, nein. Keine Sorge. Diesbezüglich hat die Geheimhaltung hundertprozentig funktioniert.“

„Wie haben die Terroristen das eigentlich geschafft? Von meiner Entsendung Wind zu bekommen, meine ich? Gibt es irgendwelche Komplizen?“

„Tja, die scheinen bemerkenswert gut organisiert zu sein. Nach allem, was wir bisher ermitteln konnten, ist nur noch ein kleiner unbedeutender Spionageposten direkt an der Grenze zu Ihrer Heimat in den Fall verwickelt. Es wird nicht lange dauern, bis unsere Kollegen das Nest ausgehoben haben. Viel größeren Kummer bereitet mir, dass anscheinend ein internationalen Überbau über diese Terroristenzellen existiert. Aber, das soll nicht Ihre Sorge sein. Wir arbeiten daran.“

„Weiß meine Administration von dem Vorfall?“

„Wir haben das Büro Ihres Blessed Mayor informiert. Sie wissen dort aber auch schon, dass Sie befreit sind und dass wir die Terroristen erledigt haben.“

Erledigt …

Karl wusste sofort, was diese Formulierung bedeutete. Ein so einfaches Wort für mehrfachen Mord! Mit dem Tod des Schwarzen kam Karl klar, so merkwürdig ihn das auch selbst anmutete. Dessen Mitstreiter kannte er nicht und ohne ein Gesicht vor Augen zu haben, stand er ihrem Tod neutral gegenüber. Aber seine Befreierin – an sie musste er sofort wieder denken und darüber kam er nicht so schnell hinweg.

„Sie haben alle umgebracht?“, zwang Karl seinen Gesprächspartner, die lasche Auskunft nachzuschärfen.

Blessed Chief Anthony kratzte sich am Kinn.

„Natürlich. Es waren keine Zeugen da.“

Die junge Frau kehrte mit einem Tablett zurück, auf dem mehrere Flaschen Mineralwasser und zwei Gläser standen. Ohne auf weitere Anweisungen zu warten, füllte sie ein Glas für Karl, das sofort von der herrlich kühlen Flüssigkeit beschlug. Er nahm das Getränk in beide Hände und stürzte es die Kehle hinab. Die angenehme Kühle auf der Zunge belebte ihn und war das sicherste Anzeichen dafür, dass er in die Zivilisation zurückgekehrt war. Er setzte das leere Glas auf dem Besuchertisch ab und bat um erneute Befüllung.

Blessed Chief Anthony entließ die Assistentin und kümmerte sich persönlich darum.

„Ist das eigentlich bei allen Blessed Forces so üblich? Die spontane Liquidation einer Person, meine ich. Ich bin ja mehr auf der Ideologieseite tätig …“, nahm Karl den Gesprächsfaden wieder auf.

„Das weiß ich nicht hundertprozentig. In Australien ist es jedenfalls üblich. Und dieser Fall ist kein Präzedenzfall!“

„Aber, dass auch Blessed People standrechtlich hingerichtet werden, ist doch eher eine Ausnahme?“

„Blessed People, die sich wegen Durchführung einer Straftat im Dark Country aufhalten, sind Dark People gleichgestellt. So einfach ist das. Haben Sie ein Problem damit?“

Karl kannte die Antwort nicht. Seine Gefühle spielten bei diesen Bestimmungen keine Rolle. Es spielte keine Rolle, dass ihm das Schicksal der jungen Frau mit der Hakennase und der Wuschelmähne nicht aus dem Kopf ging. Es spielte keine Rolle, dass sie ihre Mittäterschaft bereut hatte. Die Fakten sprachen gegen sie.

Wenn die Vorschriften nun einmal so waren, was sollte er dazu sagen?

Er wechselte, ohne auf Blessed Chief Anthonys Frage einzugehen, das Thema.

„Haben Sie auch den, der mich doubeln sollte?“

„Ja. Der sitzt schon hinter Schloss und Riegel. Der bekommt einen Prozess, der ihn ein paar Dekaden aus dem Verkehr zieht.“

Für den Augenblick wollte Karl nicht mehr wissen. Er bat den Chef der Security, ihm nun seine Fragen zu stellen.

Sein Gastgeber beugte den Oberkörper vor. Auf seiner Stirn bildeten sich kleine Fältchen, denn er sah nun von unten mit hochgerollten Augäpfeln zu seinem Gesprächspartner hinüber. Blessed Chief Anthony bat ihn, das Geschehene aus seiner Perspektive zu erläutern. Karl entledigte sich der Frage so knapp wie möglich. Während der ganzen Zeit unterbrach ihn sein Gegenüber nicht, nickte nur heftig, wenn er eine Information erhielt, die sich deckte mit dem, was er bereits wusste. Seine lauernde Haltung behielt er während des gesamten Berichts bei.

Als Karl bei der Schilderung seiner Flucht anlangte, räusperte sich der Sicherheitschef ein paar Mal. Diese Passage seines Berichts, so konnte Karl dem Mienenspiel des Mannes entnehmen, war ihm peinlich. Dass ausgerechnet seine Fluchthelferin ohne große Umstände eliminiert worden war, ohne ihr auch nur einen kurzen Moment der Rechtfertigung zu gewähren, warf kein besonders gutes Licht auf die hiesigen Blessed Forces.

„Nun, da war die Truppe vielleicht etwas übereifrig. Natürlich gibt es Situationen, in denen Ausnahmen gemacht werden können. Ich betone aber: Ausnahmen. Ich betone auch: Können. Bei dem vorliegenden Tathergang bestand keinerlei Verpflichtung, die Sachlage näher zu prüfen.“

„Ich möchte Sie im Namen meiner Administration ersuchen, die Sache aufzurollen“, versuchte Karl einen offiziellen Ton in die Angelegenheit hineinzubringen.

Verlegen, aber verdächtig beiläufig, entgegnete Blessed Chief Anthony: „Gewiss, gewiss. Ich werde alles tun, was in meiner Macht steht.“

Es trat eine kurze Pause in ihrem Gespräch ein. Karl griff zum wiederholt befüllten Glas und trank gegen seinen Wüstendurst an. Nun war er endgültig in Sicherheit und das löste in ihm unkontrolliert ein immenses Ruhebedürfnis aus. Es war alles getan, um seine Befreierin zu rehabilitieren. Ob sie glücklicher wäre, wenn sie lebte, während ihr Partner Opfer seiner kriminellen Taten geworden war, wollte er nicht beurteilen.

Der Chef der Security beendete die Gesprächspause.

„Nun, das alles fügt sich nahtlos in die Teile der Geschichte ein, die wir schon kennen. Für jetzt und hier wollen wir es dabei belassen. Wie Sie bemerkt haben werden, habe ich nichts protokolliert. Morgen werden wir das Gespräch noch einmal führen und dann offiziell mitschneiden. Unsere Polizei wird sich auch brennend dafür interessieren. Der Chief Inspector, dem die Entlarvung Ihres Doubles gelungen ist, würde sicherlich gerne dabei sein. Ich wollte Ihnen diesen Schlauch nicht schon heute zumuten.

Mein Vorschlag: Wir bringen Sie in das Konferenzhotel und Sie schlafen erst einmal gründlich aus. Den Kontakt zu Ihrer Familie meiden Sie bitte noch. Ihre Lieben sind nicht beunruhigt, denn sie wissen ja nichts von der Entführung. Ich glaube, es ist das Beste, Sie berichten Ihrer Frau erst dann über Ihre unfreiwilligen Abenteuer, wenn Sie wieder wohlbehalten daheim sind.

Doktor Wong hat mir dieses Medikament zur Stabilisierung Ihrer Körperfunktionen und als kleine Beruhigungshilfe für Sie gegeben. Zwei davon vor dem Schlafen. Möchten Sie vielleicht die Unterstützung eines Psychologen in Anspruch nehmen? Schließlich war die Sache nicht ganz einfach für Sie."

Blessed Chief Anthony schob ein Pillendöschen über den Tisch.

„Nein, danke. Von Psychologen halte ich, ehrlich gesagt, nicht viel. Da muss ich alleine durch", wehrte Karl wahrheitsgemäß ab.

„Gut, gut. Ganz meine Meinung. Dann besorge ich Ihnen einen Transfer zum Hotel."

Blessed Chief Anthony gab per Videocom Order, eine Drohne bereitzustellen. Kurz darauf trat ein Zivilist in den Raum und begrüßte Karl.

„Hallo. Ich bin Ihr Pilot. Bitte kommen Sie mit, Blessed Chief Karl."

„Na dann bis morgen", verabschiedete sich Blessed Chief Anthony. „Ich hoffe, Ihr Aufenthalt in Australien wird ab jetzt weniger aufregend. Wenn Sie irgendetwas brauchen, wenden Sie sich bitte an die Rezeption im Hotel. Die kennen auch die Kontaktkanäle zur Security. Vor morgen früh, sagen wir zehn Uhr, brauchen Sie nicht mit uns zu rechnen. Eine Bewachung werde ich Ihnen wohl nicht stellen müssen, oder?"

„Nein. Hier wird mich hoffentlich niemand beiseite räumen wollen. Ich komme schon zurecht."

Mit unverschämt kräftigem Händedruck verabschiedete sich Blessed Chief Anthony von Karl. Für ihn schien der Fall erledigt zu sein. Es standen nur noch die gewöhnlichen Formalitäten aus.

Karl folgte dem Piloten zur Drohne. Die Maschine war einer dieser Silbervögel mit dem Emblem des Blessed Island Molonglo, die er schon kannte. Sein Pilot bat ihn, einzusteigen.

Verhängnis

Der Transfer zum Hotel dauerte nur kurz. Nach der formellen Begrüßung an der Rezeption stand Karl schon bald in seinem Appartement und war wieder so allein, wie im Gefangenenraum.

Was war in diesen paar Stunden alles über ihn hereingebrochen!

Er hatte in eine Schlucht hineingeblickt, deren Tiefen nicht vom Tageslicht berührt wurden, er hatte Gedanken gedacht, die er nie zuvor gedacht hatte.

Karl war es müde, nach Antworten zu suchen. Zu viel lag hinter ihm. Zu viel für die paar Stunden. Er war schlicht überfordert von den vielen Eindrücken, den unterschiedlichen Gefühlen. Bis zu diesem letzten Augenblick, diesem sinnlosen Mord aus sturer Vorschriftsgläubigkeit, war er sich durch diese ganzen Gefühlsbäder hindurch treu geblieben. In ihm waren keine Zweifel darüber aufgekommen, ob das, für das er stand, korrekt war oder bloß ein historischer Irrtum. Nun spürte er den Keim des Zweifels wie einen Stachel in seiner Erinnerung. Seiner Ideologietreue war ein Schlag versetzt worden, sie war plötzlich angreifbar.

Noch war der Keim des Zweifels ganz winzig, lag ungeschützt auf einer Felskante am oberen Rand von Karls uneinsehbarer Schlucht. Noch wusste Karl nicht, ob die Wurzeln des Keims den wenigen Staub in der Felsspalte finden würden, der sie nähren konnte, dem Keim des Zweifels ein Wachsen möglich wäre. Die Überforderung durch die Eindrücke dieses Tages war zu mächtig, übergroß.

Ruhe! Nur Ruhe!

Karl trat ans Fenster seines Appartements und ließ seinen Blick hinausschweifen. Er war noch nie im Blessed Island Molonglo gewesen und trotzdem kam ihm das, was er sah, bekannt vor. Er war in Sicherheit. Ihn umschlossen die Sicherheitswälle, die das Konzept eines Blessed Island vorsah. Hier war sein natürlicher Platz. Hier kannte er sich aus und hier gehörte er hin.

Würde er an der Konferenz teilnehmen, morgen?

Was fragte er nach dem Morgen! Das Morgen war so weit weg wie das Übermorgen, das Überübermorgen, die kommende Woche, der nächste Monat.

Ruhe! Nur Ruhe!

Wenigstens würde ihm dieser Chip nichts mehr anhaben können. Seine Befreierin hatte geistesgegenwärtig den Computer mitgenommen, der die tödliche Information über die Zugangsdaten zu seinem Gehirn im Speicher trug. Das Gerät lag hinter Panzertüren verwahrt in der hiesigen Security-Zentrale. Sie mussten ihm das unsagbare Ding in seinem Kopf nur noch herausoperieren –, dann wäre er zumindest dieses fatale Andenken an seine Dienstreise los.

Er wusste selbst nicht genau, was ihn an den Monitor in seinem Appartement zog, welcher Pflichtirrsinn ihn ritt, ausgerechnet jetzt seinen Postkorb abzufragen. Es war wohl mehr die Gewohnheit, nach einem Arbeitstag einen letzten Blick auf die Nachrichten zu werfen, die noch nicht gelesen waren und auf Erledigung harrten. Als er die Masse der neuen Mails erfasste, wandte er sich resigniert ab und schob alles Weitere weg vom Heute.

Gerade wollte er dem Computer den Befehl zum Herunterfahren erteilen, als ihn ein leiser Glockenton, lieblich wie die Schelle, die Kinder zur Bescherung unter den Weihnachtsbaum ruft, noch einmal auf den Bildschirm schauen ließ.

Karl erschrak, wie er den ganzen Tag über noch nicht erschrocken war. Er stand regungslos vor dem Bildschirm und glaubte einen Augenblick lang, geträumt zu haben. Doch dann erschien die Botschaft in deutscher Sprache wieder: „Schlage deine Hände vor die Augen." Kurz darauf zerplatzte die Schrift auf dem Display wie eine Seifenblase.

Gleich einer Marionette, die an Fäden geführt alle Bewegungen ausführen muss, die der Puppenspieler von ihr verlangt, legte Karl seine Finger vor die Augen. Für Sekunden wurde es dunkel um ihn; dann bewegte er die Hände um Unterarmlänge zurück und hielt sie verkrampft vor dem Körper, unfähig sich zu rühren.

„Danke. Wiederholen!", erschien die zwingende Schrift wieder, um erneut als Seifenblase zu zerplatzen.

Karl gehorchte mechanisch. Noch hatte er nicht ganz erfasst, was dieses Spiel bedeutete, aber er hatte von Beginn an panische Angst davor, das Spiel zu verweigern. Insgesamt siebenmal folgte er der stets aufs Neue auftauchenden Schrift – dann gab der Monitor Ruhe: „Du darfst das Gerät jetzt ausschalten." Karl kappte augenblicklich seinen Netzzugang.

Seine Brust wölbte sich unter Kurzatmigkeit. Er musste Halt an der Tischkante suchen, um nicht in die Knie zu gehen. Nur ganz, ganz langsam war er fähig, das Erlebte zu deuten. Sein Kopf füllte sich mit quälenden Fragen.

Was war das? Wurde er doch kontrolliert? War da irgendjemand auf die Spur des Chips aufgesprungen und manipulierte ihn? Sah dieser jemand all das, was er gerade sah? Hörte er all das, was er hörte? War die Prophezeiung des schwarzen Phantoms eingetroffen? War er noch nicht gerettet, wie es ihm Blessed Chief Anthony versprochen hatte? Hatte seine Retterin etwa den falschen Computer mitgenommen?

Karls Gefühlswelt wurde von Bestürzung gekapert.

Sollte er die Augen schließen, um dem Spion den Blick zu entziehen?

Das machte keinen Sinn, denn hier gab es nichts, was es zu verbergen lohnte. Ziellos wanderten seine Augen durch die Räumlichkeiten des Appartements, blieben kurzzeitig an einzelnen Gegenständen hängen – der Kommode neben der Eingangstür, dem fein gemusterten Teppich, dem Bild an der Wand, das in groben Strichen ein Känguru auf der Flucht darstellte. Zuletzt schaute er in den golden gerahmten Wandspiegel und sah sein eigenes Gesicht. Hier ruhte sein Blick aus.

Da sah er ihn aus dem Spiegel an, ein smarter Mann Ende dreißig, von den Mühen der letzten Stunden gezeichnet, mit dunklen Ringen unter den Augen, und mit für seine Verhältnisse struppiger Frisur. Da sah er ihn, der müde, ausgelaugte Mann, der dies alles hatte erdulden müssen, um letztendlich doch die ihm zugedachte, unfreiwillige Rolle zu übernehmen. Zum ersten Mal sah er auch das Pflaster auf einer kahlrasierten Stelle seines Schädels.

Karl, bist du das noch, den du da musterst? Oder bist du schon ein anderer? Verletzt durch den Chip, verletzt durch diesen tragischen Mord, der dir nicht aus dem Kopf will? Bist du auf dem Weg in die Ecke, die dir dieser Platzanweiser aus der Ferne zuweist? Wirst du umkippen, wirst du zum Verräter an deinen Idealen, halb ferngesteuert und gedemütigt, halb aus eigenem Antrieb? Findest du jemals aus dieser tiefen, lichtlosen Schlucht heraus? Karl, wer bist du? Mann im Spiegel, wer bist du? Wer wirst du morgen sein?

Sein Gehirn wollte platzen von diesem Fragenberg, der es erdrutschartig überrollte.

Dann fiel Karl ein, dass irgendwo ein Mitseher vor dem Monitor saß, der sein Spiegelbild genauso musterte, wie er gerade jetzt. Erschrocken gab er seine starre Haltung auf, entsendete seinen Blick wieder rastlos in den Raum, unstetig auf Dinge gerichtet, die mit ihm und seiner Geschichte nichts zu tun hatten.

Er musste etwas unternehmen! Bald konnten sie ihm vielleicht schon den Chip entfernen!

Er musste die Australier benachrichtigen, dass der Chip nicht funktionslos war, wie angenommen, sondern seine Arbeit aufgenommen hatte. Wie den Kontakt mit seinen möglichen Rettern aufnehmen, ohne dass dieser Mitseher es bemerkte?

Keine der modernen Kommunikationsmethoden schien ihm sicher. Die Beobachter im Hintergrund würden auch dies mit ansehen, mithören. Unvorhersehbar, was sie dann mit ihm anstellen würden.

Schreiben!

Die uralte Methode, Nachrichten zu verfassen, die heute so ungebräuchlich war.

Womit?

Karl durchsuchte ein paar Schubladen nach einem Stück Papier. Wie zu erwarten, fand er keines. Genauso wenig fand er einen Stift.

Wie sollte er seine Botschaft absetzen? Elektronische Mittel waren zu unsicher, hatte diese Terroristenbande doch bewiesen, wozu sie technisch im Stande war. Womit schreiben? Worauf?

Zahncreme!

Im Badezimmer stand bestimmt eine Tube für Gäste bereit. Er könnte damit auf den Tisch schreiben.

Karl hastete ins Bad. Er vermied es peinlich, die Ablage unter dem Rasierspiegel anzusehen, auf der die Zahncreme abgelegt war. Er ließ die Hose herunter und setzte sich auf die Toilette. Wie zufällig betrachtete er die Fliesen an der gegenüberliegenden Wand. Seinem Blick verborgen, streckte er seine linke Hand aus und griff nach der Tube. Durch sich selbst unbemerkt ließ er sie in der Hosentasche verschwinden. Dann stand er vom Toilettensitz auf, zog die Hose hoch und betätigte die Wasserspülung. Bis hierher konnte niemand Verdacht geschöpft haben.

Er ging in den Schlaftraum des Appartements. Karl gab der Jalousie vor dem Fenster die Order zur Verdunklung. Dann schloss er die Zimmertür und fing an, sich zu entkleiden. Ganz behutsam ging er dabei vor und sah jedes einzelne Kleidungsstück intensiv an, bevor er es ordentlich über die Stuhllehne hängte. Rechts neben dem Bett standen ein weiterer Stuhl und der Schreibtisch, dessen Platte seine Nachricht aufnehmen würde. Er vermied es akribisch, dorthin zu schauen.

Als er ausgezogen war, kroch Karl demonstrativ umständlich unter die Bettdecke. Er schnippte mit den Fingern zum Zeichen, das Licht möge gelöscht werden. Um ihn herum herrschte Dunkelheit. Kein Licht, keine Geräusche: keine Beobachter!

Ganz vorsichtig, um verdächtige Laute zu vermeiden, stand Karl wieder auf. Wie in Zeitlupe schlug er die Bettdecke zur Seite, setzte erst den einen, anschließend den anderen Fuß auf den Boden. Schon saß er auf der Bettkante. Dann gab er seinem Körper einen Ruck. Fast wäre er in diesem Moment gestolpert, ein Missgeschick, wie es typischerweise dem Übervorsichtigen im ungünstigsten Augenblick widerfährt. Aber Karl erlangte gerade noch die Balance und stand nun vor dem Bett.

Auf Zehenspitzen schlich er zu seiner Hose, die über der Stuhllehne hing, und deren Tasche er wohlweißlich zu Oberst gedreht hatte. Er entnahm der Hosentasche die Zahncremetube und schlich hinüber zum Schreibtisch. An der Tischkante festgeklammert, senkte er sein Gesäß im Schneckentempo auf die Sitzfläche des davor stehenden Stuhls ab. Endlich: Er saß vor der Tafel, auf die er seine Botschaft auftragen würde.

Behutsam schraubte Karl den Tubenverschluss auf. Er lächelte, als die weiche Masse schmierig seine Zeigefingerkuppe berührte. Du bleibst ein Fuchs, selbst in der ausweglosesten Situation −, spendete er sich Beifall. Wer dich als Gegner hat, muss schon Einiges an Raffinesse aufbieten, um dich auszutricksen!

Bedächtig, um ein Quietschen zu vermeiden, nahm er zuversichtlich sein Werk auf. Ungelenk, die Schreibarbeit nicht gewohnt, glitt sein Finger über die Tischplatte. Seine Gastgeber würden die Nachricht finden und einen Weg wissen, ihn aus seiner kniffligen Lage zu befreien.

Den Tisch durfte er bis dahin nie mehr anblicken!

Nie, nie mehr!

Der Hacker keckerte wieder einmal primatenartig auf. Die gewöhnungsbedürftige Abart eines Gelächters schallte so schrill durch die kleine Baracke, dass Robin kurz aufstöhnte. Wütend sprang Rabea zu ihrem Schützling hinüber.

„Muss das sein?“

„Das ist so lustig, Rabea. Komm her.“

Der Junge gab erneut eine Nachricht zur Übermittlung an den Observierten auf: „Danke. Wiederholen!“

Ihre Marionette hob die Hände vors Gesicht. Wieder stand das Keckern des Jungen im Raum, diesmal etwas diskreter und weniger schrill.

„Was tut der da?“, fragte Rabea erstaunt.

„Ganz einfach. Ich hab ihm den Befehl gegeben, die Hände vor das Gesicht zu schlagen. Das hat er vor lauter Schiss sofort gemacht.“

„Du meinst, du hast ihn trotz allem im Griff?“

„Jawohl Rabea. Genauso sieht das aus!“

Mit neugierigem Voyeurismus beobachtete Rabea ihr Opfer.

Der Blick ihrer lebenden Kamera irrte im Anschluss an sein Martyrium flackernd durch das Appartement. Sie sahen Karl im Spiegel, wie er sich selbst im Spiegel sah. Abgekämpft sieht er aus —, dachte Rabea. Irgendwann ging ihr Opfer ins Bad. Rabea musste mit dem Jungen zusammen lachen, als sie erkannte, dass sie den Mann beim Urinieren beiwohnten.

„Strullst du auch im Sitzen?“, fragte sie den Burschen, dem daraufhin das Blut ins Gesicht schoss.

Rabea beobachtete weiter den Bildschirm.

„Was macht er jetzt?“

Ihr Observierter war ins Schlafzimmer gegangen, zog sich aus, und legte seine Kleidungsstücke auf der Stuhllehne ab. Sie verfolgte aufmerksam jede seiner Bewegungen.

„Geht schlafen und schaltet das Licht aus. Mach doch mal heller!“

„Da ist zu wenig Licht, Rabea!“

„Stimmt nicht. Er ist aus dem Flur gekommen und hat die Lampe dort vergessen. Unterm Türspalt habe ich vorhin ein Schimmern gesehen. Das muss reichen“, pampte Rabea.

Wieder einmal begann der junge Mann vor Erregung zu zittern. Er gab dem Computer ein paar Befehle. Das Bild wurde tatsächlich heller.

„Kacke, der schreibt!“ Rabea war außer sich. „Der linke Macker schreibt! Klar, was da abgeht! Klar, was der da schreibt! Der will denen da unten einen Tipp geben. Sie darüber informieren, dass der Chip in seinem Kopf funktioniert. Damit ihm geholfen wird. Knips ihn ab, Jungchen!“

Der Hacker wurde blass und das Zittern griff auf seine Finger über. Kalter Schweiß benetzte den Flaum seiner Oberlippe. Seine Stimme klang brüchig.

„Das kann ich nicht, Rabea. Das kann ich nicht!“

„Mach dir nicht ins Hemd. Der darf nicht schreiben!“

„Das kann ich nicht!“, schrie der junge Mann im Falsett zurück.

„Dann mach ich es eben selbst. Erklär’s mir.“

Rabeas Anordnung erlaubte keine Widerrede. Hass stieg in ihr hoch, wie das kochende Wasser in einem Geysir. Der Junge beschrieb ihr, wie sie Karls Chip fernsteuern konnte.

„Wo ist sein Personencode?"

Der zittrige Zeigefinger des Jungen traf nach kurzem Suchen die Stelle mit dem Personencode des Beobachteten, den er neben dem Bildschirm auf das grobe Gestell gekritzelt hatte.

Rabea kniff ihre Augen zusammen und gab den Befehl mit glasklarer, eiskalter Stimme: „BFK471253 liquidieren!"

„Sicherheitsabfrage", meldete sich der Computer zurück.

Sie widerholte: „BFK471253 liquidieren!"

Der Bildschirm erlosch. Die Kinovorstellung nahm ein jähes Ende.

„Du hast ihn hops genommen, Rabea! Du hast ihn einfach hops genommen!"

Der Junge sprang auf, taumelte drei Schritte zurück und übergab sich gurgelnd an einer der Barackenwände. Rabea trat zu ihm und legte ihre wurstige Hand auf seinen schmalen Rücken.

„Beruhig dich, Jungchen. Musste sein. Glaub mir das!"

„Warum, Rabea, warum?", presste der Junge durch eine Würgeattacke heraus.

„Weil das ein Dreckskerl war. Basta", stellte Rabea die Selbstverständlichkeit fest.

„Aber der hat uns persönlich doch nix getan?"

Jämmerlich und kleinlaut, mit kaum vernehmbarem Fragezeichen, sprach der junge Mann. Er starrte entgeistert auf die besudelte Wellpappe und verharrte in halb gebückter Stellung. Seine Arme baumelten leblos neben seinem Körper herab.

Rabea starrte ausdruckslos vor sich hin. Ihr hatte dieser Mord nichts ausgemacht. Für sie war die riesige Kluft zwischen ihr und denen hinter dem Zaun Rechtfertigung genug. Wegen den Morden an Samira und ihrer Mutter und Robins Schicksal, trug sie ausreichend Hass und Zorn auf die Blessed People in ihrem Herzen. Für sie war es ein Leichtes gewesen, die unerbittliche Konsequenz aus dem Verrat des Observierten zu ziehen. Aber das durfte sie natürlich nicht vorbehaltlos von ihrem Schützling erwarten, der von der

Brutalität des Geschehens überrumpelt worden war.

„Die wollen es nicht anders. Glaub mir das, Jungchen! Ich habe den Zaun nicht gezogen. Und dass das ein Schwein war, das wissen wir beide!"

Sie tätschelte dem jungen Mann noch eine Weile die Schulter. Dann schlurfte sie, ohne ein weiteres Wort an ihn zu richten, in ihren eigenen Raum, wo der lebende Kadaver ihres Mannes verrottete.

„Mein Robin. Wie weit ist es mit uns gekommen! Da wollten wir beide nicht hin, was?"

Karls Kopf wurde von einem grellen Blitz durchzuckt. Seine linke Hand suchte sein Herz, erreichte es aber nicht mehr. Er sank kopfüber auf seinem Stuhl zusammen.

Auf der Tischplatte hatte er zuletzt notiert: „The Chip is acti …". Vom I-Punkt aus führte ein matschiger Zahncremestrich quer über die provisorische Schreibtafel ins Leere. Der Keim des Zweifels, den der Mord an Samira am Rand der dunklen Felsspalte abgelegt hatte, würde nun keine Gelegenheit mehr haben, irgendwann an starkem Stamm Früchte zu tragen.

Hannah schreckte von ihrem Buch hoch. Gerade hatte sie aufgegeben, einzuschlafen, und es aus dem Regal genommen. Sie lümmelte damit im Wohnzimmer auf der Couch.

Welches unbestimmte Gefühl hatte ihr diesen merkwürdigen Stich versetzt?

Im Haus herrschte die übliche, beinahe bedrohliche Stille. Wenn Harald nicht um die Ecken flitzte, und Karls Stimme oder sein Videocom nicht durch seine Bürotür hindurch zu hören waren, drangen nur Geräusche von draußen herein, die jedoch wegen der stark isolierten Fenster und Türen auf ein Minimum heruntergedämpft wurden. Jetzt in der Nacht war auch dort nichts los.

Das Vakuum, in dem sie saß, machte ihr in ihrem erregten Zustand zu schaffen. Sie stand auf, ging an die Fensterfront zum Garten, und setzte den Öffnungsmechanismus in Gang. Mit feinem Sirren glitt die Schiebetür zur Seite. Hannah ging zehn Schritte hinaus und atmete die laue Frühlingsluft tief ein. Ihr Blick wanderte an den Sternenhimmel.

Was für ein Staubkorn im All, die Erde!

Und doch war dieses Nichts die Heimat der Menschen. Einer Spezies, die über Jahrtausende stets aufs Neue versucht hatte, die Ressourcen des Planeten unter sich aufzuteilen. Ständig aufs Neue. Ständig im Fluss.

Hannah sah zum Mond auf, der strahlend über dem Wipfel der Blutbuche stand. Sie hatte von Ideen gehört, die Blessed People dorthin zu evakuieren. Die Erde würde man komplett den Dark People überlassen. Das All würde auf diese Weise zur Blessed Border, die Trennung perfekt.

Wäre das die Lösung für alle Spannungen?

Sie war sich unsicher. Wenn, dann nur für die zwischen Blessed People und Dark People. Innerhalb der beiden Gruppen würden die Verteilkämpfe weitergehen. Ach was. Sowieso Zukunftsmusik, die Sache mit dem Mond.

Hatte sie da gerade doch etwas gehört?

Nur eine Drohne, die zu dieser ungewöhnlichen Zeit unterwegs war.

Sie lauschte wohl schon den Gespenstern!

Wo steckte Karl bloß?

Nach ein paar Minuten ging Hannah ins Haus zurück. Kaum konzentriert, blätterte sie weiter in ihrem Buch.

Dingos Leiche und die seiner Kameraden lagen zerfetzt unter den Trümmern des Bunkers. Der Wüstenwind blies erste Sandkörner in die Ritzen. Bald würde er die Trümmer unter einer kleinen Düne begraben haben.

Nur die halbwegs erhaltene Hausecke des ehemaligen Farmgebäudes hatte der Explosion getrotzt. Wie ein Mahnmal erhob sie sich über dem staubigen Massengrab.

Rabea setzte sich zu Robin aufs Bett. Sie spürte keine Reue. Im

Gegenteil: Der Mord – um nichts anderes handelte es sich, da machte sie sich nichts vor –, verschaffte ihr tiefe Genugtuung. Das Kinn auf einen Handballen gestützt, den Blick auf die eigenen Füße gerichtet, versank sie in ein monotones Selbstgespräch.

„Das hat der verdient. Glaub mal, Robin. Die sind alle gleich. Alle. Ich habe Rache geschworen. Nun ist es passiert. Jetzt habe ich dich gerächt. Habe Samira gerächt. Jetzt können sie kommen und mich abmurksen. Ist mir egal.

Nur auf das Jungchen muss ich aufpassen. Den dürfen sie nicht schnappen. Der muss weg. Der kann so viel! So einen hätten wir uns auch gewünscht, was Robin? Das ist ein Tofter! Aber hat ja nicht geklappt bei uns.

Nee, der hat es verdient, der linke Macker. Wie der Samira angeglotzt hat. Widerlich! Jetzt ist er bei den Engeln. Nee, beim Teufel. So einer gehört nicht in den Himmel. Der gehört ins Fegefeuer.

Robin, jetzt ist mir wohler. Jetzt ist der Hass aus mir raus. Jetzt können sie gerne kommen …“

Gewissheit

Hannah schreckte hoch. Auf ihrem Schoß lag das zusammengeklappte Buch. Sie war wohl doch eingenickt.

Ein Blick auf die Uhr verriet ihr, dass es kurz nach fünf am Morgen war. Da ertönte erneut der elektronische Ton, der anzeigte, dass jemand vor der Haustür stand. Der hatte sie also geweckt.

Wer bemühte sich um diese Stunde persönlich zu ihr? Wieder diese Assistentin? Neuigkeiten von Karl?

Sogleich beschlich Hannah ein ungutes Gefühl, das Urgefühl düsterer Vorahnung. Sie erfasste instinktiv, dass dieses Gefühl den Gipfel ihrer Unruhe markierte, Höhepunkt der bangen Erregung, von der sie seit der Nachricht von Karls Abreise erfüllt war.

Sie rappelte sich hoch, befahl dem Hauscomputer, die Identität des frühen Besuchers festzustellen, und ging zögerlich zur Haustür. Die Überprüfung nahm nur Bruchteile von Sekunden in Anspruch. Das Sicherheitsmodul signalisierte ihr, dass keine Gefahr bestand.

Auf einem Display neben der Tür erschien das Bild eines Mannes. Sie war nicht wenig überrascht, den Blessed Mayor vor ihrem Haus stehen zu sehen. Mit besorgter, betretener Miene.

Sofort wusste Hannah Bescheid. Das Urgefühl trug den befürchteten Urknall im Gepäck. Aufgewühlt öffnete sie dem Besucher. Sie kannte jetzt nur ein Wort, in dem alles lag, was dieser Urknall bedeutete: „Karl?"

Der Blessed Mayor nickte mit niedergeschlagenem Blick.

„Darf ich hereinkommen, Hannah?"

Sie gab die Türöffnung frei, um den Besucher einzulassen. Ihre Augen wurden feucht, ohne Konkretes zu wissen. Nicht umsonst besuchte sie der oberste Politiker des Blessed Island persönlich. Um diese Uhrzeit. Das bedeutete das Schlimmste. Das war böses Omen genug.

Hannah zupfte den Blessed Mayor am Ärmel seines Jacketts.

„Was ist mit Karl? Ich will es jetzt wissen."

„Können wir uns irgendwo setzen?“, versuchte der Bedrängte einen Aufschub herauszuschlagen.

„Ich muss nicht sitzen. Sagen Sie schon!“

Hannah hörte ihre bestimmte, fast befehlende Stimme, die so gar nichts mit ihrer wirklichen Verfassung zu tun hatte. Ihr schwindelte.

„Karl ist heute Mittag, das heißt vor einer Stunde unserer Zeit, tot im Blessed Island Molonglo aufgefunden worden. Die australischen Behörden haben uns darüber informiert. Ich bin unverzüglich zu Ihnen aufgebrochen. Mein aufrichtiges Beileid, Hannah. Ich kann Ihnen gar nicht sagen, wie weh mir das tut!“

Der Urknall zündete. Seine Druckwelle ließ Hannah zur Seite taumeln. Sie spürte einen entschlossenen Griff unter ihrer Achsel und einen Arm, der ihrer Hüfte Halt bot. Langsam wurde sie in das Wohnzimmer geführt und behutsam aufs Sofa niedergelassen. Sie merkte noch, dass der Blessed Mayor irgendetwas suchte.

Dann musste sie für einen kurzen Moment die Besinnung verloren haben, denn das Nächste, was sie wahrnahm, war ein Glas Wasser auf dem Couchtisch. Sie lag. Hannahs Fersen waren auf einer der Armlehnen abgelegt, und mit Kissen in eine hohe Position gebracht worden. Unter die Oberschenkel hatte ihr irgendjemand eine zusammengerollte Wolldecke geschoben.

Im nächsten Moment überwältigte sie die Trauer. Sie überfiel Hannah wie eine Krankheit, eine plötzliche Infektion mit allen körperlichen Anzeichen. Ihr Kopf dröhnte, in ihrem Magen machte sich ein flaues Gefühl breit, ihre Kehle wurde trocken. Sie wehrte sich nicht gegen diese Trauer, denn sie war wegen ihrer Vorahnungen nur folgerichtig, hatte schon in ihr gelauert auf die entscheidende Nachricht, um dann mit aller Grausamkeit zuzuschlagen. Hannahs Tränen suchten ungehindert ihren Lauf.

„Karl, Karl, Karl“, hörte sie ihr eigenes Schluchzen. Dann bemerkte sie den Blessed Mayor, der ihr zu Füßen auf einem Sessel saß.

„Geht es wieder, Hannah? Soll ich einen Arzt rufen?“, fragte er sie mit ehrlicher Besorgnis in der Stimme.

„Nein. Kein Arzt. Ich bin gleich wieder da. Karl, Karl, Karl!“

Sie weinte ihre Tränen, sie weinte ihre Trauer, ergab sich ihr.

„Das tut mir so leid, Hannah. Glauben Sie mir. Hätte ich das gewusst …“

Der Blessed Mayor ging sparsam und einfühlsam mit dem Wenigen um, was zu sagen war und wirkte trotz seiner sichtlichen Erschütterung gefasst, behutsam, wie man sich eine Stütze vorstellte. Sie verbrachten fünf Minuten des Schweigens und der stillen Trauerns miteinander, sechs Minuten, sieben Minuten. Auch der Blessed Mayor war sich der Tränen nicht zu schade, wie Hannah feststellte. Dann legte sich die Druckwelle des Urknalls in ihr, ebbte ab. Die Fragen, die sie seit Karls Abreise beschäftigten, gelangten in ihren Kopf zurück, verlangten Antworten.

„Was macht mein Mann denn in Australien? Was war das überhaupt für eine geheimnisvolle Reise? Stecken Sie dahinter?“

„Ja. Leider. Der Auftrag kam von mir. Ich darf nichts über seine Veranlassung sagen. Fragen Sie mich bitte nicht weiter danach.“

„Wie ist das überhaupt passiert?“

„Ich kenne keine Details. Mir blieb nicht die Zeit, auf ausführliche Berichte zu warten. Ich bin der Meinung, Ihnen als Erster diese schreckliche Nachricht zu überbringen, ist meine unverzügliche Pflicht als Karls Vorgesetzter. Jedenfalls mehr, als die Hinterfragung der Umstände. Alles, was ich gehört habe ist, dass es sich wohl um einen terroristischen Akt handelt.“

Karl in Australien! Karl tot! Terroristen!

In was für eine Geschichte war er da hineingeraten?

„Terroristen? Was hat Karl mit Terroristen zu schaffen?“

„Wir werden noch Berichte darüber erhalten. Ich werde sie prüfen und entscheiden, was Sie davon wissen dürfen und was geheim bleiben muss …“

„Geheim? Mein Mann ist tot. Da gibt es doch wohl keine Geheimnisse mehr!“, unterbrach Hannah den Blessed Mayor scharf. Sie hatte ihrer Ansicht nach ein Recht darauf, alles zu wissen. Es ging schließlich um ihren Mann.

„Hannah, beruhigen Sie sich bitte. Sie werden allumfänglich informiert, dafür garantiere ich. Geheim wird nur das bleiben, was für Sie keine Bedeutung hat, wie technische Hintergründe oder dergleichen. Mir liegt unter allen Umständen an einem fairen Umgang miteinander. Glauben Sie mir das bitte."

Hannah sah dem Besucher mit all ihrer Entrüstung, all ihrem Protest ins Gesicht. Aber dort fand sie unverändert nur echte Betroffenheit, Erschütterung, Niedergeschlagenheit und einen ungekünstelten Respekt. Die Augen des Blessed Mayor sahen gütig zu ihr herüber, voll Schmerz, den sie mit ihrem Schmerz teilen wollten.

Sie rückte von ihrer Protesthaltung ab. Die Fähigkeit des Blessed Mayor, zu schweigen, wirkte beruhigend auf Hannah. Später würde sie die Haltung dieses Mannes bewundern. Später würde sie denken, dass es für ihn gewiss nicht leicht gewesen war, die schlimme Botschaft zu überbringen. Diese lästige Aufgabe hätte er genauso gut einem Assistenten übertragen können, denn Karl war schließlich keiner seiner Freunde, sondern irgendeiner seiner vielen Mitarbeiter. Ihr Mann hatte viel von Blessed Mayor Timothy gehalten, und die geistige Beweglichkeit seines Vorgesetzten ihr gegenüber wiederholt gelobt. Aber von Freundschaft oder Verbundenheit war nie die Rede gewesen. Trotzdem hatte sich dieser Mann nach kurzer Schrecksekunde persönlich zu ihr aufgemacht. Und sie, so würde sie später denken, hatte dafür nur Undankbarkeit gezeigt.

Hannah nahm einen Schluck Wasser. Das Nass benetzte wohltuend ihre vom Weinen ausgetrockneten Schleimhäute.

Karl tot! Es war so unwirklich!

„Musste er leiden?"

„Es muss rasend schnell gegangen sein. Die Australier haben uns mitgeteilt, er habe keine Schmerzen erlitten und keine äußeren Verletzungen davongetragen."

„Wer hat etwas davon?"

Trotz der Umstände dachte sie an die Ideologiestunde zurück.

Spiegelte sie ihren Schülern nicht im Auftrag des Ideologiestabs und der Schulbehörde eine heile Welt vor? Verkaufte sie nicht an vorderster Front ihr Blessed Island als das Paradies der Auserwählten, denen kein Ungemach drohte, die im allumfassenden Schutz eines Übersystems standen? Wie passten Terrorismus und Mordanschläge in dieses Bild hinein?

„Niemandem nützt ein politisch motivierter Mord, Hannah. Niemandem! Da sind wir beide uns ganz schnell einig. Schauen Sie, Hannah: Wir müssen leider jederzeit gewärtig sein, dass unsere Welt nicht so behütet ist, wie es scheint. Bedrohungen lauern überall – von außen und von innen.

Die Fronten sind verhärtet nach so langer Zeit der Trennung. Etliche Bevölkerungsschichten dort draußen, außerhalb der Blessed Border, sind zurückgefallen in frühere Stadien der gesellschaftlichen Entwicklung. Oder sie sind erst gar nicht in der Gegenwart angekommen. Nicht nur bezogen auf ihre Lebensbedingungen, sondern durchaus mental, kulturell. Wir haben mit unserem Weltgefüge eine Front geschaffen, hinter deren Fassade man hervorragend lebt, die aber die Menschen vor der eigenen Haustür aussperrt. Bester Nährboden für Terrorismus. Dark People werden ihren Kämpfern applaudieren, wenn es nur gegen die Blessed People geht.“

Draußen dämmerte es bereits. Hannah schaute direkt auf die frischrot aufgeplatzten Blätter der Blutbuche in ihrem Garten.

Das alles war so unfassbar!

„Wird denn dieser Kampf ewig weitergehen? Warum kann niemand die Menschen aussöhnen?“

„Meine letzte Amtszeit geht dem Ende zu. Ich habe meinen Beitrag fast erbracht. Vieles von dem, was ich anpacken wollte, ist liegengeblieben, vieles von dem, was ich erreichen wollte, musste ich wegen verschiedener Widerstände aufgeben. Ich denke nur an die Einrichtung der Zusammenführungskommission, die die Möglichkeiten zur Wiedervereinigung des Dark Country mit den Blessed Islands wissenschaftlich untersuchen sollte. Ich bin schon bei dem Versuch, sie auf die Beine zu stellen, gescheitert. Diese Aufgabe war zu groß für mich und hätte meine Kräfte aufgesogen wie ein trockener Schwamm das Wasser. Für das Anpacken dieser

Aufgabe war ich zu klein, zu schwach.

Ich bin so oft gescheitert!

Wenn wir Frieden mit den Dark People schließen wollen, ist dafür Grundvoraussetzung, gleiche Startbedingungen für alle Menschen zu schaffen. Für gute Bildungsangebote zu sorgen, die die Denk- und Kritikfähigkeit der Menschen anspornen. Dazu müssten zunächst Grenzen eingerissen werden, die vielen Blessed People lieb und heilig geworden sind. Schon beim ersten Schritt, Hannah, schon bei der Gründung eines Forums, der Zusammenführungskommission, die ideologisch unverblendet die Möglichkeiten dazu abklopfen sollte, hat es unüberwindliche Hürden gegeben.

Meine Phase als Politiker war eine eher ruhige Phase, in der es nur aufwärts ging – jedenfalls für den Teil der Menschen, für den ich verantwortlich zeichne. Ich muss mich zufrieden geben mit dem, was möglich war und muss die weiteren Geschicke unseres Weltausschnitts in die Hände meiner Nachfolger legen. Ist das nicht unser aller Schicksal, dass wir unsere Lebenswerke nicht entsprechend unseren Idealen zu Ende bringen?

Manchmal beneide ich die, die diesen Funken zu einem Lebenswerk, zu einer Vision ihres Tuns, nicht in sich tragen. Die ihre Gegenwart leben ohne großes Grübeln und ohne eigene Antriebe, ohne Ziel und ohne Selbstanspruch. Dieser Neid überfällt mich regelmäßig, wenn ich nicht mehr weiterweiß und verwirrt bin von dem, was um mich herum geschieht und ich zu keinem Ergebnis gelange, was ich machen soll. Terrorismus ist eine dieser verhassten Erscheinungen, für die ich kein Rezept besitze.

Manchmal möchte ich Depp sein dürfen, Hannah!"

Sie war von der Ehrlichkeit beeindruckt, mit der ihr dieser hochrangige Politiker begegnete. Er hätte auch schnell wieder hinter seinen Büromauern verschwinden und ihr eine Entschuldigung für seine Eile servieren können. Stattdessen war kein Anzeichen von Ungeduld bei ihm zu erkennen. Er schien bereit, ihr alle Zeit zu schenken, die sie bei ihm abholte.

Doch dieses Gespräch hatte sein Ende gefunden –, das spürte Hannah. Sie würde auch mit weiteren Fragen und weiteren Antworten nicht zu innerem Gleichgewicht finden, würde ihre Trauer nicht in Diskussionen auflösen können. Die alles erstickende Tatsache, dass Karl tot war, stand unverändert im Raum.

Vorsichtig gab sie ihre liegende Position auf und gab dem Blessed Mayor dadurch zu verstehen, dass seine Besuchszeit, wenn er den Wunsch hegte, abgelaufen sein könnte. Der massige Mann erhob sich tatsächlich mit einem hörbaren Einatmen.

Noch einmal bekundete er Hannah sein Beileid und fügte hinzu: „Auf Sie werden leider viele Formalitäten zukommen. Darf ich Ihnen jemanden zur Unterstützung vorbeischicken?"

Er dachte wirklich an alles, merkte sie.

„Nein, danke. Ich möchte allein sein. Wenn Sie nur so freundlich wären, in der Schule Bescheid geben zu lassen und in Haralds Kinderhort. Ich kann ihn unmöglich aus dem Haus schicken."

„Das veranlasse ich selbstverständlich. Wenn Sie vielleicht wünschen, nach Australien zu reisen, sind wir Ihnen natürlich gerne behilflich."

„Danke, das werde ich mir noch überlegen."

„Gut. Bei den Vorbereitungen für die Beerdigung würden wir Ihnen auch gerne helfen. Wenn Sie nichts dagegen haben, würde ich ein Staatsbegräbnis anordnen; was den Ablauf der Trauerfeierlichkeiten angeht, selbstverständlich in enger Abstimmung mit Ihnen. Ein Staatsbegräbnis wäre, so glaube ich, angemessen. Schließlich geht Karls Tod unser gesamtes Blessed Island an."

„Danke. Ich brauche erst einmal etwas Zeit zum Nachdenken und zum Trauern." Eine neue Tränenflut schoss Hannah in die Augen. „Ich bringe Sie zur Tür."

Schweigend gingen sie die paar Schritte nebeneinander her. Kurz bevor sie den Ausgang erreichten, ergriff der Blessed Mayor ihre Hand und drückte sie fest.

„Noch einmal mein tief empfundenes Beileid!"

Hannah öffnete dem Blessed Mayor die Haustür, ohne dass ein weiteres Wort gesprochen wurde. Ein kurzer, intensiver Blick in die Augen – dann wandte ihr der Blessed Mayor den Rücken zu und betrat die Zuwegung zur Villa. Seine Drohne wartete auf dem

Landeplatz vor dem Haus. Wie gebeugt, ja zusammengefallen er jetzt wirkt −, dachte Hannah.

Unmittelbar bevor er die Drohne bestieg, richtete sich der Blessed Mayor wieder auf und nahm die Haltung an, die man von ihm erwartete.

Über weitere Bücher des Autors
informiert ständig aktuell die Webseite
www.klausheimann.de

Krimi, Historisches, Dystopie, Kinder

Hier lesen Sie richtig!

Vielen Dank für Ihr Interesse

Klaus Heimann